꿈속에서도 깨어나서도

꿈속에서도 깨어나서도

시바사키 도모카 지음

양윤옥 옮김

폭스코너

꿈속에서도 깨어나서도

이곳 전체가 구름 그림자 안에 들어갔다.

두툼한 구름 아래, 도시가 있었다. 바다와의 경계선 매립지에는 공장이 줄줄이 들어섰고 거기서부터 펼쳐진 거리에는 건물이 촘촘히 세워졌다. 건물 틈새로 길게 뻗어나간 도로에 차들이 달리고 있지만 너무도 유연하게 움직여서 마치 슬로 모션 같았다. 그 모든 것이 거대한 구름 그림자 안에 들어가 있었다.

하지만 거리를 걸어가는 사람들에게는 그냥 흐린 날일 뿐이다.

지금 구름과 지면의 중간에 와 있다.

사월이다.

이십칠 층. 벽을 온통 메운 유리 너머에 도시 전체가 담겨 있었다.

"그놈들을 레이저 빔으로 슝슝슝 쏘잖아. 구멍이 뿅뿅뿅 나잖아. 다 타버리잖아."

전망대 안을 걸어가는 아이가 말했다. 남자아이로, 초등학교에 갓 입학한 정도로 보였다. 오른팔을 휘두르고 있었다. 그 옆에 있는 누나는 키가 한 뼘쯤 더 컸다. 누가 보더라도 금세 누나동생 사이라고 알아볼 만큼 굵고 진한 눈썹이 빼닮은 얼굴이다. 누나가 말했다.

"웃기시네."

"다 타버리면 재가 되거든? 재가 되면 가루가 되거든? 그 재를 병에 넣어. 그걸로 우와악 할 거야."

"그럼 내가 팔아줄게. 5만8천 엔."

5만8천 엔?

두 아이는 그들 쪽을 돌아보지도 않고 냉큼 엘리베이터로 향하는 엄마와 똑같은 속도로 창 쪽에서 멀어져갔다.

천장까지 닿은 두툼한 통유리에 이마를 대고 밖을 보았다. 흐린 하늘 밑의 도시는 연한 회색빛의 똑같은 톤으로 수조 속처럼 깨끗하게 한없이 펼쳐졌다. 여기서 100여 미터 거리의 바로 아래쪽 도로에서 신호를 기다리는 자동차도, 횡단보도를 건너는 사람들도, 몹시 작다. 그렇게 멀고 그렇게 작은데도 흐릿해지거나 적당히 허술해지지 않고 세밀한 부분까지 빈틈없이 또렷하게 생겼고, 게다가 그 모든 것이 내 눈에 보인다는 게 신기했다. 횡단보도를 건너는 마지막 몇 사람이 총총걸음으로 뛰어가고 자동차는 몇 초를 지그시 기다렸다가 출발했다. 이십칠 층 길이만큼 떨어져 있어서 소리도 무게도 느껴지지 않는 그곳은 사람도 자동차도 그 자신의 동력으로 움직이는 게 아니라 지면 아래 설치된 자석인지 뭔지의 힘에 의해 자동적으로 움직이는 것처럼 보인다, 라는 생각이 떠올랐다가 사라졌다가 했다. 코트 호주머니에 꽂힌 내 손은 지난 몇 주일 내내 그냥 넣어둔 안전핀의 바늘 부분과 잠금 부분의 감촉의 차이를 오락가락하고 있었다. 레스토랑 세 군데가 있을 뿐인 전망대는 연휴 첫날인데도 어중간한 시간대라서 그런지 사람이 별로 많지 않았다.

오른쪽 옆에서 새로 들어온 네다섯 살의 자매가 창 밑 문턱에 기어올라가 와아와아 하면서 눈에 띄는 건물들을 가리키며 저건 뭐야, 이건 뭐야, 묻고 있었다. 엄마와 아마도 다시 그 엄마(즉 자매의 할머니)인 어른 둘은 이것에도 저것에도 빌딩, 빌딩, 이라는 일반명사로 대답해줄 뿐, 자신들의 대화를 계속하고 있었다.

"…야마시타 씨가 남극에 갔다더라고."

"어머, 그럼 펭귄도 봤겠네?"

"야마시타 씨가 워낙 펭귄을 좋아하잖아. 전에 기르지 않았던가, 펭귄?"

"야마시타 씨가 누구야?"

큰아이인 여자애가 물었지만 엄마와 할머니는 그 질문에는 대답하지 않았다.

"에이, 아니지. 오리인지 거위인지, 그런 거였을걸? 펭귄 기르면 법에 걸리지 않나?"

"괜찮은 모양이던데? 펭귄 있는 술집이라고 나를 데려간

적도 있었는데 뭘. 웬만한 동물은 길러도 별문제 없는가봐."

"하긴 야마시타 씨라면 작은 걸로 몰래몰래 기르면서 우리
한테는 비밀로 했는지도 모르겠다."

"야마시타가 누구야? 야마시타가 누구야? 응? 야마시타가
누구야?"

여자애는 창에서 내려와 엄마 주위를 빙빙 돌면서 되풀이
했다. 그것은 점점 질문을 벗어나 노래로 바뀌어갔다. 엄마는
빙빙 도는 딸의 손을 잡고, 라기보다 끌려가면서 자신의 의지
와는 다르게 움직이는 팔을 내버려둔 채 대화를 계속했다. 야
마시타 씨는 너무 심하게 요동쳐서 몇 명은 반드시 뼈가 부러
지고 가끔 죽는 사람도 나오는 배를 타고 남극에 다녀온 뒤
마추픽추에서 피라미드에 오를 예정으로 당분간 일을 쉰다고
해서 동료들 사이에 불만이 나오고 있지만, 야마시타 씨는 부
자여서 애초에 일할 필요도 없었고, 올해가 1999년이라 칠월
이면 이 세계의 종말이 온다고 반쯤 믿고 있는 사람이라서 그
때까지는 자기가 하고 싶은 것을 하겠다고 공언하고 있다, 하
지만 원체 거짓말쟁이라서 그 말을 다 믿을 수는 없다, 칠월이
종말이라면 이제 얼마 안 남았잖아, 우리도 놀러 다니고 싶다,
진짜, 라는 것이었다.

"야마시타가 누, 구, 야!"

여자애가 큰 소리로 외쳤다. 엄마가 그 손을 홱 잡아당기는
바람에 여자애의 몸이 한순간 붕 떴다. 엄마가 대답했다.

"사람 이름."

그 건너편에서는 커플의 남자 쪽이 여자친구의 어깨를 왼 팔로 껴안고 뭔가 속삭이고 있었다.

시선을 앞으로 던지자 서로 딱 붙어서 그림자 하나 없는 하 얀 구름이 떠 있는 하늘 아래 오사카 거리는 가만히, 움직이지 않고 그곳에 있었다. 앞쪽에 우뚝 솟은 여러 개의 고층빌딩 사 이사이에 작은 건물이 빽빽이 채워진 거리가 길게 이어졌다. 도시의 끝은 산이었다. 왼편의 이코마 산에서부터 곤고 산, 가 쓰라기 산까지 어두운 초록빛의 낮은 산들이 묽은 먹빛 같은 실루엣으로 연달아 곳으로 수렴하는가 싶더니 그다음에 다 시 아와지시마가 불룩하게 솟아 오른편까지 길게 이어졌다. 초록빛 산 너머는 보이지 않는다. 벽지처럼 균일하게 흐린 하 늘은 산과의 경계선까지 꼭 맞게 덮여 있었다. 그 건너편에 또 다른 도시가 있다는 것을 알지만 여기에서는 보이지 않는다. 고대인이 생각했던 이 세계의 그림이 머릿속에 떠올랐다. 땅 끝은 폭포로 떨어지고 하늘에는 별이 매달려 있다.

오른편 안쪽, 여기서 수십 킬로미터 거리의, 정확히 곳 바로 앞에 구름의 터진 틈새가 생겨나 햇살이 꽂히고 있었다. 그곳 에만 다른 도시를 향해 구멍이 뚫린 것 같았다. 그 밑에서 바다 가 하얀 금빛으로 빛났다. 임해공업단지의 굴뚝이 그 빛 속에 눈에 띄었다. 굴뚝은 호주머니 속에서 손가락이 만지작거리 는 안전핀보다 훨씬 작지만 거기서 가늘게 피어오르는 연기까지 햇살을 받으며 빛나는 것이 또렷이 보였다. 어떻게 인간의 눈은 저런 먼 곳까지 볼 수 있을까 하고 다시금 신기했다.

구름과 바다 사이에서 햇빛은 난반사하고 팽창해서 주변으로 튀어나왔다. 그곳에 있는 사람들은 너무 눈부셔서 제대로 눈을 뜰 수 없을 게 틀림없다. 그곳까지 몇 킬로미터나 되는지는 모르지만 구름 그림자 아래 자리한 이 도시의 거의 모든 지역의 수많은 사람들이 그곳에 저런 햇살이 있다는 것을 알지 못한다고 생각하자 뭔가 들썽들썽한 기분이 들었다.

구름의 터진 틈은 조금씩 닫히고 금색으로 빛나는 바다도 점점 그늘져갔다. 그 햇빛이 완전히 사라질 때까지 내내 바라보았다. 그사이에 여인 3대 가족도 커플도 떠나버렸다. 다시 다른 사람들이 들어와 와아와아 하고 있었다.

세 시간 뒤에 신사이바시의 다이마루에서 친구들과 만날 약속이 있었다. 그때까지는 자유다. 내가 이곳에 와 있다는 것을 아는 사람은 아무도 없었다.

다시 한 번 바로 아래쪽을 보았다. 시야의 중심에 빛의 잔상이 검은 섬광 같은 작은 덩어리로 남았지만 잠시 지나자 그것도 사라지고 넓은 교차로가 또렷이 보였다. 이십칠 층 길이만큼 떨어진 곳에 신호를 기다리는 사람들이 있고 맨 앞에 서 있는 여자가 이쪽을 올려다보는 것처럼 보였다. 한 시간 전쯤에 그 똑같은 자리에 내가 서 있었고 마찬가지로 이 빌딩을 올려다보았다. 하지만 아래쪽에서 위를 봤을 때는 거대한 장벽 같은 고층빌딩의 하얀 벽과 검게 반사하는 유리창밖에 보이지 않아서 꼭대기 층에 사람이 있다는 건 알지 못했다. 한 시간 전에 이곳에는 교차로에서 올려다보는 나를 내려다본 사람이 있었는지도 모른다.

호주머니에 넣은 손을 꺼내 유리를 만져보자 차가웠다. 한순간 얼굴에 작고 차가운 감촉이 닿았다. 양쪽 뺨에 한 방울씩 물방울이 떨어지는 감각이었다. 비, 라는 생각이 머릿속을 스쳤다. 뺨을 확인해보려는 오른손 손등에도 차가움이 느껴져서 바라보니 물방울이 튄 흔적이 있었다. 그 손끝에 물방울이 맺혔다. 위를 올려다보았다. 에어컨의 송풍구였다. 그런 곳에서 물방울이 떨어지는 일은 자주 있지만, 한참을 가만히 살펴봐도 고인 물방울은 눈에 띄지 않았다. 발밑을 보았다. 분명 베이지색 바닥에 물방울 흔적 같은 게 몇 개나 있었다. 시야 끝을 뭔가 스쳐가는 것이 보였다. 투명한 물방울이 비스듬히 흐르고 있었다. 하지만 그 물방울 흔적은 유리 반대편 쪽이었다. 무척 깨끗하게 모든 것이 보이는데도 손에 만져지지 않았다. 두 개, 세 개, 셀 수 없이 많은 물방울이 금세 유리창을 메워나갔다. 하늘을 보았다. 아까보다 구름 빛깔은 환하고 해가 비쳐 보일 만큼 얇아진 곳도 있는데 빗방울은 점점 더 불어났다.

"…씨지요?"

돌아보자 어떤 남자가 서 있었다. 낡아빠진 갈색의 헤링본 양복을 입었고 오십 대쯤으로 보였다. 키가 큰 그 남자는 우묵하게 들어간 눈으로 지그시 나를 보고 있었다.

어디서 알게 된 사람이었더라, 라고 자동적으로 머리가 굴러갔다. 생각나지 않았다. 약속을 한 기억도 없다. 엘리베이터가 너무 붐비고 내리기도 귀찮아서 꼭대기 층까지 온 것뿐이다. 우선 그가 부른 이름은 내 이름이 아니었다.

"오래 기다렸어요?"

남자는 고개를 쓱 내밀며 컬컬한 목소리로 말했다.

"저 아닌데요."

나는 대답했다. 대답은 했지만 남자가 너무도 빤히 쳐다봐서 내가 뭔가 깜빡한 건가, 라고 생각했다. 남자는 아직 내가 기억해내기를 기다리는 듯한, 동시에 당황한 듯한 얼굴로 나를 보았다. 이윽고 한순간 바깥 경치로 시선을 옮기는가 싶더니 아무 말 없이 빙글 방향을 돌려 가버렸다. 각진 어깨의 뒷모습은 전망대 한가운데 엘리베이터 홀 방향으로 곧장 걸어갔다. 그 모습이 모퉁이를 꺾어드는 것을 확인하고 나는 그 남자에게 들키지 않게 조심조심 그 뒤를 밟듯이 천천히 다가갔다. 벽 뒤에 숨어 엘리베이터 문이 열리는 소리와 닫히는 소리를 듣고 살짝 홀을 내다보았다. 아무도 없었다. 세 대의 엘리베이터 중 오른쪽 문이 마침 닫히는 순간이었다. 문의 철판이 차갑게 빛났다.

때앵 하는 소리가 났다. 딱딱한 여운의 소리에 나는 한순간 파르르 떨었다. 한가운데 엘리베이터가 도착하는 사인이 빛났다. 깜빡거리는 빛을 올려다보고 있으려니 문이 열렸다. 사람이 있었다. 조금 전의 사람과는 다른 젊은 남자다. 천천히 그림자가 움직이듯이 그 사람은 내렸다. 그의 전부를, 내 눈은 단번에 다 보았다.

선명한 초록색 후드집업에 청바지, 맨발에 고무 샌들이었다. 팔도 길고 다리도 길다. 어중간하게 자란 앞머리 밑의 눈은 흘끗 내 얼굴을 보고, 그러고는 내 머리 위를 지나 건너편 쪽을 보았다. 짐은 아무것도 없었다. 오른손은 후드집업 호주머니 속에, 왼손은 그냥 덜렁 놔둔 느낌으로 허리 아래쯤에 있었다. 내 옆을 지나갈 때, 그가 흥얼거리는 노랫소리가 들렸다. 무슨 노래인지는 알지 못한다. 우리말이었다.

나는 지금— 노래를 한다— 우— 예에—

한 걸음 한 걸음 멀어지는데도 귀 바로 옆에서 노래하는 것 같았다. 귀를 만져주는 듯한 소리였다. 나는 돌아보았다. 나, 그 노래 엄청 좋아요! 라고 전해주고 싶었다. 다시 한 번 그의 얼굴을 보고 싶다고 생각했다. 그랬더니 그가 돌아보았다. 기도가 통했다! 그는 내 얼굴을 확인하듯이 쳐다보았다. 살짝 미소를 지은 것처럼 보였다. 그러고는 몸을 돌려 망설임 없는 걸음으로 조금 전까지 내가 있던 쪽으로 모퉁이를 돌아가 보이지 않았다. 발밑을 보니 종이가 떨어져 있었다. 옅은 하늘색 메모지였다. 끝이 비스듬히 찢기고 네 번 접혔다. 나는 그것을 집어 펼쳤다.

'신발 산다. 전화한다.'

연필로 적혀 있었다. 그대로 호주머니에 쏙 넣고 누군가 본 사람이 없는지 주위를 살펴봤다. 괜찮을 것 같았다. 이건 아까 그 사람이 쓴 것이니까 꼭 갖고 싶다, 라고 생각했다. 호주머니 안은 까슬까슬한 종이의 감촉과 내내 만지작거려서 따듯해진 안전핀 금속의 감촉, 두 종류가 되었다.

엘리베이터 홀 반대편에서 건물 북측에 있는 또 하나의 전망 공간으로 갔다. 이쪽이 사람이 더 적었다.

딱 한 대뿐인 망원경 앞에는 동전을 안 넣어도 뭔가 보일 줄 알고 들여다보는 오렌지색 멜빵바지를 입은 아이가 아빠 품에 안겨 있었다.

"여태 기다렸는데…."

창에 등을 기대고 서 있는 여자가 휴대전화를 향해 말했다.

"오늘 아니면 북경오리 못 먹는다니까."

왜 오늘이 아니면 안 되지?

키 큰 여자의 목소리가 눈물 섞인 것처럼 들렸지만 어쩌면 원래 그런 목소리인지도 모른다.

폭이 넓은 창으로 내다보자 의외일 만큼 가까이에 롯코 산이 있었다. 롯코 산도 이 도시의 막다른 곳에 자리 잡고 있다. 이 도시는 온통 산에 둘러싸였다. 어느 쪽을 향해도 산이 보여서 곧장 달려가면 그 산에 가닿는다. 혹은 바다에.

창밖에 펼쳐진 거리는 남측과 마찬가지로 모조리 구름 그림자 아래에 있었다. 추울 것 같다. 뒤를 돌아보자 아까 그 남자가 엘리베이터 홀 앞에서 이쪽으로 걸어오는 참이었다. 그는 두 팔을 초록색 후드집업 호주머니에 넣은 채였고 시선은 바닥을 헤매고 있었다. 나는 오른쪽 손가락으로 호주머니 속의 종이쪽지를 확인했다. 돌려줄 생각은 없다. 잃어버려도 그리 난처하지 않을 내용이다. 게다가 잃어버려도 잃어버렸다는 것 자체를 그는 금세 잊어버리리라. 그러니까 이제 이건 내 것이다.

그가 얼굴을 들었고 나를 알아보았다. 그가 다시 나를 봤기 때문에 기뻤다.

파파파팟, 하고 뒤에서 뭔가 터지는 소리가 났다. 돌아보는 것과 동시에 화약 냄새가 코를 찔렀다. 통로에 떨어진 배낭이 벌컥 열렸고 거기서 1미터 정도의 폭죽이 슉슉 터지고 있었다. 금빛, 초록빛, 빨간빛, 여러 개의 폭죽에 한번에 불이 붙어 불가루가 튀어올랐다. 벽 가장자리에는 '레이저빔과 5만8천 엔'의 누나와 남동생이 황홀한 표정으로 불꽃놀이를 지켜보며 잔뜩 웅크리고 있었다.

"뭐, 뭐야, 이게! 뭐 하는 거야!"

옆에서 엄마가 외쳤다. 폭죽은 이 분쯤 계속 타면서 전망대 안에 불꽃을 흩뿌렸다. 주위를 둘러싼 사람들이 타오르는 광물의 색깔에 비쳐졌다. 와우! 불꽃은 한순간 작아지는가 싶더니 거짓말처럼 금세 꺼져버렸다. 허연 연기가 피어올랐다. 바로 옆 북경요리점 점원이 뛰쳐나왔다.

나는 그 남자가 곁에 서 있는 것을 깨닫고 올려다보았다. 그가 말했다.

"깜빡거리면서 톡톡 터지는 느낌."

나는 그의 목소리를 들었다. 아까 노래할 때와 똑같이 나지막한 목소리였다. 헤드폰으로 음악을 들을 때처럼 머릿속에서 울린다, 라고 생각했다. 그리고 다시 그가 말했다.

"예뻤다."

"응, 엄청 예뻤어."

나는 한껏 웃는 얼굴을 그에게로 향했다. 나이는 동갑이거나 조금 위로 보였다. 스물둘이거나 셋이거나. 키는 내가 작은 편이라서 누구든 다 커 보이지만 아마도 큰 편이다.

"없네."

중얼거리던 그가 내 손을 바라보는 느낌이 들었다. 나는 호주머니 속에서 메모지를 꼭 움켜쥐었다. 그는 지그시 내 얼굴을 보다가 이윽고 말했다.

"됐어. 없어도 괜찮아."

"…응."

내가 대답하자 그의 입가가 아주 조금 풀어지는 것 같았다. 웃었다, 라고 생각했다. 비상벨이 이제 새삼스럽게 울려 퍼졌다. 그는 "그럼 이만"이라고 하더니 엘리베이터홀로 걸어가 마침 문이 열린 한가운데 엘리베이터에 탔다. 문이 닫히고 그는 보이지 않게 되었다.

계단으로 경비원들이 줄줄이 달려왔다. 지금 불꽃놀이 폭죽이 터져서 말이지, 라고 북경오리 여자가 휴대전화에 대고 말했다. 더 이상 울고 있지 않았다.

나는 경비원들이 둘러싼 한가운데 엘리베이터가 아니라 빌딩 모퉁이, 유리판 너머로 밖이 내다보이는 엘리베이터를 타고 지상에 내려왔다. 하락할 때 몸이 붕 뜨는 이 느낌이 좋다. 방금 전까지 작게 보이던 사람들이 점점 커졌다. 어쩌면 내 쪽이 작아진 것인지도 모른다.

다이마루 백화점의 미도스지 측 입구의 천장은 별이 총총한 디자인이라서 작은 하늘 같다. 하늘색과 빨간색과 금색.

네 시다. 이 층으로 올라갔다.

장미꽃이 그려진 아이보리 컬러의 원피스를 손끝으로 잡으면서 하루요가 말했다.

"예쁘다. 뭐지, 이거? 아사코도 만져봐."

행거에 걸린 채 진주처럼 반짝이는 천을 나도 손에 잡아보았다.

"와아, 부드럽다! 보들보들해."

저절로 튀어나온 내 높은 목소리에 검은 바지 정장을 입은 점원이 둘 다 돌아보았다.

"아사코, 그렇게까지 놀랄 건 뭐야? 어쨌든 입으면 엄청 예쁘겠다. 디자인이 잘 빠졌어. 역시 대단해."

복식전문학교를 졸업하고 옷가게에서 알바를 하는 하루요는 원피스의 허리를 맞대 꿰맨 바느질 선을 눈에 바짝 대고 들여다보았다. 아직 열아홉 살의 하루요가 이런 고급 브랜드점에 태연히 드나드는 것에 나는 놀라고 있었다. 아니, 실은 태연히 드나들 만한 성격이라고 감지했기 때문에 마음속 어딘가에서 거기에 편승할 생각으로 일 년 전 친구의 라이브 행사장에서 내가 갖고 있던 2안 리플렉스 카메라를 보고 말을 걸어온 세 살 연하의 이 여자애와 계속 만나는 것이다, 라고 지금 분명하게 깨달았다. 나의 선택은 옳았다. 삼 년 전에 취임한 이 브랜드의 디자이너를 좋아해서 파리컬렉션을 텔레비전 패션 프로에서 방송하면 쇼는 반드시 챙겨 봤지만, 바닥에 카펫이 깔린 브랜드점에 들어온 것도, 옷을 실제로 만져보는 것도 처음이었다. 하지만 점원들은 작은 브랜드 백 하나 살 수 있을까 말까 하는 월급을 겨우 한 번 받았을 뿐인 나 같은 사람도 손님으로서 평등한 웃음을 지으며 맞아주었다. 카펫은 폭신폭신해서 자칫 방심하면 걸려 넘어질 것 같았다.

"어떤 사람이 입을까? 엄청 날씬하고 키 큰 사람이겠지? 이거 봐."

하루요는 행거를 붙잡고 거울 앞에서 옷을 몸에 대보았다. 통통한 체형이라 하루요의 몸매 라인은 완전히 원피스의 윤곽 바깥쪽에 있었다. 하지만 하얀 피부가 아이보리색과 붉은색 천에 잘 어울려서 부러웠다.

"하긴 미인이고 몸매도 좋은 사람이 입으면 좋을 텐데, 어차피 돈 많은 아줌마 아니면 헛바람 든 아가씨가 돈 자랑하려고 사갈걸?"

아줌마 아니면 헛바람 든 아가씨.

하루요는 느린 말투와 날카로운 데가 전혀 없는 얼굴 때문에 입이 험해지면 험해질수록 말의 내실이 사라지는 것처럼 느껴진다.

"감촉이 전혀 다르다. 뭘로 만들었을까, 이거?"

매끈한 광택 때문에 투명한 느낌이 나는 새하얀 셔츠며 꽃무늬의 세밀한 자수가 들어간 에메랄드그린의 재킷 자락을 조심조심 만져보았다. 때를 묻히면 물어내야 하는 거 아닌가 하고 불안해졌다.

"당연히 실크지. 앗, 아사코, 이거 봐, 이 구두."

하루요는 가느다란 눈을 둥그렇게 뜨고 뺨이 불룩해져서

투명하게 빛나는 보석이 발등 한가운데 촘촘히 박힌 샌들을 집어 내게 내보였다.

"아, 눈부셔! 반짝반짝해!"

점원이 다시 이쪽을 보았다. 둘 다 따뜻한 미소를 짓고 있었다. 하루요는 반짝이 샌들에 발을 밀어 넣고 거울을 보았다. 내가 꽤 괜찮은 사람이 된 것 같아, 라고 말했다.

보라색 명품 백을 보여주었다. 점원 언니는 하얀 장갑을 꼈다.

대각선으로 맞은편의 샤넬 숍에 갔다. 소형 진열창 다섯 개가 벽에 나란히 끼워져 있었다. 별에 꼬리가 달린 혜성 모양 전부에 다이아몬드가 박힌 목걸이가 보였다. 6천만 엔이다. 이걸 달고 다니면 목을 잘라가는 거 아니야? 자는 사람의 목을 치다, 라는 말도 있잖아. 한가운데 진열창에는 낮의 반지와 밤의 반지가 전시되어 있었다. 2센티미터 폭에 돔형으로 도톰하게 부풀린 디자인이었다. 낮의 반지는 골드 링에 노란 토파즈와 루비가 모자이크 상태로 촘촘히 박혀서 한낮의 하늘과 해를 상징하고 있었다. 밤의 반지는 은색 받침대에 사파이어로 밤 하늘을, 다이아몬드로 달과 별을 표현했다. 너무도 아름다워서 나와 하루요는 순간 멍해졌다. 이런 멋진 디자인을 생각해 낸 사람에게 감사의 마음이 가득 차올랐다.

"괜찮으시면 한번 껴보시겠습니까?"

콧숨으로 유리가 흐려질 만큼 바짝 들여다보느라 정년을 앞둔 듯한 아저씨 점원이 우리 바로 옆에 와 있는 것도 알지 못했다.

"아뇨…."

상상도 못한 사태에 나는 당황스러웠다. 4백만 엔 전후(다이아몬드라서 밤의 반지가 더 비싸다)의 상품을 나 같은 사람이 손을 대도 될 리가 없다. 하지만 점원 아저씨는 선한 웃음을 지으며 열쇠를 꺼내 정말로 진열창을 열기 시작했다.

"껴보기만 하는 것쯤은 괜찮아요. 자, 여기. 잠깐만 껴보세요."

"아뇨, 아뇨, 아뇨, 아뇨, 저희가 감히 어떻게…."

"진짜요? 진짜 껴봐도 돼요? 네, 꼭 껴보고 싶어요!"

하루요는 뺨이 발그레해져서 벌써 손을 내밀고 있었다. 나는 하루요 뒤에 숨듯이 몸을 웅크리고 보석이 내뿜는 광채가 내게 닿지 않는 위치로 이동했다.

"웬만해서는 이런 기회 없으니까 빨리 손이나 내밀."

하루요의 오른손이 내 왼손을 끌어당겼다. 나는 동공이 크게 열린 하루요의 눈과 온화하게 미소 짓는 아저씨의 얼굴을 번갈아 보았다. 아저씨가 고개를 끄덕였다.

"어느 쪽으로 하시겠습니까?"

"밤의 반지…."

대답이 얼른 튀어나왔다. 사파이어는 깊고 투명한 군청색이어서 마치 바다 속 같았다. 다이아몬드는 천장에서 날카롭

게 비치는 조명을 수백의 방향으로 반사했다. 처음 본 순간부터 내 머릿속에는 밤의 반지밖에 없었다.

"뭐야, 아사코, 약삭빠르기는! 에이, 그럼 난 토파즈 껴볼래요."

아저씨는 흰 장갑을 낀 손으로 반지를 하나씩 찬찬히 꺼냈다. 우선 사파이어의 밤의 반지였다. 가슴 언저리에 써늘한 피가 번지는 느낌이었다. 심장이 꿈틀하는 것도 느껴졌다. 오른손으로 살짝 집어 든 밤의 반지가 왼손 약지에 스르륵 들어갔다. 사이즈가 커서 헐렁하다. 무거울 거라고 예상했는데 가벼웠다. 아니, 그게 아니라 무게가 전혀 느껴지지 않는다. 분명 내가 지금까지 알고 있던 물질이 아닌 것으로 만들어진 거라고 생각했다. 분명 이 사파이어처럼 깊은 군청 빛을 품은, 우주의 빛나는 별 중 어딘가에 있는 미지의 물질로.

"와아, 너무 잘 어울려, 아사코!"

하루요의 들뜬 목소리가 귀에 들어와 고개를 들었다. 어느새 낮의 반지를 낀 오른손을 내 쪽으로 내보이고 있었다.

"하루요… 너도 예뻐…."

그 말밖에 나오지 않았다.

"아름답지요?"

아저씨가 말했다. 그리고 어색한 상찬의 말을 거듭하는 우리를 말없이 지켜보았다. 그동안에 우리는 마치 딴사람이 된 것 같았다. 아주 잠깐이나마 아름답고 강한 사람이 된 듯한 기분이다.

미소를 무너뜨리지 않는 아저씨에게 반지를 돌려주었다. 우리는 스물두 살의 회사원과 열아홉 살의 점원으로 되돌아왔다.

신사이바시스지 상점가를 남쪽 방향으로 쭉 걸었다. 위를 올려다보니 아케이드의 반투명한 지붕에 네 개의 검은 점이 이동하고 있었다. 고양이 발이다! 엇, 하고 내가 손끝으로 가리켰을 때는 이미 사라지고 없었다. 머리 위로 고양이가 지나간 것을 아는 사람은 수많은 행인들 중에서 나뿐이다. 이제 곧 해가 저물고 그러면 다시 그 고양이가 돌아다녀도 아무도 못 본다.

일곱 시다.

'레인보우 룸'이 입주한 지하 일 층에 도착해보니 오카자키가 벌써 세팅을 마치고 가게 앞 의자에 앉아 담배를 피우고 있었다.

"엇, 고마워. 미안하다."

내가 휴대전화를 내밀자 오카자키는 후다닥 일어나 수건 두른 머리를 세 번 꾸벅꾸벅했다. 작고 마른 몸집의 오카자키는 '아기 원숭이 같은 몸놀림'이라고 고등학교 입학식에서 처음 말을 나눴을 때부터 수없이 생각했지만 아직도 이따금 생각한다. 이곳에 오기 전에 들른 가게에 깜빡 휴대전화를 놓고 왔으니 좀 찾아와달라고 오늘 함께 연주할 우쿨렐레 담당 친구의 휴대전화를 빌려 연락해왔다. 하루요는 활짝 열린 문으로 가게 사람에게 손을 흔들면서 말했다.

"주차장에서 차 박았다면서?"

"살짝 긁힌 것뿐이야. 포스트카드 팔 거면 이 판매대 써도 된다더라, 점장이."

오카자키 옆에 작은 접이식 테이블이 있었다. 테이블 너머로 옆 가게의 파란색 문이 보였다. 긴 복도의 오른편과 왼편에 갈색이며 검은색 문이 일곱 개씩 늘어서 있다. 각각의 문 왼쪽 위에는 가게 이름이 찍힌 조명 간판이 볼록 튀어나왔다. 맞은편의 '아야코(絢子)'라는 간판이 달린 가게의 닫힌 문에서는 아저씨들이 노래방 기기로 외치는 소리가 왕왕 울리고 있었다. 오카자키는 마이크스탠드처럼 기다란 재떨이에 담배를 비벼 껐다.

"우리 순서는 아홉 시쯤이지? 한 바퀴 둘러보자."

붉은 조명이 켜진 지하 일 층 복도로 우리는 걸어갔다. 양쪽에 늘어선 문들은 대부분 닫혔지만, 오 층 대형 클럽과의 공동 이벤트에 참가하는 가게는 모두 열어둔 모양이다. 그 이외에 오래전부터 영업하던 주점도 오픈 준비를 하느라 두세 군데 문을 열었는데 카운터에서 담배를 피우는 옷도 화장도 가게 인테리어와 비슷하게 화려한 톤의 나이 든 언니들과 눈이 마주치곤 했다. 큐브형 전등을 조합한 샹들리에가 매달린 계단에서 벌써 술에 취해버린 아저씨들과 마주치며 일 층으로 올라가자 다시 양쪽에 주르륵 가게 문이 달린 복도가 이어졌다. 일 층은 '주점'이나 '라운지'라는 간판이 많고 '클럽'도 '구락부(俱樂部)'라는 옛날식 표기였다. 그다음 층도 아마 대부분 그런 느낌일 것이다. 복도 안쪽의 열린 문에서 미소라 히바리의 〈사과 오이와케〉°라는 노랫소리가 들려왔다. 좁고 긴 가게 안에 미러볼이 무지개색을 내뿜으며 빙빙 돌고 그 빛 방울을 받으며 사이키델릭 무늬 원피스를 입은 젊은 여자 둘이 캔맥주를 번쩍 들었다.

"아, 하루요!"

"오랜만이다."

그녀들은 카운터에 앉은 손님 뒤를 겨우겨우 뚫고 앞으로 나와 하루요와 끌어안았다.

"하루요, 오늘 하라다 군은?"

"헤어졌어."

"어머, 그럼 사토시하고 사귄다는 거, 진짜야?"

"흐응, 글쎄?"

하루요는 애매하게 웃으며 좁은 공간에서 몸을 흔들었다. 나는 어깨에 걸고 있던 가방에서 콤팩트카메라를 꺼내 하루

° 1952년에 발매된 가수 미소라 히바리의 싱글 악곡. 나가노 남부 오이와케 지역 민요 중 하나다. 원래 역참에서 부른 애조 띤 마부의 노래로 각지에 전해져 여러 형태로 변화했다.

요를 겨눴다. 셔터를 누르는 순간, 파인더의 작은 네모 속에 오카자키가 뛰어들었다. 이런 곳에 오면 한 달 전까지 대학생 신분이던 시절과 나도 그렇고 주위도 그렇고 전혀 달라진 게 없어서 연휴 끝나는 대로 다시 회사에 나가야 한다는 것이 믿어지지 않는다. 아니, 그보다 한 달 가까이 회사에 다닌 내가 오히려 거짓말 같다.

이 층 엘리베이터 홀 맞은편에 '용서받지 못한 자'라는 간판을 내건 가게가 있었다. 그곳은 항상 문이 열려 있고, 다른 가게의 두 배쯤은 되는 실내 벽에는 서부극처럼 황야와 선인장과 말이 그려져 있었다. 빨간 소파에 정장을 입은 남자의 뒷모습이 보였다. 뭐 하는 가게인지 모르겠네, 라고 하루요가 말했다.

주점 영업 시절의 노래방 무대를 그대로 살려 한 칸 높은 '레인보우 룸'의 깊숙한 안쪽에서 우쿨렐레를 품에 안은 여자는 실연의 노래를 부르고 그 옆에서 오카자키는 가늘고 기다란 북을 쳤다. 나와 하루요는 입구 옆 작은 테이블 판매대에서 직접 찍은 사진으로 만든 포스트카드를 팔았다. 처음 사준 손님은 사이키델릭 원피스의 두 사람이었다.

"와아, 귀엽다. 너무 귀엽지, 이거?"

"이것도 진짜 귀여워. 귀여워, 귀여워."

두 사람이 집어 든 것은 역시 개와 고양이 사진이었다. 나와 하루요는 웃는 얼굴로 응하면서 서로 눈짓을 주고받았다. 봄 방학 기간에 프리마켓에서 포스트카드를 판매했을 때, 잘 팔리는 건 무조건 개와 고양이 등의 동물 관련 사진이었다. 우리가 좋아했던 하늘이나 클럽의 조명 불빛이나 호수 사진 등을 사가는 건 약간 특이한 사람들뿐이라는 것을 알았지만, 실은 우리도 사진은 소소한 취미 활동일 뿐이었기 때문에 불평할 권리는 없다. 아무튼 용돈벌이에만 집중하기로 하고 여러 장을 한번에 복사하는 것으로 코스트다운을 꾀하면서 오늘 판매에 임했다.

"난 이거하고 이거."

"난 이거 세 장."

"고맙습니다. 아, 이런 것도 있어요."

나는 잽싸게 이구아나와 거북이 사진을 내밀었다. 이구아나가 팔렸다.

"라라라~라라라~, 라라~라~라~."

오카자키가 두드리는 북의 리듬에 맞춰 하루요가 작은 소리로 흥얼거렸다. 카운터에서 칵테일을 만드는, 도토리 같은 쇼트 보브헤어의 알바 여자가 가장 마음에 들었던 매화 사진을 사줘서 흐뭇했다. 오늘은 좋아하는 사람이 올지도 모른다, 라고 했던 그녀의 티셔츠 가슴팍에서는 장미 문신이 살짝 내보였다. 뭔지는 잊어버렸지만 빨간 칵테일은 아주 맛있었다.

엘리베이터를 타고 오 층 클럽에 올라가보았다. 어느 틈에 수많은 사람으로 가득 찼다. DJ가 빨라졌다가 느려졌다가 하는 음악을 계속 걸어주는 동안, 아무도 없는 무대를 보고 있었다.

밤 한 시가 지났다. 하루요와 번갈아 하품을 하면서 편의점 불빛 아래 서 있었다. 복사기로 레인보우 룸의 점장에게 줄 사진을 확대하는 중이다.

"오, 크니까 뭔가 좋은데?"

"컬러 복사 색깔, 난 마음에 들더라고."

오른쪽 밑의 트레이에 A3 사이즈로 확대된 사진이 천천히 밀려 나왔다. 글라디올러스는 원래 사진보다 진하게 빛을 뿜는 듯한 빨간색으로 나와서 꽃의 빨간빛과 잎사귀의 초록빛의 경계가 번져 있었다. 하루요가 사진을 바꿔 넣고 나는 동전을 넣었다.

"이런 곳에서도 역시 개가 강하네. 고양이도."

"어떤 식으로 찍었느냐보다 무엇을 찍었느냐는 게 중요하지?"

"아니, 그보다 개나 고양이를 찍었느냐 아니냐는 거지. 게다가 어린놈으로."

오른쪽 밑으로 종이가 나왔다. 호수에 하늘과 구름이 비치고 있었다. 교체 중인 잡지더미가 바닥에 방치된 잡지 매장에서 온몸을 검은 옷으로 감싸고 검은 선글라스를 낀 젊은 남자가 선 채로 프로레슬링 잡지를 읽고 있었다. 같은 이벤트에서 나온 듯한 여자 세 명이 아이스크림 진열장 앞에서 누군가의 험담을 큰 소리로 떠들었다. 하루요가 가게 안쪽으로 들어갔다.

"푸딩 살래."

"지금?"

말은 그렇게 하더니 하루요가 고른 것은 거기에 생크림까지 듬뿍 얹힌 라지 사이즈의 푸딩이었다.

"사토시가 올지도 몰라."

"아, 새 러브스토리?"

"에이, 아직 몰라. 무슨 후지산 오르는 게 취미라나?"

"후지산?"

장발의 점원은 오로지 자신의 손 쪽만 보고 있었다. 나는 소금사탕을 샀다. 캐미솔 재킷의 여자들은, 이다음에 그놈 만나면 칼로 찌른다, 응, 찌른다, 라고 해가면서 하겐다즈 바닐라와 쿠키앤크림과 스트로베리를 각자 사갔다.

휴대전화로 계속 통화하는 하루요의 뒤를 따라갔다. 성매매업소가 이어진 한밤중의 도로에서는 대중목욕탕 냄새가 났다. 갑자기 강한 빛이 비쳐서 돌아보았다. 전쟁터 차량인가 싶은 검은색 허머가 달려오고 있었다. 아무리 봐도 생각했던 것보다 너무 납작하다. 그럼 난 데리러 갔다 올게, 라고 손을 흔드는 하루요의 윤곽이 허머의 미등과 겹쳐졌다.

계단은 등롱과 붉은 아치형 다리의 미니어처로 꾸민 작은 분수를 빙 두르듯이 이어졌다. 데이비드 보위가 우주선으로 교신하는 노래와 뽕짝뽕짝하는 노래방 트롯이 뒤섞여 지하 복도 쪽에서 울렸다. 손에 물방울이 닿는 느낌이 들었다. 분수를 보았다. 수면에 생긴 균등한 물결무늬에 천장의 싸구려 샹들리에 불빛이 반사하고 있었다. 레인보우 룸 앞까지 가자 입구의 비닐커튼이 하늘하늘 흔들렸다. 바람이 불지 않으니 소리 때문에 흔들리는 거라고 생각했다. 들어가려고 하자 손님이 빼곡히 늘어선 카운터 안에서 몸을 흔들던 점장이 오른편을 손끝으로 가리키며 "오카자키는 저쪽"이라고 말했다.

다시 복도로 나오자 공기가 차가웠다. 비가 내리는 듯한 소리가 작게 들려왔다. 아까 그 분수는 여기서는 보이지 않는다. 근처 어딘가 가게에서 비를 내리게 하고 있는지도 모른다. 옆 가게의 금빛으로 칠해진 문은 닫혀 있었다. 간판은 검은색 바탕에 빨간 글씨로 'B12'라고 적혀 있었다. 왜 그런지 사자의 발 모양으로 만들어 붙인 손잡이를 당겼다. 그 순간 안쪽에서도 미는 힘이 있어서 허를 찔린 나는 균형을 잃고 복도에 넘어졌다. 주저앉은 내 눈 앞에서 벌컥 열린 문으로 프릴이 달린 하얀 블라우스를 입은 남자와 검은 원피스를 입은 여자가 빙글빙글 돌면서 나타났다. 두 팔을 얼굴 옆에 올리고 손가락을 하늘하늘 흔들고 팔꿈치와 허리로 리듬을 타면서 회전하고 있었다. 문 너머에서 단숨에 삼바음악이 뛰쳐나왔다. 여자가 나를 알아보고 눈을 둥그렇게 떴다.

"어머, 왜 그래? 괜찮아?"

두 사람이 달려와 내 양쪽 겨드랑이를 잡고 일으켜주었다. 여자의 눈은 원피스 천과 똑같이 균일한 검은색이었다. 여자는 내 앞과 뒤를 점검하듯이 살펴보더니 미소를 지었다.

"자리 비었으니까 얼른 들어가."

거기에 맞춰 남자가 긴 커프스의 소매를 흔들며 문을 열어주었다. 삼바에는 휘슬 소리가 섞이기 시작했다. 나는 남자가 당겨준 문의 손잡이를 다시 잡았다. 마치 사자와 악수하는 듯한 감촉이었다.

"고마워."

내가 끄덕 인사를 건네자 하얀 남자와 검은 여자는 다시 빙글빙글 돌고 빠르게 스텝을 밟으며 복도를 나아갔다.

사자 손잡이를 당기고 가게 안을 들여다보았다. 넓다, 라고 생각했는데 왼편 벽은 거울이었다. 긴 카운터만 있는 레인보우 룸과 똑같은 구조에 단지 좌우가 반대였다. 크리스마스트리에 장식할 법한 알전구가 천장을 한 바퀴 빙 두르고 있었다. 그 천장에는 별 모양의 작은 조명이 여러 개 매달려 있다. 조명은 그것뿐이었다. 예쁘다, 라고 생각하면서 어둠침침한 가게 안에 눈이 익숙해졌을 때, 바로 앞에 그 사람이 있었다.

"안녕?"

선명한 초록색 후드집업을 입은 그가 말했다.

"안녕."

나는 그와 똑같은 말을 입 밖에 내보았다.

"잘 지내?"

그가 다시 말했다. 나는 목소리가 나오지 않아 말없이 고개를 끄덕였다. 그의 얼굴도 손도, 모두 다 내가 다시 한 번 보고 싶다고 생각했던 바로 그것이었다.

"어서 와요."

카운터 안에 있던 머리가 엄청 긴 여자가 말했다. 나는 그 옆의 스툴에 앉았다. 그리고 그때 알았다. 그가 후드집업 안에 입고 있는 티셔츠는 밤하늘 같은 짙은 청색이고 가슴팍에 하얀 별이 그려져 있다는 걸. 밤하늘의 하얀 별. 그리고 아래를 보니 운동화를 신고 있었다. 나는 물었다.

"신발, 샀네?"

"신발?"

그가 슬쩍 고개를 갸웃하며 웃었다. 웃었다! 나는 죽을 만큼 기뻤다. 그래서 물었다.

"뭐 마시고 있어?"

"우롱차."

"같은 걸로 주세요!"

머리가 길고 눈이 큰 여자는 가늘고 긴 유리잔을 내 앞에 내주었다. 내가 한 입 마시는 것을 보고 나서 그녀는 말했다.

"아차, 재스민차를 잘못 줬네."

그리고 웃었다. 나는 어느 쪽이든 좋았다.

"별이⋯."

그가 천장을 올려다보았다.

"뾰족해서 찔릴 것 같다."

내가 그와 나란히 거울에 비치고 있었다. 그를 만날 수 있었던 내가 또 한 명 있어서 기뻤다.

오카자키는 반대편 옆쪽 가게에 있었다. 그곳은 모든 것이 파란빛인 가게였다. 벽은 하늘색, 카운터는 청록색. 사토시 군을 데리고 돌아온 하루요는 내 옆에 앉은 그를 위에서 아래까지 세 번이나 찬찬히 훑어보았다. 우쿨렐레를 껴안고 앞쪽에 앉아 있던 오카자키가 말했다.

"친구야? 어때, 만난 기념으로 한 곡 켜줄까?"

새벽의 바깥 공기는 차가워서 반가웠다. 주차장이 상당히 멀리 있어서 나와 하루요는 다시 오카자키의 일머리 서툰 것을 투덜거리며 그의 짐을 날랐다.

"어떡해? 이렇게 좋은 일이 막 생겨도 되는 거야?"

나는 양팔에 껴안은 박스도 가볍게 느껴질 만큼 폴짝폴짝 뛰면서 말했다. 팔다 남은 포스트카드로 채워진 봉투를 덜렁 덜렁 흔들면서 하루요가 말했다.

"안성맞춤이란 게 이런 때 쓰는 말인가?"

"조금 달라."

나는 대답했다. 얼굴은 웃고 있었다. 벌써 몇 시간째 이 얼굴이다. 하늘은 한밤중의 짙은 파란색이지만 길거리의 공기는 이미 밤이 아닌 것으로 바뀌었다. 쓰레기장 앞에 술에 취해 주저앉은 채 잠든 아저씨가 있었다. 쥐가 길 한가운데까지 나왔다가 되돌아갔다.

"아사코는 그런 타입을 좋아하는구나?"

하루요의 목소리는 길 양쪽의 복합빌딩 벽으로 빨려들어갔다.

"내 타입이라든가 그런 거 아니고, 아아, 내가 기다렸던 그 사람이다, 라는 느낌."

"나는 그런 얼굴, 어쩐지 믿음이 안 가던데."

"그런 얼굴이라니?"

"잘생긴 얼굴, 이라기보다 남들이 호감 갖는 얼굴이라는 걸 자기도 뻔히 다 알고 있는 느낌이잖아. 그런 사람은 역시 어딘가 자기 위주일 수밖에 없어."

"진짜 하루요는 남자 보는 눈이 있다니까. 그래도 내가 원하던 사람이 나타났잖아. 그런 일이 이 세상에 있어도 괜찮은 거야? 아, 괜찮겠지? 실제 일어났잖아!"

"내가 진지하게 얘기해주는데, 뭔 딴소리야. 그 사람, 남의 말을 듣는 건지 마는 건지 잘 모르겠는 말투야. 그런 거, 괜찮아?"

하루요가 입을 툭 내밀었다. 그러고는 조금 힘을 빼고 말했다.

"하긴 뭐, 안성맞춤이라니까 더 할 말은 없지만."

"안성맞춤과는 조금 다르다니까?"

주차장에 도착하자 주위의 차들이 떠나고 혼자 덜렁 남겨진 오카자키의 왜건차가 보였다. 뒤 트렁크를 열고 서 있는 오카자키가 차내등 불빛에 희미하게 떠올랐다. 짐을 싣고 나자 오카자키와 하루요는 다시 한 번 점장에게 인사하고 오겠다면서 돌아갔다. 차에서 멀어져가며 하루요가 가슴 앞에서 슬쩍 흔들어준 손의 하얀빛이 잠시 눈에 남았다.

슬라이드도어를 열고 한가운데 시트에 엉덩이를 걸치고 앉아 나는 먼저 조수석에 타고 있던 바쿠에게 말을 건넸다. 그는 '바쿠(麦)'라는 이름이었다. 도쿄에서 왔고, 어제까지 한 달쯤 고베의 지인 집에 얹혀살면서 빈둥빈둥 놀았다, 라고 얘기해주었다.

"바쿠라니, 드문 이름이네?"

차 문을 열어뒀기 때문에 가까운 상점가에서 두부 냄새가 풍겨왔다. 배가 고팠다.

바쿠는 조수석 창에 팔꿈치를 짚고 손에 턱을 얹은 채 지그시 나를 보았다.

"아버지가 곡물 연구자야. 대지의 은혜 예찬 같은 거래. 여 동생은 쌀 미 자를 써서 마이. 그보다는 낫지 않나?"

"마이."

나는 확실한 발음으로 되풀이했다. 사실은 바쿠, 라고 하고 싶었다. 마음속에서는 벌써 헤아릴 수 없을 만큼 불러보았다. 바쿠. 어제 바쿠를 만나고 아직 열다섯 시간 정도밖에 지나지 않았다는 게 믿어지지 않았다. 그동안 내가 내내 잠을 안 자고 깨어 있었다니, 대단하다고 생각했다.

바쿠가 바쿠의 목소리로 말했다.

"이름 붙여준 그 사람, 벌써 오랫동안 만나지 않았지만."

"리버 피닉스 같아."

나는 꼼짝도 하지 않고 말했다. 바쿠가 물었다.

"뭐가?"

"리버 피닉스라는 사람, 부모님이 자연 지향이라서 다른 형제들도 이름이 썸머라든가 레인이라든가."

바쿠는 앞 유리 너머로 시선을 옮겼다. 그러고는 대시보드의 재떨이를 열었다가 다시 닫았다. 바쿠도 두부 먹고 싶을까, 라고 생각했다.

"리버 피닉스는 뭐 하는 사람?"

"이미 죽은 사람."

나는 무심코 시트 위에 놓인 오카자키의 윈드브레이커를 만지작거렸다. 보라색인데 감색으로 보였다.

"리버 피닉스, 불사조 강(江) 씨."

바쿠의 목소리에 나는 얼굴을 들었다. 차내등의 노란색을 띤 불빛에 떠오른 바쿠의 옆얼굴을 빤히 보았다. 앞 유리 너머 큰길을 건너 맞은편 인도에 대학생인 듯한 사람들이 걸어가는 게 보였다. 어지간히도 즐거운지 옆으로 굴렀다 춤을 추었다 하면서 걸어가는 모습이 하얀 가로등 불빛에 비쳤다. 눈을 깜빡일 때마다 바깥 공기가 부쩍부쩍 환해졌다.

"강이라…."

바쿠가 되풀이했다. 눈썹과 속눈썹이 까맣다. 바쿠가 앞을 보고 있어서 나도 다시 한 번 밖을 보았다. 남학생 한 명이 전봇대에 기어올라가 벗은 티셔츠를 내두르고 있었다.

"응, 강."

나는 태어난 이후 최고의 웃는 얼굴로 대답했다. 갓 만든 두부 냄새가 차 안에도 가득해서 숨이 막히려고 했다. 새가 우는 소리가 들렸다. 날이 밝기 시작했다. 별은 아직 남아 있었다. 가게의 전구알도 아직 환하게 빛났다. 똑같은 간격으로 줄을 선 가로등도 빛났다. 그리고 이제 곧 태양의 강한 빛이 그 전부를 하얗게 뒤덮고 이 장소도 환해지려 하고 있다. 전봇대에 올라갔던 남학생이 내려오다가 중간에 떨어졌다. 뒤에 있던 여학생이 그를 받아 안으면서 뭔가 큰 소리로 말했다. 그 말은 들리지 않았지만 뭐라고 했는지 나는 알고 있었다.

'진짜 좋아해!'

여자애는 남자애를 끌어안은 채 그 자리에서 움직이지 않았다.

○○○

오월이다.

긴 연휴는 끝났다.

퇴근까지 이제 세 시간 남았다, 라고 시계를 올려다보며 확인했다. 연휴가 끝나자마자 정해진 시간에 일어나 정해진 시간에 지하철을 타고 마치 그것이 처음부터 당연했던 것처럼 회사의 회색 의자에 앉아 있는 내가 재미있다, 라고 할 정도는 아니고, 그냥 그저 그랬다.

책상 위에 팔 일 동안 방치되어 있던 뚜껑 달린 머그컵을 들고 탕비실 싱크대 앞으로 갔다. 뚜껑을 열었더니 초록색 늪이 생겨나 있었다. 은은하게 그리운 옛날 냄새가 났다. 지금까지 겪었던 차(茶)가 썩었을 때의 기억이 몇 개씩이나 되살아났다. 썩은 차의 냄새인지 아니면 곰팡이 자체의 냄새인지는 알 수 없었다. 설거지통에 뜨거운 물을 받아 세제를 넣고 머그컵을 폭 담갔다. 복도에 인기척이 없는 것을 확인한 뒤에 호주머니에서 휴대전화를 꺼냈다. 수상쩍은 건강기구 판매회사에 입사해 연수를 받으러 나가노에 가 있는 대학 동창에게서 메시지가 들어와 있었다. 최근에 기종을 바꾼 그녀와는 이제 겨우 메시지를 주고받게 된 참이어서 유난히 자주 보내온다. 회색 작은 화면에 이러니저러니 늘어놓은 글자들이 주르륵 이어졌다.

'아침마다 달리기를 하니까 건강해졌어. 아사코는?'

답장했다.

'찻잔에 곰팡이가 엄청 피었어. 큰일 났어!'

응접실을 들여다보니 치우지 않은 찻잔이 다섯 개나 있어서 냉큼 들고 와 머그컵과 함께 씻었다. 일을 좀 했다는 뿌듯한 기분이 들었을 때, 친구에게서 답장이 왔다.

'그건 인간적으로 있어서는 안 될 일이잖아. 착실히 일해!'

나도 답장을 보내려는 참에 인기척이 들려서 재빨리 휴대전화를 행주 밑에 감췄다.

"아사코 씨, 이따가 결산보고서, 또 정리해야 됩니다."

항상 열어두는 문 뒤에서 히노 씨가 이쪽을 들여다보며 말했다. 히노 씨는 삼십 년 전 창업 당시부터 근무해온 사람이라 뭐든 빠삭하게 다 아니까 절대로 그의 눈 밖에 나서는 안 된다, 라고 상사도 선배 언니도 얘기했었다. 히노 씨는 오늘부터 반소매 유니폼을 입었다. 미용실에 다녀왔는지 쇼트커트의 센 파마머리에 확실한 드라이 흔적이 남았다. 진짜가 나타났다, 라고 생각했다. 히노 씨는 밤 시간에 재방송 중인 이십 년 전 드라마 속 남들 괴롭히는 악역 배우를 빼닮아서 그 모습을 볼 때마다 이곳이 회사라는 실감이 든다.

"네네, 금방 갈게요."

대답하는 것과 동시에 행주 밑의 휴대전화가 부르르 진동했다. 스테인리스 싱크대라 괜히 더 크게 울려서 화들짝 놀랐다. 휴대전화로 메시지를 주고받는 상대가 많아지는 바람에 이런 민망한 일이 종종 빚어지는 것이다. 히노 씨는 문 앞에 선 채 싱크대로 시선을 던졌다. 그리고 천천히 내 얼굴을 보았다.

"회사에 다닌다는 건 다시 말해서 돈 받은 만큼 일을 해야 된다는 거예요."

히노 씨가 낮은 목소리로 말했다.

"네."

나는 대답했다. 웃음이 터지려고 해서 필사적으로 참았다. 다시 말해서, 라니 히노 씨는 문어체를 좋아하는 건가. 다시 한 번 스테인리스 판에 진동음이 울렸다. 점점 더 궁지에 몰리는 상황이 왠지 너무 웃겨서 입술을 악물며 참았다.

"얼른 치우고 제1회의실로 따라오세요."

히노 씨는 그 말을 남기고 영업팀 쪽으로 갔다. 머그잔의 곰팡이는 그나마 들키지 않아서 다행이다. 설거지도 청소도 젬병이라서 온갖 것에 곰팡이가 피고 집에서는 하루 종일 텔레비전을 켜둔 채 쿨쿨 자는 인간이라는 걸 들켰다가는 이 회사에서 버티기 어려워질지도 모른다. 앞으로 오래오래 다녀야 하니까 조심하지 않으면 안 된다.

일단 휴대전화를 확인했다. 카페에서 알바로 일하는 여자 친구가 보낸 것이다. '조금 전에 온몸이 핑크색인 아저씨를 봤어!'라는 메시지였다.

제1회의실에는 히노 씨도 없고 아무도 없었다. ㅁ자 형으로 놓인 긴 책상 위에 몇 십 년분의 결산보고서가 쌓여 있었다. 벽 쪽에 겹겹이 쌓아둔 의자 앞을 지나 창문 너머 바깥을 내다보았다. 같은 높이의 옆 빌딩 칠 층은 모두 블라인드가 내려져 있었다. 열려 있는 건 본 적이 없다. 아래를 내려다보니 나가호리바시 역 쪽으로 걸어가는 사람들이 많았다. 정장 차림의 사람들 사이로 새 옷을 샀는지 큼직한 종이가방을 든 여자 셋이 나란히 걸어가고 있었다. 평일인데 좋겠다, 라고 얼마 전까지 나도 그랬던 것을 생각하면서 유리창에 비친 내가 나비 넥타이 달린 블라우스에 체크무늬 조끼의, 평소에는 절대로 입지 않을 옷을 입고 있는 것을 잠시 바라보았다. 친구들이 보면 웬 코스프레냐고 웃을지도 모른다.

"아사코 씨, 뭘 보고 있지요?"

히노 씨의 목소리에 돌아보니 벌써 맨 끝의 결산보고서 더미를 나눠 종이박스에 옮기는 작업을 하고 있었다. 너무도 자연스럽고 잽싼 동작에 감동하는 것과 함께 히노 씨는 어쩌면 몸속에 그런 프로그램이 내장된 로봇인지도 모른다, 라고 생각했더니 조금 재미있었다. 하지만 겉으로는 다급한 척하며 히노 씨의 반대편에서 나누기 작업을 시작했다. 종이 끝에 손가락을 베었다. 이런 게 계속 이어진다, 라는 생각이 들었다. 학교처럼 시간표 구분이나 끝나는 시간이 정해져 있지 않다. 이런 식으로 하루하루 넘어가는 수밖에 없다고 생각하니 무서웠다.

"아직 온갖 것에 호기심이 많은 나이구나? 좋겠다."

히노 씨는 동작을 멈추지 않은 채 말했다. 이거, 일종의 직장 내 언어폭력인가, 라는 생각이 퍼뜩 떠올랐다. 나중에 친구한테 메시지를 보내봐야지. 오늘은 소재거리가 많아서 다들 부러워할 게 틀림없다.

착실히 작업을 해나가기를 십여 분, 어디선가 벌레가 날아가는 듯한 소리가 들렸다. 점점 커지면서 그 소리에 멜로디가 있다는 것을 깨달았다. 옆을 보았다. 아마도 콧노래인 듯한 그소리는 말없이 작업을 계속하는 히노 씨의 얼굴쯤에서 발생하는 것 같았다. 무슨 노래인지 선율을 따라잡으며 히노 씨의 옆얼굴의 코와 입 근처를 찬찬히 살펴보았다.

"손, 멈췄나요?"

얼굴을 들지 않은 채, 히노 씨가 말했다. 어떻게 안 보고도 내 상태를 알고 있을까, 언젠가 나도 그런 기술을 익히게 될까, 라고 감탄하며 나는 사과했다.

"죄송합니다."

다시 분류 작업을 시작했다. 잠시 지나자 희미한 콧노래가 들려왔다. 나도 모르게 다시 히노 씨를 쳐다보았다.

"왜, 뭔가 할 말 있어요?"

"아뇨. …저기, 그거 무슨 노래예요?"

"뭐라고 했죠? 노래라니?"

"아니, 히노 씨가 노래를 한다고 할까…."

히노 씨는 지그시 내 얼굴을 보았다. 그러고는 말했다.

"노래 따위, 안 불러요. 오싹한 소리 하지 마세요."

"죄송합니다."

나는 그 뒤에도 히노 씨와 나란히 작업을 계속했다. 히노 씨의 콧노래는 띄엄띄엄 들려오고 무슨 노래인지 생각도 안 나고 뭐가 '오싹한' 건지도 알 수 없었다.

퇴근길에 지하철 플랫폼에서 한 발씩 껑충껑충 뛰는 남자를 보았다.

○ ○ ○

유월이다. 덥다.

모퉁이 길을 꺾어들자 바로 앞 연립주택 일 층 문이 벌컥 열리고 한 남자가 소리치면서 나왔다.

"나는 간다면 가는 사람이야! 3백만 엔, 잘 보관해둬."

3백만 엔?

남자는 일흔에서 여든, 그 정도 나이쯤으로 보였다. 잘하면 종이도 꽂힐 만큼 미간의 주름이 깊었다. 더운 날씨인데도 갈색 양복 차림이고 게다가 단추까지 채웠다. 남자의 발밑에서 새까만 고양이가 뛰쳐나와 맞은편 집 담벼락으로 뛰어올랐다.

마치 대각선 위를 걷듯이 작은 공원을 가로질러 갔다. 그네와 흔들 놀이기구에 앉혀진 판다와 하마가 반짝거렸다. 그것 말고는 하얀 모래뿐이었다. 더웠다. 주위에 빙 둘러 서 있는 은행나무는 빈약하고 해가 중천이어서 그늘도 없었다. 몹시 넓은 곳을 걸어가는 느낌이었다.

안쪽 펜스 너머에 건물 다섯 채가 나란히 서 있는 것이 보였다. 오른쪽에서 두 번째 목조 연립주택 일 층의 이쪽을 향한 창문이 바쿠가 있는 곳이다. 창은 열려 있다. 안은 어두웠다. 음악 소리가 들렸다. 펜스 끝에 출입문처럼 쓰이는 곳을 지나 에어컨 실외기며 내버려진 화분으로 가로막힌 틈새를 건너 바쿠의 방 창문 아래 도착했다. 음악 소리는 멈추고 사람 소리가 들렸다. 텔레비전 소리였다. 옆에 굴러다니던 콘크리트 벽돌을 두어 장 쌓아올려 발판으로 삼고 방 안을 들여다보았다.

네모난 방이다. 바쿠는 없었다. 왼편 벽에도 똑같은 크기의 창문이 있고 마찬가지로 반쯤 열려 있었지만 바로 옆집의 벽이 바짝 붙어서 어둠침침했다. 어떤 창에도 커튼은 없었다. 방 안에 있는 것은 다다미 바닥에 덜렁 놓인 텔레비전과 매트리스뿐이다. 작은 텔레비전 화면에 어딘지는 모르지만 유럽인 듯한 마을 풍경이 나오고, 수없이 들었는데도 제목을 모르는 곡이 다시 흐르기 시작했다. 바이올린 소리였다. 다다미 골풀 냄새가 났다. 정면의 붙박이장은 오른편이 열려 있었다. 부엌과 구분한 유리문도 오른편이 열렸다. 욕실 문도 활짝 열어둔 채였다. 지인의 집에서 지내던 바쿠는 지난주에 이곳으로 이사했다. 짐은 가방과 박스 하나밖에 없었다. 지난주 토요일에 오카자키, 하루요와 함께 이사 기념으로 이 방에서 밥을 해먹었다. 그날과 지금이 하나도 달라진 데가 없었다.

나는 창틀에 두 팔을 얹고 안을 들여다보았다. 발밑이 휘청 흔들려 흠칫 놀랐다. 방에 물건이 없는 게 부러웠다. 실은 낮잠 자는 바쿠를 들키지 않고 실컷 쳐다보고 싶었는데, 라고 못내 아쉬웠다. 발소리가 났다. 문을 지켜보았다. 그 문이 열리고 바쿠가 나타났다.

"안녕?"

바쿠는 벗은 신발을 나란히 맞춰놓고 창문 쪽으로 걸어왔다. 왼손에 둥근 의자를 들고 있었다.

"안녕."

나는 기뻤다. 무릎이 분무식 도장 외벽의 꺼끌꺼끌한 면에 쓸려서 아픈 것까지 즐거웠다. 그 즐거운 기분으로 물었다.

"밥 먹었어?"

"안 먹었어."

바쿠가 둥근 의자를 내려놓고 앉았다. 지난주에 오카자키의 차로 대형 쓰레기 수집 일을 노려 주워온 가구 중의 하나다. 오렌지색이고 꽃무늬고 비닐을 씌운 둥근 의자. 그 꽃이 마침 내가 좋아하는 개양귀비 꽃이어서 세상에 모든 게 마음먹은 대로 술술 풀리는 경우도 있구나, 라고 생각했었다. 다른 꽃이라도, 다른 색깔이라도 그렇게 생각했을 것이다. 공원 모래가 섞인 마른 바람이 불어와 등짝의 땀을 식혀주었다. 바쿠가 있는 방 안은 바깥보다 약간 온도가 낮았다.

"안 먹었어?"

바쿠는 대답하지 않았다. 이곳은 오카자키의 할머니 소유의 오래된 연립주택이다. 이 층 세 칸을 수리해 하나로 합치고 거기서 오카자키의 어머니와 형이 살고 있다. 일 층 가장 안쪽의 세 평도 안 되는 이 방은 좁고 햇볕도 거의 들지 않아 삼 년 전부터 오카자키가 악기며 만화 같은 것을 보관하는 창고로 썼다. 학점이 모자라 졸업을 못한 오카자키는 올봄에 친구들과 대학 근처에 단독주택을 빌려 지난달에 짐을 가져갔기 때문에 바쿠가 이 방에서 살기로 했다. 오카자키는 비디오 딸린 작은 텔레비전만 남겨놓고 갔다. 그 텔레비전에서 흘러나오던 음악이 한층 더 커지면서 방송이 끝났다. 바쿠는 텔레비전 앞으로 다가가 채널을 몇 번 바꾸더니 리모컨을 원래 자리에 내려놓고 돌아왔다. 바쿠의 동작은 하나하나 독립된 행위처럼 이뤄지는 느낌이다. 그것도 좋아, 라고 생각했다.

텔레비전 화면에 베트남의 풍경이 나왔다.

"나, 저기 간 적 있어."

"진짜?"

"어머니가 살았던 적이 있어서, 반년쯤."

"언제?"

"오 년 전이던가?"

"바쿠가 여기저기 떠도는 건 어머니 영향?"

"재미있었어."

바쿠는 네모난 화면 속의 논과 높은 나무들과 쭉 뻗은 길을 달리는 차를 보면서 말했다.

"햇빛이 전혀 다르다고 할까. 햇빛과 수분과 온도, 모두 다 함께 녹아드는 느낌."

그곳은 바쿠가 가봤던 곳이고 나는 가본 적이 없는 곳이다. 발밑의 벽돌이 삐끗 무너질 뻔했다. 자세를 바로잡았다. 그늘인데도 등짝으로 공원의 무더위가 전해져왔다.

"베트남도 더워?"

"더워서 낮에는 아무도 밖에 안 나가. 가게는 새벽에 열고, 저녁이 되면 다시 줄줄이 나오지."

텔레비전 안을 달리던 사륜구동 차가 강에 들어섰다. 폭이 넓은 탁한 강.

"미토 근처."

바쿠가 말했다.

"미토?"

나는 바쿠의 말을 따라했다. 바쿠가 거기서부터 이어진 곳을 걷고 있는 모습을 머릿속에 떠올렸다. 바쿠가 걸어간 길이 화면의 저 먼 안쪽에 있다. 나도 그곳을 걷고 있는 것 같았다.

"오사카도 낮잠 시간을 가지면 좋을 텐데."

"더울 것 같다."

"내가 웬만한 건 대부분 자신이 없어서 내가 엄청 그렇다고 생각하는 것도 남이 아니라고 하면 그럴지도 모른다고 생각해버리거든? 근데 오사카가 덥다는 것만은 아무도 동의하지 않더라도 분명하게 단언할 수 있어."

"귀엽다, 그거."

바쿠는 내 귀의 빨간 보석이 달린 귀걸이를 보며 미소를 지었다. 와글와글 시끄러운 패거리가 공원에 들어왔다. 돌아보니 여섯 명의 초등학교 남자아이들이 자전거를 내려놓고 아무런 망설임도 없이 척척 수비 위치에 서는 것이 보였다. 3 대 3이어도 야구가 가능하다는 것을 나는 그제야 처음 알았다. 한복판에 선 짧은 머리가 형광 핑크색 고무공을 던졌다. 핑크색 발광체가 허공을 날았다.

바쿠가 말했다.

"이쪽으로 들어올래?"

"응."

벽돌에서 내려서려는 내 팔을 방 안에 있는 바쿠의 왼손이 쓱 나와서 잡았다. 바쿠가 창문으로 몸을 내밀어 오른손을 내 어깨 밑에 끼워 넣었다. 나는 샌들 신은 발로 벽을 기어올라갔다. 벽의 표면이 흘러내렸다. 비틀스의 '그녀가 욕실 창문으로 들어왔네'라는 노래가 높직하게 울려 퍼졌다. 웃으면서 창틀을 뛰어넘었다. 텔레비전 화면을 보았다. 정시 뉴스여서 파란 배경 앞에 아나운서가 앉아 있을 뿐이었다. 욕실 창문으로 들어왔네, 라는 노래는 내 머릿속에서 울린 것인지도 모른다. 실제로 이 방에서 큰 소리로 퍼져나갔다면 바쿠에게도 공원에 있는 초등학생들에게도, 그리고 이 층 방에 있을지도 모르는 오카자키의 어머니와 형에게도 들렸을 텐데, 라고 생각했다. 내가 바보인 게 기뻤다.

완전 새것인 매끈매끈한 다다미 표면을 쓰다듬었다.

"정리 잘했는데?"

"아무것도 없으니까."

"좋겠다."

나는 천 가방에서 콤팩트카메라를 꺼내 서 있는 바쿠를 향해 겨눴다. 작은 파인더 안에 작아진 바쿠가 또렷이 보였다. 파인더 너머로 올려다본 바쿠는 균형이 어긋난 것처럼 보일 만큼 훌쩍 가늘고 기다란 몸을 하고 있었다. 그 작고 가늘고 기다란 바쿠에게서 가늘고 긴 팔이 스윽 다가와 카메라를 밀쳤다.

"사진, 싫다."

"왜?"

"영혼을 빼앗긴다는 말이 있어. 사진 찍으면 안 된다는 게 할머니 유언이라서."

바쿠가 웃었다. 나도 웃으면서 카메라를 내렸다. 눈으로 직접 봤더니 바쿠의 얼굴이 불쑥 크게 다가오는 느낌이어서 나는 바짝 긴장해 시선을 피했다.

"베란다가 있으면 좋은데."

"왜?"

"이불도 말리고."

"아하."

바쿠는 작은 냉장고에서 길쭉한 종이팩에 든 채소 주스를 꺼내왔다.

"에이코 씨가 주셨어."

오카자키의 어머니 에이코 씨는 수더분하고 말 잘하는 분이다. 하루요는, 잘생긴 남자한테는 누구든 친절해, 그러니 성질이 점점 나빠지지, 라고 했었다. 바쿠는 채소 주스가 아니라 물을 마셨다. 나는 빨대를 꽂아 빨간 액체를 빨아들였다.

고개를 돌려 방금 내가 넘어온 창문을 보았다. 왼편 반절이 활짝 열린 창문은 밖의 빛 때문에 주위를 둘러싼 벽이 그늘져서 검은색의 틀처럼 보였다. 바깥은 뭐든 다 태워버릴 듯이 눈부셨다. 펜스를 휘감은 덩굴과 성긴 잎사귀 사이로 보이는 공원 건너편에는 오 층짜리 빌라 여러 동이 줄지어 서 있다. 똑같은 크기의 납작한 사각형 건물이 이 곱하기 삼으로 총 여섯 개다. 규칙적으로 이어진 직사각형 베란다에 내걸린 빨래가 하얗게 빛났다. 이불을 두드리는 소리가 울리고 공원의 초등학생들이 떠드는 목소리가 메아리쳤다. 그런 모든 것이 1제곱미터의 네모난 창틀 안에 납작하게 담겨 있었다. 옆집에서 텔레비전 소리가 들렸다. 그건 이 방 텔레비전에 나오는 것과 같은 방송이어서 실제로는 소리가 겹친 것인데도 한 개의 음이 깨져 두 개가 된 것처럼 들렸다.

바쿠가 물었다.

"좋아?"

"엄청 좋아. 너무 기뻐서 죽을 거 같아."

바쿠가 내 앞에 앉아 내게 키스했다. 등에 바쿠의 손의 감촉이 느껴져서 흠칫했다. 이 사람에게 의지가 있고 그에 따라 스스로 움직인다는 것을 방금 안 듯한 느낌이었다. 이 사람은 내가 아니다. 나 아닌 사람이 나에 대해 생각하고 관여하고, 실제로 그런 일이 일어날 줄은 예상도 못했었다. 오래 키스하는 동안, 나는 무릎을 꿇은 자세가 되었고 그러다가 둘이 다다미 위로 쓰러졌다. 바쿠가 바닥에 머리를 찧는 진동이 감지됐지만 다다미 위라서 괜찮다고 생각했다. 창문에서 창문으로 바람이 지나갔다. 얼굴을 살짝 떼고 다시 창문을 보았다. 창밖의 펜스에 초등학생 네 명이 올라와 달라붙었다. 여덟 개의 눈이 지그시 나와 바쿠를 보고 있었다. 조금 전 '욕실 창문으로 들어왔네'라는 노래가 드디어 그들에게도 들려서 메들리로 이어지는 그다음 부분을 노래하러 온 것이라고 생각했다. 하지만 아직 아이들이라서 그 노래는 모르기 때문에 다른 노래를 불렀다. '강변 부지에서 홈런을 쳤다'라는 노래였다.

근처 자동차 정비공장 화재로 검은 연기가 피어올랐다. 도료에 불이 붙을 때, 폭발음이 울렸다.

◦◦◦

이 주일이 지났다.

목요일이다.

제2회의실은 긴 직사각형 모양이고 좁은 안쪽 벽에 창문이 있다. 연초록색 블라인드를 올리면 뒤쪽 빌딩의 벽이 보인다. 이쪽 창문과 비스듬히 어긋난 위치에 자리한 작은 창이 층층이 달려 있어서 낮에는 그게 모두 다 열려 있다. 그 창이 마음에 걸려 이따금 내다봤지만 일이 끝나는 여섯 시쯤이면 어느 틈에 모두 다 닫혀 있었다.

회의실 구석에 놓인 텔레비전과 두 대의 비디오 플레이어를 켜고 새로 준공한 물건(物件)의 홍보 영상을 더빙하면서 긴 책상 끝에서 OCR 용지의 출금전표를 기입하고 있었다. 초록색 규격 펜으로 숫자들을 인쇄한 것처럼 깨끗이 써내고 있으려니 나도 기계의 일부가 된 것 같아서 기분 좋았다.

벽 뒤에 놓인 복사기 소리가 울렸지만 거기 누가 있는지는 알 수 없었다. 경리부 쪽에서 어이, 하고 부르는 소리가 들렸다. 누구 목소리인지는 이제 구별할 수 있게 되었구나, 라고 생각했다.

신축 맨션을 칭송하여 마지않는 내레이션이 저희 회사는 여러분의 삶과 함께합니다, 라는 대목에 접어들어서 리모컨을 껐다. 나도 언젠가는 저런 식기세척기 딸린 시스템키친의 맨션을 구경하면서 대출금 계산을 할 수 있을까, 라고 일단 생각해본 뒤에 정지 버튼을 눌렀다. 회사 로고가 사라지고 그 대신 저녁 정보 프로그램이 나왔다. 신사이바시에 새로 생긴 라면점 앞에 사람들이 길게 줄을 선 것을 생중계하고 있었다. 신입 남자 아나운서가 지나치게 환하고 높은 소리로 나도 목 빠지게 기다렸어요, 라고 말하자 카메라가 행렬 한가운데로 각도를 바꿨다.

"앗, 오카자키!"

내가 말하는 것과 동시에 아나운서가 오카자키에게로 마이크를 향했다.

"여기서 얼마나 줄을 서 있었습니까?"

"삼십 분 넘게 기다렸어요."

"어때요, 빨리 먹고 싶으시죠?"

"진짜 죽을 것 같아요."

오카자키는 평소의 원숭이 새끼 같은 동작으로 제 배를 움켜잡았다. 일단 스튜디오 쪽 사회자의 웃음은 이끌어냈다. 오카자키는 지난주에 만났을 때와 똑같이 이기 팝[*]의 얼굴을 프린트한 노란색 티셔츠를 입고 있었다. 아나운서도 카메라도 앞쪽의 커플에게로 옮겨갔지만 오카자키는 덜렁덜렁 카메라를 기웃거렸다. 나는 오카자키에게 손을 흔들어봤다. 오카자키는 눈이 부신 듯 잠깐 실눈을 떴다. 하지만 손은 흔들어주지 않았다. 아나운서가 라면점 안으로 들어가면서 오카자키는 화면에서 사라졌다.

나는 창문을 열고 뒤쪽 빌딩과의 틈새로 몸을 내밀어 서쪽 방향을 보았다. 도로 건너편 빌딩 너머 한참 더 저쪽에 신사이바시가 있을 것이다. 하지만 보이지 않는다. 저녁시간이지만 하지(夏至)가 멀지 않은 때라서 해가 눈부셨다. 두 건물 사이에

---

[*] Iggy Pop. 6,70년대 미국 펑크록의 대부 James Newell Osterberg Jr.의 예명. 데이비드 보위와 함께 〈The Idiot〉, 〈Lust For Life〉가 수록된 앨범 《Lust For life》를 발매했다.

끼어 길고 가늘게 조각난 거리에 수많은 사각형 건물들이 빈 틈없이 빛나고 있었다. 그 빛 속에 오카자키가 줄을 선 라면점도, 바쿠가 알바를 시작한 레코드점도 있다. 이제 한 시간 삼십 분만 지나면 회사일도 끝나고, 지하철 두 개 역만 지나면, 그러면 나도 그 안에 들어갈 수 있다.

"아사코 씨."

쿠아앙. 문 앞에 히노 씨가 서 있었다. 팔짱을 끼고 인왕상처럼 우뚝. 저런 포즈를 볼 수 있다니, 뭔가 큰 이익을 본 듯한 기분이다.

"아뇨, 실은 친구가 텔레비전에 나와서, 더빙을 하던 중이었는데, 우연히…."

"왜?"

"라면점 앞에 줄을 서 있다가…."

대답을 한 뒤에야 히노 씨의 질문이, 왜 친구가 텔레비전에 나왔는데 너는 창문 밖으로 몸을 내밀고 있느냐, 라는 것인지도 모른다고 생각했다.

"이런 시간에 그 친구는 팔자도 좋군요."

"아, 그건… 일하다가 잠깐 쉬는 시간이었을 거예요."

모두가 일하는 곳에서는 일하지 않고 놀았던 것도, 일하지 않는 사람과 친구라는 것도 말해서는 안 될 듯한 느낌이 든다. 히노 씨에게도 이제 슬슬 거짓말을 할 수 있게 되었다. 나도 조금쯤 성장한 것인가? 창문으로 바람이 불어와 서류가 날려갔다. 히노 씨의 발밑에 떨어졌다.

"거기 창문, 닫으세요."

히노 씨는 서류를 줍지 않았다.

창문을 닫을 때, 옆 빌딩 창문 아래 핸들에 누군가의 손이 다가와 닫는 순간을 목격했다. 히노 씨도 함께 봤으면 좋았을 텐데.

"처음에라도 좀 노력하는 모습을 보여야죠."

마천루에서 성공적으로 협상을 끝낸 남자가 맥주를 마시는 CM으로 넘어간 텔레비전을 껐다. 툭 하는 작은 울림과 파사삭 정전기 튀는 소리가 동시에 들리면서 네모난 화면은 검게 닫혔다. 히노 씨는 잠시 그곳에 서서 나를 감시했다. 나는 그 시선을 의식하면서 서류며 비디오테이프를 가능한 한 잽싸고 효율적이게 보이는 동작으로 정리했다. 그동안에 다시 히노 씨의 콧노래가 들려왔다. 아마도 이전과 똑같은 곡일 것이다. 나는 눈으로만 흘끗 히노 씨의 얼굴을 올려다봤지만, 그 순간 곧장 히노 씨와 시선이 마주치는 바람에 허둥지둥 서류를 파일에 넣는 동작을 어필했다. 동료 여직원에게서 히노 씨의 콧노래는 무의식적으로 흘러나오는 것인지 본인은 절대로 인정하지 않는다, 라고 이 주일 전에 얘기를 들었다. 옆에서 과장이 그건 히노 씨가 마음에 든 사람 앞에서만 하는 거니까 분명 마음에 든 거 아닌가, 라는 식으로 말했지만, 그런 나 좋을 대로 꿰맞추는 생각은 하지 않는 게 바람직하다는 것은 이

래뵀도 이제 스물두 살이라서 잘 알고 있다. 아까 얼핏 목격한 창문 닫는 손을 사진으로 찍었으면 좋았을 텐데, 하고 못내 아쉬웠다.

오카자키가 줄을 섰던 라면점 앞까지 가보았다. 아직도 손님들이 줄을 서 있었다. 개점 축하 꽃이 더위에 시들시들해져 있었다.

∘∘∘

칠월이다.
금요일이었다.
빨리 퇴근시간이 되면 좋겠다고 생각했다. 시계만 보고 있었다. 회사의 퇴근 차임벨 시계는 초침이 없어서 딱 멈춰 선 것처럼 보인다. 하지만 끝은 왔다. 회사가 끝나도 대낮과 별반 다르지 않게 환해서 좋았다. 한여름 무더위가 몰려왔다.

바쿠의 집에 가는 길에 자주 만나던 개와 또 마주쳤다. 항상 혼자 같은 방향으로 걸어가고, 돌아오는 건 본 적이 없다. 코가 까맣다. 모퉁이 집의 정원 쪽으로 난 창은 활짝 열린 채였다. 훤한데도 형광등을 모두 켜놓아서 안이 잘 보였다. 전기포트와 신문과 먹다 만 뭔가의 봉투며 약봉지가 어지럽게 놓인 식탁, 그릇과 잡지가 함께 들어 있는 장식장, 방석을 묶은 의자가 선명하게 보인다. 사람이 사용한 것들로 가득한데 사람은 없었다.

"사아 짱."

올려다보자 이제는 완전히 눈에 익은 연립 이 층 복도 끝에서 바쿠가 긴 팔을 흔들고 있었다. 아사코, 라는 내 이름을 처음에는 아사코, 라고 했는데 나중에는 아 짱이랬다가 사 짱이랬다가 앗 짱이랬다가, 여러 가지를 해보다가 결국 '아'를 비교적 세게 발음하는 '사아 짱'이 되었다.

바쿠는 녹슨 철 계단을 탕탕탕 소리를 내며 내려왔다.

"고기 먹을 수 있어."

흐뭇한 듯이 말했다. 내 머리를 쓰다듬었다. 몸을 돌려 계단을 올라가더니 그 집 아들처럼 주저 없이 안으로 들어갔다. 똑같은 모양의 알루미늄 현관문 다섯 개가 이어진 복도에 고기 굽는 냄새가 풍겼다. 현관문은 다섯 개지만 옆의 두 개는 오카자키네 집이라서 열지 못하게 되어 있다. 안쪽의 두 개에는 누군가 다른 사람이 살고 있다.

"실례합니다."

조심스럽게 인사를 하며 가장 앞쪽의 오카자키네 집의 문을 열었다.

"오, 마침 딱 맞춰서 왔네."

집 안 한가운데 탁자 안쪽에 앉아 있던 오카자키가 젓가락을 든 채 손을 흔들었다. 현관 바로 앞 오른편의 욕실에서 물 흐르는 소리가 들렸다. 주방에는 오카자키의 어머니 에이코 씨가 서 있었다.

"안녕하세요? 번번이, 고맙습니다."

에이코 씨는 쇼킹핑크색 얼룩말 무늬에 스팽글이 달린 티셔츠를 입었고 오른손으로는 보리차 병을, 왼손으로는 컵 네 개를 한데 포개서 내밀고 있었다. 에이코 씨가 웃어서 눈이나 뺨에 주름이 생기면 오카자키가 나이 들었을 때의 얼굴이 쉽게 상상이 된다.

"우리 노부 형 직장 근처에 아주 좋은 고깃집이 있잖아."

오카자키는 캔 맥주를 한 손에 들고 핫플레이트 위에서 핏물이 밴 고기를 뒤집고 있었다. 오카자키보다 여덟 살 많은 장남 노부 씨는 재작년에 돌고래 조련사와 결혼해 와카야마로 이사한 지 한 달 만에 이혼하고 다시 에이코 씨와 함께 살면서 작은아버지의 건축사무소에서 일하고 있었다. 욕실의 물소리는 노부 씨인 모양이다.

"크윽, 진짜 맛있다!"

첫 고기를 입에 넣은 바쿠가 말했다. 술을 못 마시는 바쿠에게 나는 차를 따라주었다.

"엇, 너희들, 일단 젓가락 멈춰. 불고기는 다 함께 먹어야 맛있어."

에이코 씨는 희고 반들반들한 옥수수 토막과 두툼한 초승

달처럼 얇게 자른 단호박이 담긴 접시를 탁자에 내려놓고 바쿠 옆에 앉아 캔 맥주를 따서 마셨다.

"후우, 맛있네."

"엄마도 마시면서?"

"고기는 안 먹었잖아."

옆의 볼에는 조미료와 피가 섞인 액체에 고기가 재워져 있었다.

바쿠의 방과 좌우가 반대일 뿐 완전히 똑같을 텐데도 이 집은 전혀 다르게 보인다. 벽은 연한 핑크색으로 칠해져 있다. 기둥은 좀 더 진한 핑크색으로 칠했다. 에이코 씨의 옷과 비슷한 색깔이다. 붙박이장의 장지문을 떼어다 만든 선반에는 역사소설 문고본이 주르륵 꽂혔고 그 틈새에서 자라난 것처럼 에이코 씨가 만든 아트플라워가 빼곡히 채워져 있다. 선반 한가운데에는 오카자키의 아버지가 해변에 서 있는 사진이 벨벳으로 만든 빨간 장미덩굴에 둘러싸여 있다. 그 모든 것이 에이코 씨의 취향이다. 주방 옆구리를 터서 문을 달았고 그 너머도 역시 완전히 똑같은 구조의 옆집과 연결되어 있다.

에이코 씨는 맥주를 반쯤 마시고 주방으로 돌아갔다. 바쿠가 생 옥수수를 그대로 베어 먹었다.

"맛있다."

바쿠는 정말로 맛있다는 얼굴로 생 옥수수를 빙빙 돌려가며 먹었다.

"이상한 놈일세."

오카자키가 말했다. 나도 하나 손에 들었지만 곧장 베어 먹지는 못했다. 동그란 표면에서 한 알 한 알이 매끈한 반짝임을 내고 있었다.

"먹어도 돼?"

"왜 못 먹어?"

바쿠는 이번에는 단호박을 생으로 베어 먹었다. 와삭와삭 소리가 났다. 나는 옥수수를 한 입 베어 물었다. 달다.

"달아."

"그렇지?"

바쿠가 의기양양하게 웃었다.

"진짜야?"

오카자키도 생 옥수수를 먹어보고 여태까지 알지 못했던 미각에 감동했다. 양파며 피망을 가득 담은 접시를 내온 에이코 씨에게 바쿠가 말했다.

"이거, 좋은 채소."

"오, 알아주네? 바쿠, 역시 대단해. 내 친구가 무농약 재배를 하거든. 거기서 얻어왔어. 아직 많으니까 이따가 가져가."

에이코 씨는 좌우로 몸을 흔들며 주방으로 돌아갔다. 콧노래도 부르기 시작했다. 흐응 흐응. 박스에서 옥수수 세 개, 그린 아스파라거스 열 개, 양배추 한 통과 당근 세 개를 꺼내 통통 썰었다. 즐거워 보였다. 욕실 문이 힘차게 열렸다. 노부 씨가 나왔다. 반바지에 웃통을 벗고 있었는데 티셔츠 모양 그대로 햇볕에 그을린 몸에서 김이 났다.

"먼저 먹지 말라고 했지! 이거, 예상했던 대로네."

"맛만 본 거야."

오카자키가 다시 고기를 입에 넣었다. 노부 씨는 에이코 씨가 썰고 있는 대량의 채소를 보며 말했다.

"너무 많은 거 아냐?"

"채소는 몸에 좋아."

"그런 문제가 아니잖아."

노부 씨는 냉장고에서 얼린 캔 맥주를 꺼내 선 채로 꿀꺽꿀꺽 들이켰다.

오카자키 모자 사이에 낀 바쿠는 구워지는 고기를 지그시 지켜보았다. 단란한 가족 한가운데 자리 잡은 바쿠에게 아무도 신경 쓰는 기색이 없어서 예전부터 이 집을 자주 드나드는 친척 같은 느낌도 들고, 혹시 이 집 사람들은 바쿠가 여기 있는 것을 잊어버렸나 싶기도 했지만, 바쿠가 다 구운 고기를 집으려고 하자,

"이봐, 연장자 우선이야!"

라고 노부 씨가 나무랐기 때문에 마음이 놓였다. 하지만 바쿠는 충고를 무시하고 날름 고기를 입에 넣었다.

고기도 채소도 순조롭게 구워졌다. 구워지는 족족 먹어버렸다.

아홉 시가 지나자 에이코 씨가 텔레비전을 켰다. 서스펜스 드라마가 시작되는 참이었다. 동해 바다와 가까운 온천가에 비밀스러운 과거를 가진 여자가 찾아온다.

"매주 똑같은 얘기잖아. 질리지도 않아?"

오카자키는 이미 흡족할 만큼 고기를 먹었는지 텔레비전을 돌아보며 말했다. 에이코 씨는 텔레비전이 잘 보이는 위치로 자리를 옮겨 리모컨으로 음량을 키웠다.

"똑같지 않아! 얼핏 똑같은 것처럼 보이는 상이함 속에 잠재한 다양성이라고 할까 복합성이라고 할까, 바로 거기에 창조와 기쁨이 있는 거야."

"계속 보다 보면 뭔가 있는 것 같긴 해."

노부 씨가 두 그릇째의 밥공기를 든 채 말했다. 탄탄한 체격도 네모난 얼굴도 오카자키와는 다르게 붙박이장 선반에서 장미꽃에 둘러싸인 부친을 꼭 닮았다.

"그치? 우리 노부는 잘 안다니까. 아주 좋은 점을 짚어줬어. 형식의 미학이라는 게 있단 말이지."

"진짜?"

오카자키가 벽 쪽으로 물러앉았다. 그 바로 옆 노천탕 탈의실에서 여자가 남자를 찔렀다. 흉기는 큼직한 가위였다. 노부 씨는 밥공기를 닥닥 긁어 입에 털어넣은 뒤, 캔 맥주만 들고 벽 쪽으로 물러앉았다. 그렇게 창문 아래 왼쪽과 오른쪽에 형과 아우가 배치되었다. 머리 위에서는 구형 에어컨이 이제 곧 폭발하는 게 아닐까 싶을 만큼 큰 소리로 신음하며 바람을 쏟아내고 있었다.

"헉, 해치웠네."

"제발, 제발, 그러지 마, 저런 한심한 남자 때문에."

"엇, 잘 숨겨야지, 안 그러면 당장 들켜버려!"

에이코 씨는 텔레비전 속 사람들을 향해 계속 말을 건넸다. 오카자키가 말했다.

"아줌마의 표본이네."

"얘는 왜 이렇게 잔소리가 많을까. 아휴, 저런 저런, 맞은편에서 다 보잖아, 저기, 저기."

텔레비전 화면 속에서는 어디로 여행을 가든 반드시 살인 사건을 맞닥뜨리는 잡지사 기자(남편은 형사)가 노천탕에 떠 있는 사체를 발견하고 절규하는 참이다. 꺄아아악. 헌팅 모자를 쓴 수수께끼의 남자가 탈의실 뒤편 그늘로 몸을 숨겼다. 여자와 동행한 수다쟁이 주부가 비명을 듣고 달려와 노천탕을 들여다본다. 다시 꺄아아악.

"나는 이해가 되는데? 에이코 씨처럼 소리를 내지는 않지만 텔레비전 볼 때는 똑같거든."

"소리를 내느냐 내지 않느냐가 경계선인 거야. 아사코는 평범해."

"텔레비전뿐만 아니라 실제 남들한테도 떠든다니까, 요즘에는."

벽 쪽에 붙은 노부 씨는 맥주 캔을 소중한 보물처럼 양손으로 받쳐들고 있었다. 동생은 한 손으로 들고 있다.

"진짜?"

"말하는 게 좋을 때도 있지. 지퍼가 열렸다든가 콘소메는 저쪽에 있다든가."

에이코 씨의 손이 쑥 나와서 바쿠의 잔에 차를 따라주었다. 바쿠는 그 손을 지그시 보고 나서 에이코 씨의 얼굴을 보았다.

"에이코 씨, 좋은 사람."

"이거 봐, 바쿠는 다 알고 있잖아."

"흥, 입만 살아서."

오카자키는 상당히 취한 것 같았다. 잡지사 기자의 남편인 형사가 도착한 것도 알아차리지 못한 모양이다. 바쿠가 차를 다 마시자 에이코 씨가 또 따라주었다.

"인간에게는 커뮤니케이션이란 게 중요하지."

바쿠는 웃고 있었다. 나는 기뻤다. 옥수수는 달콤했다. 갈비를 구워 먹었다. 흰밥도 맛있었다. 새 맥주를 가져오려고 일어선 노부 씨가 텔레비전 화면을 돌아보았다.

"나왔네, 나왔어."

화면 안은 경찰 취조실 옆방이었다. 반투명 거울 너머에 있는 용의자로 몰린 죄 없는 가난한 청년을 보면서 세 명의 형사가 풀 길 없는 분노를 번갈아 내뱉었다. 가장 젊고 이목구비가 지나치게 또렷한 거무스레한 피부의 남자를 에이코 씨가 가리켰다.

"저기, 저기, 쟤 좀 봐. 황홀하다, 황홀해."

"어휴, 시끄럽네. 누군데 그래?"

"바쿠도 저런 거 해보면 어떨까?"

에이코 씨는 쇼킹핑크색 얼룩말 무늬 티셔츠의 튼튼한 팔뚝을 척 끼고 머리를 갸우뚱하며 지그시 바쿠의 얼굴을 보았다.

"내가 실은 신기가 좀 있어. 얘는 뭔가 잘될 것 같다 싶더니만 지난번에 우리 가게 아이가 복권에 딱 당첨됐잖아. 아니, 2억은 무슨? 그냥 10만 엔짜리. 그거 당첨된 사람도 별로 없어. 나, 요즘 손금 공부도 하고 있어."

"처음 듣는 소린데?"

오카자키가 말했지만 에이코 씨는 무시하고 계속 바쿠를 관찰했다. 노부 씨가 새 맥주를 들고 다시 벽 쪽에 붙어 앉아 텔레비전 안에서 진범이 저지른 두 번째 살인(경리 담당 아저씨를 여관 별관의 비상계단에서 떠밀었다)을 목격한 뒤에 맥주 캔을 땄다. 매우 상쾌한 소리가 났다.

바쿠가 에이코 씨를 보며 말했다.

"나는 어때?"

바쿠의 눈은 희미하게 다정한 미소를 짓고 있었다.

"어떤 식으로 보여?"

"바쿠는, 어디 보자, 나이 들수록 좋아져. 지금은 아직 암중모색."

"그건 폭이 너무 넓잖아?"

오카자키가 말했다. 사이좋은 모자간, 이라고 생각했다. 바쿠는 어린애처럼 단순하게 물었다.

"나이? 몇 살쯤에나?"

"흐음, 사십 대 이후?"

"너무 먼 얘기라서 전혀 모르겠네."

바쿠는 부드럽게 웃으면서 양파를 먹었다. 오카자키가 에이코 씨 앞의 접시에서 마지막 옥수수를 집어왔다.

"그런 신기가 있으면 우선 아들부터 어떻게 좀 해주셔."

"끄으응."

노부 씨가 실감이 담긴 낮은 신음 소리를 발했다.

창밖이 문득 빛났다. 기하학 무늬가 들어간 낡은 젖빛 유리에 흰 전등불빛과 사람 그림자 같은 검은 것이 비쳤다. 골목길 건너편 집 베란다에 누군가 빨래를 걷으러 나왔다는 걸 나는 알고 있다. 흰 불빛은 이따금 검은 그림자에 가려지면서 유리의 기하학 무늬마다 분할되어 각각이 동시에 움직였다. 군청색과 흰색과 검은색 불빛으로 구성된 단편의 집합이 유리판 위에서 움직이는 것을 내내 바라보았다.

"바쿠, 어머니가 미인이지?"

"응, 엄청."

바쿠가 즉시 답했다.

"분명 정 많은 여자겠지. 사랑하는 사람과 함께라면 어디서든 살 수 있다는 거, 여자의 묘미거든."

"뭔 소리래?"

"나도 젊은 시절에는 말이야, 사랑하는 사람과 아침을 같이 먹고 싶다는 이유 하나로 야간열차 타고 달려갔다 온 적이 있어."

"어디까지?"

나는 에이코 씨의 유리잔에 차를 채워주었다. 차는 호박색이었다. 액체가 정지하면 고체로 보인다. 그렇게 보이는 순간이 좋다.

"도쿄야, 도쿄. 가구라자카라고 가본 적 있어, 바쿠?"

"없는데."

"옛날에는 참 정감 있고 좋은 곳이었어. 야간열차 타고 새벽에 그 집에 도착해서 같이 아침 먹고 도시락 싸서 들려 보내고, 그러고 다시 돌아왔어. 아, 그때는 진짜 행복했다."

"그만해, 상상하게 되잖아."

창문 밑의 오카자키는 어느새 팔꿈치를 짚고 누워 있었다. 노부 씨도 좌우 대칭으로 똑같은 자세였다.

"왜 안 돼? 인간은 누구나 젊은 시절이 있는 거야."

"내 엄마의 생생한 연애담 따위, 듣고 싶지 않아."

"너무 좋아요. 부러워요."

나는 진심으로 그렇게 생각했다. 에이코 씨는 눈가에 주름이 새겨진 눈을 둥그렇게 뜨고 놀란 얼굴로 내게 말했다.

"넌 지금이 그때야!"

아파트 앞을 시끄러운 오토바이가 지나갔다.

옆에서 설거지를 거들어줄 때, 에이코 씨가 말했다.

"아사코, 혼자 사는 거 아니지? 주말에 여기 와 있는 거, 어딘가 친구네 집에 간다고 얘기하고 왔어?"

유리문 너머에서 오카자키는 술에 취해 바닥에 누워 자고 있었다. 그 얼굴에 바쿠가 내 화장품으로 그림을 그렸다. 노부 씨는 비디오를 반납해야 한다면서 자전거를 타고 나갔다. 물 끓이는 주전자 안에서 가스가 타올랐다. 불꽃은 청색이다. 불타는 소리가 났다.

"네, 뭐, 그냥."

나는 애매하게 말했다. 앞으로도 분명 가족에게는 말하지 않으리라는 것을 에이코 씨는 알고 있었다. 에이코 씨는 흘끗 방 쪽을 돌아보더니 내 귓가에 속삭였다.

"아까 그 야간열차 얘기, 노부가 세 살 때쯤이었어."

싱크대에 물이 튀는 소리는 왜 이렇게 크게 울릴까, 라고 생각했다.

"이거, 비밀이야."

나는 말없이 고개를 끄덕였다.

뜨거운 차를 들고 방으로 돌아가자 오카자키는 혹시 죽은 건가 걱정스러울 만큼 숨소리도 내지 않고 자고 있었다. 바쿠는 방 가운데 앉아 텔레비전을 보았다. 연속 살인사건은 조금 전 모래사장에 경찰차가 와서 해결했다. 여주인공인 잡지사 기자가 진범이었던 남자(도합 네 명을 죽였다)의 아내를 향해 "인생, 이제부터 즐겨야죠"라면서 윙크를 날리고 있었다.

짧은 뉴스 방송이 시작되었다. 자기 여자친구가 성매매 업소에 면접을 보러 갔는데 업소 사장이 몸을 더듬는 통에 그 사장을 칼로 찌른 남자가 체포되었다. 버터플라이 나이프에 찔린 업소 사장은 전치 일 주의 경상이었다. 텔레비전 화면을 바라보면서 바쿠가 말했다.

"전혀 나쁜 짓도 아닌데?"

나는 탁자에 찻잔 두 개를 내려놓고 그중 하나를 들고 후루룩 마셨다. 아나운서가 다음 뉴스를 이어갔다. 한 심부름센터 사장이 불상을 폐기할 테니 운반해달라는 의뢰를 받고 그 집에 가보니 이불에 둘둘 말린 정확히 사람 크기 정도의 짐이었는데, 아무래도 수상해서 산중에 버리는 것을 도와준 다음 경찰에 신고했습니다.

바쿠가 돌아보며 말했다.

"사아 짱에게 뭔가 일이 생기면 내가 나쁜 놈들 죽여줄 테니까 걱정 마."

"응."

나는 고개를 끄덕였다.

경찰이 수색한 끝에 산중에 묻힌 이불 보퉁이에서 여성의 사체를 발견하고 의뢰한 자를 조사해보니 말다툼 끝에 불끈해서 목을 졸랐다고 자백했습니다. 경찰은 사체 유기 용의로 이 남성을 체포하고 살인에 대해서도 조사하고 있습니다.

"아니, 성매매 업소에 면접을 보러 가기 전에 못 가게 말려야지."

에이코 씨가 레드와인을 넘실넘실 따른 큼직한 잔을 들고 서 있었다. 바쿠는 실제로 방금 알았다는 듯이 크게 두 번 고개를 끄덕이고 나서 말했다.

"아, 그렇구나! 돈이 떨어지면 내가 강도질이라도 해올게. 편의점 같은 데. 그러니까 걱정 마."

"더 걱정되는데?"

내가 말했다. 바쿠는 웃기만 할 뿐 더 이상 아무 말도 하지 않았다. 나는 바쿠의 목을 잡고 그 품에 안겨 기쁘다고 말해주고 싶었다. 머릿속에서는 벌써 그렇게 했다. 에이코 씨도 옆에서 흐뭇한 듯 와인을 마시면서 내 그런 마음에 고개를 끄덕여주었다. 하지만 현실의 나는 방바닥에 앉아 차를 마시고 있고 에이코 씨는 와인을 마시면서도 텔레비전을 보고 있었다. 바깥 복도를 한 번도 본 적이 없는 안쪽 집 사람이 지나가면서 베이비, 베이비, 베이비, 나를 용서해줘, 컴백, 이니 뭐니 하는 노래를 했다.

복도의 난간 손잡이에 앉은 풍뎅이가 예쁘다. 비단벌레 색깔이다.

잠을 잤다.

다음 날이다. 말매미가 울어대는 소리에 잠이 깼다. 쓰르르르르, 하고 바깥에서 바쿠의 방 전체를 짓누르려는 것처럼 울고 있었다. 드디어 창에 에어컨을 설치했다. 그 에어컨과 창틀 틈새로 소리가 침입해서 나중에는 창문에도 벽에도 금이 가면서 빠지직 부서지는 장면을 아직 잠이 덜 깬 머리로 상상했다. 네모난 상자 같은 방의 바깥쪽을 온통 매미 떼가 둘러싸고 그 소리로 뒤덮어버렸다.

내 등 뒤에서 바쿠가 벽을 향한 채 자세도 반듯하게 자고 있다는 것을 굳이 돌아보지 않아도 알고 있었다. 나는 매트리스 끝에서 옆으로 돌아누웠다. 어깨까지 타월 담요를 끌어올렸다. 털썩 내려뜨린 손이 다다미 바닥에 닿았다. 직접 햇빛이 비치지 않는데도 방 안이 환하다. 해님은 진짜 대단하다. 지금 지구의 반이 이런 식으로 온통 환하다.

등 뒤에서 바쿠가 움직이는 기척이 났다. 바쿠의 팔이 내 어깨에 얹히고 등짝에 바쿠의 얼굴 감촉이 닿았다. 이런 때는 내가 바쿠의 살갗을 만지는 감각인지, 바쿠가 만지는 내 살갗의 감각인지 알 수 없게 된다.

"졸려."

졸려, 라는 건 일어났다는 뜻인가, 라고 멍하니 생각했다. 바쿠와 같은 장소에 있고, 자고 일어나도 바쿠가 있고, 바쿠가 나를 만지면서 졸려, 라고 말한다. 상상도 못했던 일이다. 그러니 차분해질 틈이 없다. 바쿠를 만난 뒤부터 내내 그랬다. 마음이 가라앉지 않으니까 다시 자자, 라고 생각했다. 깨어난 것과 잠든 감각 사이에서 우주로 가는 차에 탄 꿈을 꾸었다. 잠이 든 건 아니라서 완전한 꿈이라기보다는 상상이 조금씩 저 혼자 발전하다가 그 직후에 다시 끌려나왔다. 우주로 가는 차는 동그란 모양이고 엄청난 속도로 이동하지만 그 안에 있는 나는 둥실둥실 떠도는 것처럼 느껴질 뿐이다. 엘리베이터가 내려가기 시작하는 순간처럼 발밑이 바짝 움츠러드는 느낌이 거듭거듭 덮쳐들었다. 그러다가 눈이 번쩍 뜨였다. 바쿠의 팔을 만지작거리자 다시 그 차 안으로 되돌아가 이 방 전체가 빠르게 움직이는 것 같았다. 예전에 지구에 돌아왔더니 몇 백 년이 지나고 아무도 없었다, 라는 영화를 봤었다. 실은 일 초밖에 지나지 않았다는 결말이었는지도 모른다. 도착한 장소는 대부분 사막이나 모래사장 같은 곳, 이라고 생각하

다가 모래사장을 걷는 기분이 된 참에 바쿠의 팔이 멀어져갔
다. 바쿠는 느릿느릿 다다미 바닥을 기어 붙박이장 앞에서 옷
을 입었다. 붙박이장 안의 몇 벌 안 되는 옷은 단정히 개켜져
위쪽에 분류되어 있었다. 붙박이장 아래 칸에는 오렌지색 귤
그림이 인쇄된 박스 하나 말고는 아무것도 들어 있지 않았다.

"빵집에 갔다 올게."

"나도⋯."

말은 그렇게 했지만 나는 더 자고 싶었다. 바쿠는 피식 웃더
니 쪼그리고 앉아 내 머리를 쓰다듬었다.

"사아 짱 것도 사올게. 어떤 빵?"

"달지 않은 거."

"단 것과 달지 않은 거."

단 것과 달지 않은 것, 이라고 노래를 부르며 작은 현관에서
몸을 숙이고 신을 신는 바쿠의 등을 보았다. 티셔츠는 초록색
이었다. 나는 팔을 뻗어 바닥에 놓인 가방에서 카메라를 꺼냈
다. 파인더를 들여다보니 바쿠 등짝의 초록색이 연하게 빛나
는 것처럼 보였다. 예쁘다, 라고 생각했다. 예뻐서 무섭다, 라
고 생각한 뒤에 셔터를 누르려고 했더니 바쿠가 돌아보았다.
당황해서 카메라를 내리자 바쿠가 나무라는 눈빛으로 쳐다보
았다. 그러고는 웃으면서 고개를 가로저었다.

"아, 미안해."

나도 모르게 중얼거렸다. 현관에서 몸을 일으키며 바쿠가

말했다.

"오사카의 매미, 정글 같다."

"좋아?"

"쨍한 소리. 점점 많아져."

바쿠가 문을 닫았다. 바깥은 벌써 초록색 식물로 뒤덮였구나, 라고 생각했다. 말매미 소리는 한순간도 멈추지 않고 공기 전체를 진동시켜서 삼십오 년이나 된 이 연립주택을 파괴하기 직전이었다.

일방통행 도로 한가운데 서서 한참 저 앞을 보았다. 아지랑이가 피어오르고 있었다. 흔들리는 공기 속을 저만치서 자전거가 가로질러 가는 게 보였다. 매미는 더 이상 울지 않았다.

"뭐 하고 있어?"

소리 나는 쪽을 올려다보니 이 층 방 창문에서 오카자키가 내다보고 있었다. 어젯밤에 술을 많이 마셔서 그대로 자고 아직도 자취집에 가지 않았다. 나는 위를 향해 말했다.

"바쿠가 빵 사러 간다고 나갔는데 안 와. 두 시간이나 지났는데."

오카자키는 표정이 변하지 않은 채 내가 보던 길 끝을 쳐다보았다. 그러고는 다시 나를 향했다.

"그 친구, 그런 일 자주 있잖아."

"그런 일이라니?"

오카자키는 창을 닫고 안으로 사라졌다. 몇 초 뒤, 현관문이 열리고 계단을 내려왔다.

계단 아래 콘크리트 턱에 앉아 담배를 피우면서, 바쿠는 이사 온 다음 날부터 이틀 동안 사라졌었고, 난바에서 한창 술을 마시던 중에 전화하러 간다고 나가서 세 시간쯤 행방불명이 됐었어, 라고 얘기했다.

"아사코하고 함께 있을 때도 그러는지, 실은 조금 걱정했어. 아사코, 괜찮은 거야?"

"괜찮냐니, 뭐가?"

오카자키가 말하는 것과 내가 바쿠를 좋아하는 것 사이에 관계가 있다고는 생각되지 않았다. 도로 위로 여자아이 세 명이 인라인스케이트를 타고 왔다. 모두 파스텔핑크색 옷을 입었고, 한 명은 매지컬 미라클 어쩌고저쩌고 하는 애니메이션 주제가를 소리쳐 불렀다. 옆을 지나갈 때 오른편 여자애가 말했다.

"정신 바짝 차려야지, 안 그러면 나중에 고생해."

"뭔 아줌마 같은 소리야?"

한가운데 여자애가 말했다. 폭이 좁은 도로에 아이들의 스케이트 소리가 우릉우릉 울렸다. 그 순간, 혹시 바쿠가 싫어하는 사진을 찍으려고 했기 때문에 안 돌아오는 게 아닐까, 라는 생각이 떠올랐다. 하지만 셔터를 누른 건 아니니까 괜찮다, 라는 결론에 달했다.

오카자키는 영차 힘을 붙여 일어섰다.

"아, 근데 자기 몫의 술값은 나중에 냈고, 무슨 돌이킬 수 없는 짓을 했던 것도 아니고 굳이 말하자면 약간 허술한 것뿐이고 기본적으로는 좋은 친구라고 생각해, 나는."

"좋은 친구, 라니?"

적당히 위로하지 말아줘, 라고 생각했다. 자기 멋대로 신경 쓰고 걱정까지 해줬다는 게 화가 났다. 졸업도 못하고 있는 네 걱정이나 해, 라고 생각했다. 바지 호주머니에 꽂힌 휴대전화를 더듬더듬 만지작거렸다. 바쿠가 휴대전화가 없어서 다행이다. 휴대전화가 있는데도 연락이 안 오는 건 더 싫으니까. 오카자키는 묘하게 환한 말투로 오른손으로는 위를 가리키고 왼손은 별 의미도 없이 위아래로 흔들었다.

"위에서 기다릴래? 바쿠, 저녁부터 알바잖아. 그러니까 이제 곧 돌아올 거야."

"바쿠 방에 가서 다시 잘까봐. 졸려서."

졸리다는 것도 자려고 했던 것도 사실이다. 나는 내 기분에 거짓말을 하지는 않는다. 오카자키는 다시 들썩들썩 과장스럽게 머리며 허리를 긁적이면서 말했다.

"그래? 나는 지금 굿상네 집에 가려고. CD 복사해서 패킹한다고 했거든. 아사코, 너도 가든지."

"하루요도 어쩌면 갈 수 있을 거라고 했는데."

"아, 그럼 이따 보자."

계단을 뛰어올라가던 오카자키는 도중에 돌아보면서 위층에 언제든지 와도 돼, 라고 일부러 친절하게 말해주었다.

대각선 맞은편 집의 잡종견이 우편배달부를 향해 맹렬히 짖어댔다.

나는 바쿠의 방으로 돌아가 텔레비전을 켰다. 채널을 한 바퀴 돌아본 끝에 전국의 장수 노인들에게서 오래 사는 비결을 듣는 프로로 정했다. 102세 할아버지는 매 끼니 때마다 사과를 먹고, 100세 할머니는 작년부터 일기를 쓰기 시작했다. 나는 방을 한 바퀴 돌았고, 하지만 아무것도 없는 방이라서 창문과 방문과 장지문을 차례대로 열었다가 닫아보았다. 붙박이장을 열고 '아리타 귤'이라고 인쇄된 박스 앞에 쪼그리고 앉았다. 이사할 때도 바쿠의 짐은 이 귤 박스와 구두 하나밖에 없었다. 박스 뚜껑은 테이프를 붙이지도 않았는데 꽉 닫혀 있었다. 손을 뻗어 뚜껑을 잡았다. 열어볼까, 하고 생각했다. 텔레비전 속의 할머니가 정직하게 사는 게 중요하지, 라고 말하는 소리가 들렸다. 뚜껑을 열면 점점 더 바쿠가 돌아오지 않을 확률이 높아질 것 같아서 관뒀다. 장지문을 탁 닫고 아무것도 없는 방 한가운데 누워 눈을 감았다. 텔레비전 소리를 듣고 있으려니 머릿속이 점점 텔레비전으로 채워져서 즐거웠다. 눈을 감고 있자 나도 모르는 사이에 잠이 들었고 잠든 것도 깨닫지 못한 채 눈을 떴다. 머리 위쪽에 바쿠가 서 있었다.

"저쪽 초등학교 건너편까지 갔었는데 근사한 분위기의 목욕탕이 있어서 들어갔더니 세 시간이나 지났어."

"목욕탕?"

나를 내려다보는 바쿠의 얼굴은 그늘이 져서 어둑어둑해진 방 안에서 허옇게 보였다. 오른손에서 대롱거리는 빵가게 봉지는 더 창백했다.

"미안."

바쿠는 사과한다기보다 슬픈 얼굴로 그렇게 말하고 내 옆에 누웠다. 더운 공기 속을 걸어온 바쿠의 체온이 시간을 두고 전해져왔다. 나는 바쿠의 얼굴을 더듬더듬 확인했다. 텔레비전 속은 스모의 세키와케(関脇)와 고무스비(小結)°의 승부였다.

"비 올 것 같다."

바쿠의 목소리가 들렸다.

모퉁이 집 담벼락에 '월하미인 꽃이 피었으니 구경하세요'라는 알림 종이가 붙어 있었다. 안으로 들어가 그 큼직한 꽃을 구경했다. 아주머니의 이번 여름 일정도 듣고 보리차도 대접받았다. 그리고 그걸로 끝, 다시 만나지 못했다.

° 스모 선수의 세 가지 등급으로, 높은 순서로 오오제키, 세키와케, 고무스비가 있다.

회사에서 옆 부서 사람이 소설가가 되겠다면서 회사를 그만두었다. 부서가 다른데도 담당 일부를 인계받는 바람에 일거리가 부쩍 늘었다.

여름은 날씨가 안 좋다. 비가 와도 맑아도, 푹푹 찌는 무더위여도 늦더위여도 즐겁다.

○○○

십일월이다.

추워졌다.

빗자루로 쓸어낸 자국 같은 옅은 구름도 파란 하늘도 아주 높은 곳에 있었다. 학교버스로 산길을 한참 올라가야 하는 대학이라서 평소에 있던 장소보다 몇 십 미터쯤은 하늘과 가까워졌다.

정문에는 롤플레잉게임이나 판타지 영화에 나올 듯한 석조 게이트가 있었다. '동문 축제'라는 금빛 문자가 길게 적혀 있다. 멀리서 봤을 때는 돌로 보였는데 가까이 가보니 책상을 받침대 삼아 쇠파이프에 종이를 씌운 구조였다. 너무 잘 만들어서 감동했기 때문에 하루요와 기념사진을 찍었다. 셔터는 피카추 인형 옷을 입은 남자에게 눌러달라고 부탁했다.

느티나무와 벚나무 가로수 길은 갈색 잎과 붉은색 잎, 그리고 군데군데 노란색 잎이 머리 위를 뒤덮고 있어서 오렌지색 불빛 속을 걸어가는 것 같았다.

"안 되겠다, 전파가 안 잡혀."

하루요가 먼저 도착한 오카자키에게 잊어버린 물건은 없는지 확인해보려고 했지만 우리 둘 다 휴대전화가 터지지 않아 역시 산속이라는 것을 실감했다. 일단 차에 있던 종이가방과 박스들을 모두 챙겨 들고 주차장을 나섰다. 구불구불한 언덕길을 느릿느릿 올라가면서 하루요는 오른쪽을 봤다가 왼쪽을 봤다가 하고 있었다. 양쪽에 늘어선 학교 건물은 반원형 카페테리아와 통유리의 엔트런스 홀이 있고, 죄다 새 건물이었다.

"좋다, 대학교. 나도 다녀볼 걸 그랬나. 캠퍼스 라이프라는 거, 그럴싸하잖아."

"그것도 학교에 따라 달라. 내가 다닌 학교는 오래된 읍사무소 같은 건물이고 학교 축제도 그냥 시시해서 사람도 별로 없었어."

"아사코는 좀 더 즐거운 일은 즐겁다고 얘기할 줄 알아야 해. 환한 빛을 바라보며 살아가자, 응?"

하루요는 양손에 플라스틱판이 든 종이가방을 손에 쥐고 깡충깡충 뛰었다. 날씨가 좋아서 그러는 모양이다. 보라색 니트 스커트 자락이 펄럭였다. 세일러복을 입은 다섯 명의 남학생과 마주쳤다. 다들 종아리와 팔의 털까지 깨끗이 밀었다.

"엇, 나 다니던 중학교 교복하고 완전 비슷해."

남학생들의 세일러복은 크림색 바탕에 칼라는 감색, 라인과 리본은 초록색이었다.

"귀엽다. 진짜 세일러복 느낌이네. 난 중학교도 고등학교도 재킷이었는데."

"아사코는 현대적이네."

나도 하루요를 흉내 내 깡충깡충 뛰어보았다. 품에 안은 쿠키깡통 속에서 포스트카드와 컬러매직펜이 덜걱덜걱 소리를 냈다.

언덕 위에 도착하자 ㄷ자형 본관에 둘러싸인 광장이었다. 바깥 원을 따라 둥그렇게 심어둔 거대한 은행나무 열 그루는 잎사귀가 한 장도 빠짐없이 노란색이었다. 느티나무와 벚나무와 은행나무가 일제히 단풍으로 물든 것은 산 아래 펼쳐진 오사카 시내보다 이곳 기온이 낮기 때문이다. 은행나무 잎사귀가 떨어져 땅바닥도 노란색으로 뒤덮였다. 바닥이 온통 노란빛이라서 이곳 전체가 환해졌다.

"오호, N대 가토 선수의 앵클 록에 S대의 사카모토 선수, 엉겁결에 탭아웃인가요!"

광장의 중심에 링이 있었다. 타이거마스크와 타이거마스크2, 검정타이즈와 검정타이즈2의 트윈 선수 팀이 프로레슬링 시합을 하고 있었다. 타이거마스크의 마스크는 고무로 만든 묘하게 리얼한 호랑이 얼굴이었다. 한참 바라보니 실제로 목 위쪽은 호랑이 종족의 생물인 것처럼 보였다. 타이거 쪽은 근골 늠름한 자와 빈약한 자의 조합이지만, 검정타이즈 팀의 두 선수는 헤어스타일도 완전히 똑같이 가운데 가르마의 장발에 오동통한 몸집이어서 누가 누군지 구별이 되지 않았다. 실황 중계석을 역의 도시락 매장처럼 직접 만들어 몸에 끼운 남자가 링사이드에서 우왕좌왕하며 중계를 하고 있었다. 혼자 혹은 두세 명이 함께 모여든 관객들 사이에서 웃음이 터져 나왔다.

"남자들은 진짜 바보 같아."

웃통을 벗은 채 링 위에서 뒤엉켜 뒹구는 빈약 타이거와 검정타이즈의 모습을 옆 눈으로 쳐다보며 하루요가 말했다.

"저거, 실제로 아프다던데."

"진짜? 별 괴상한 취미가 다 있네."

광장을 빠져나오자 축구장 하나 정도 크기의 운동장이 있었다. 그 초입 쪽에 철탑처럼 짠 무대가 높직이 세워졌다. 오후부터 시작하는 행사의 테마는 '사이키델릭 문화축제 플라워&골드'여서 펜스 옆 간판에 출연자들의 이름이 60년대풍의 기울어진 서체로 적혀 있었다.

"어, 수고했어. 거기다 놔줘."

무대 옆 철탑 위에서 오카자키가 소리쳤다. 무대 위에서는 낯선 사람들 대여섯 명이 악기 세팅이며 배선 작업을 하고 있었다. 바쿠도 그들과 섞여 뭔가 거들었다. 어떤 인맥 덕분인지는 모르지만 오카자키 밴드는 타 대학 행사에도 자주 참가했다.

무대 뒤로 돌아가자 케이 짱과 미이 짱이 금색, 은색 테이프로 만든 장대 깃발을 흔들었다.

"어서 와. 이거 좀 봐, 이거!"

"거의 다 했어."

오늘 오전에 처음 만난 이 대학 2학년 케이 짱과 미이 짱은 우연히도 생일이 똑같아서 친구가 되었다고 한다. 생년월일이 같아도 키는 15센티미터쯤 차이가 났다.

"한데 모으니까 예쁘다."

나는 무대 뒤편, 맥주 박스를 줄지어 엎어놓은 곳에 자리를 잡고 앉으며 말했다.

"금색과 은색을 섞으면 더 좋을 수도 있어."

옆에 앉은 하루요가 플라스틱판을 꺼냈다. 우리는 조명에 사이키델릭한 색깔을 입히기 위해 매직펜으로 플라스틱판을 칠하는 담당이다. 무대가 운동장 쪽을 향하고 있어서 뒤로 돌아오자 펜스 너머로 프로레슬링 시합이 훤히 보였다. 이번에는 근육질의 타이거마스크가 지주 위에서 매트로 뛰어내렸다. 수영장에서 다이빙할 때 같은 자세였다. 잘한다, 잘한다, 라고 관객이 손뼉을 치고 있었다.

바람이 강해질 때마다 은행나무 잎이 운동장까지 날아왔

다. 부채 모양의 잎사귀는 중앙에 빗금이 있다. 나뭇잎들은 같은 수종에서는 모두 똑같은 모양이라는 게 신기했다.

프로레슬링 시합은 아직도 계속되고 있었다. 저렇게나 오랜 시간 동안 대체 뭘 하는 것인지 모르겠다. 링 밖으로 떨어져 뒹구는 검정타이즈2를 보았다. 떨어질 때 파이프의자에 부딪힌 정강이를 부여잡고 있어서 얼마나 아픈지, 단순히 궁금해졌다.

"어라, 아는 사람인 모양이네?"

하루요의 목소리에 그 시선 끝을 따라갔더니 학교 건물 입구 앞에서 바쿠가 아주 작은 몸집의 백발 남자와 이야기를 하고 있었다.

"그러게."

바쿠는 학교 건물 쪽을 가리키더니 친한 사이인 듯 그 아저씨에게 손을 흔들고 자동문을 건너 안으로 들어갔다. 초록색 후드집업을 입은 바쿠의 가늘고 긴 등은 페이드아웃처럼 조명이 꺼진 홀로 사라졌다. 갈색 양복을 입은 아저씨는 광장을 가로질러 갔다.

"교수님이야."

뒤에 있던 케이 짱의 목소리에 돌아보았다. 미이 짱은 어디 갔는지 눈에 띄지 않았다.

"저 교수님, 엄청 규칙적으로 사시는 분이라서 강의도 정시에 시작하고 정시에 끝내. 점심시간의 산책은 날마다 똑같은 코스, 그리고 길모퉁이는 직각으로 돌아간대."

케이 쨩이 각 잡힌 동작을 흉내 내는 순간, 저 멀리서 그 교수님이 정말로 모퉁이에서 한 차례 정지한 뒤 똑바로 꺾어 돌아갔다.

"저 교수님, 셔츠칼라가 문화인 느낌이었던 것 같지 않아?"

하루요의 말을 듣고 생각해보니 스탠드칼라 셔츠의 하얀색이 유난히 눈에 띄었다.

"셔츠도 꼭 그것만 입어."

케이 쨩은 매우 친절했다. 나는 바쿠가 들어간 대학 건물의 어두운 창문을 보며 말했다.

"저런 칼라의 셔츠를 입는 사람은 넥타이를 매고 싶지 않은 사람, 이라고 하던데?"

"누가?"

"누구냐고? 글쎄, 잊어버렸네."

케이 쨩에게 어떤 교수인지 묻는 것도 잊어버렸다. 유성 잉크 냄새에 코가 점점 마비되어갔다.

오렌지색으로 칠한 판을 엎어놓고 다시 또 한 장을 시작하려는 참에 내 왼손도 오렌지색이 된 것을 알았다.

"우앗, 어떡해!"

"꺄아, 나도 그래."

하루요도 부르짖었다. 하루요는 무릎이 초록색이었다. 둘이서 꺄아꺄아 하고 있는데 여자 네 명이 옆을 지나갔다. 오늘 행사에 출연하는 사람들이다. 기타 케이스에 캐릭터 인형을 주렁주렁 매단 두 명은 전에도 본 적이 있다. 맨 뒤의 오노 요코 헤어스타일의 여자가 한 번도 우리와 눈을 마주치지 않았다. 무슨 이유 때문인지 그 여자는 다른 행사 때도 우리를 싸악 무시했다. 그래서 여자들이 무대에 올라간 뒤에 이름도 모르는 그녀의 험담을 하루요와 엄청 주고받았다. 두 장째의 플라스틱판에도 각각 파란색과 핑크색을 칠하기 시작했다.

"대학은 봄에도 축제, 가을에도 축제, 공부는 언제 한대?"

"아마 이런 축제 때 진짜 대학생은 알바나 여행을 떠나고 학교에 나오는 건 우리 같은 사람들뿐인가봐. 오카자키도 그렇고 우리도 그렇고, 지금 행사 준비하는 사람들이 거의 다 외부인이잖아."

"아사코, 그건 아니지. 저기 쟤도, 쟤도, 다들 진짜 재학생이고 우리만 가짜야. 마이너리티."

프로레슬링 실황중계를 맡은 남자가 한층 높은 목소리로 부르짖길래 쳐다봤더니 징 박힌 민소매 가죽점퍼&핫팬츠에 그물망 타이즈를 신은 남자가 링에 난입하고 있었다.

"아주 신이 났네."

"응, 재밌겠다."

우리는 말했다. 하루요가 카메라를 내게로 향해 손가락으로 V를 그려주었다. 하루요가 셔터를 누르는 것과 동시에 바로 머리 위의 무대 끝에서 소리가 들려왔다.

"아까도 말했지만 내 생각에는 이런 방식으로는 안 될 것 같아."

"에헤, 괜찮아, 괜찮아."

올려다보니 이런 행사 때마다 나타나는, 긴 금발을 뒤통수에 올려 묶은 남자가 앰프에 걸터앉아 오카자키 밴드의 드럼 담당 아사히에게 잔소리를 하고 있었다. 오스트레일리아에서 온 유학생이고 이름은 제프리, 좋아하는 밴드는 메탈리카, 라는 얘기는 오카자키에게서 들었다.

"좀 더 분명하게 상의를 해야 한다니까? 실패할 게 뻔히 눈에 보이잖아."

일본어가 묘하게 능숙한 데다 사투리 톤까지 섞여서 더 귀에 거슬렸다. 아사히는 그래도 엉킨 코드 다발을 풀어가면서 웃음을 잃지 않았다. 착한 사람이구나, 라고 생각했다. 하지만 제프리는 그런 정서를 알지 못하는 모양이었다.

"괜찮다, 괜찮다, 라는 건 근거도 없는 것을 상대에게 밀어붙일 때 쓰는 말이야. 민주주의가 다수파를 밀어붙이는 거야?"

"아무도 너한테 책임지라고 하지 않아."

아사히는 부드러운 표정으로 제프리의 어깨를 가볍게 두드렸지만 제프리는 그 손을 홱 뿌리쳤다. 오카자키가 철탑을 원숭이처럼 주르륵 타고 내려와 우리에게 다가왔다.

"저 녀석, 진짜 고지식하다니까. 일단 뭐든 말을 내뱉어야 직성이 풀리는 모양이야. 저러다 제풀에 지쳐서 입을 다물겠지. 본성이 나쁜 건 아닌데 말이야."

그리고 다시 철탑을 타고 슬슬 올라갔다. 하루요가 하품을 했다.

"그릇이 작은 사내는 안 된다니까. 오스트레일리아가 원래 느긋하게 사는 데 아닌가?"

대학 동창이 오스트레일리아 여행을 다녀와서 맨발로 다니는 사람이 너무 많아 다들 가난한 줄 알았다, 라고 말했던 것이 갑작스럽게 생각났다.

금색, 은색의 장대 깃발들을 정면에 세우는 작업을 마치고 케이 짱과 미이 짱이 돌아왔다. 잠깐 봐달라면서 오늘 저녁 무대에 올릴 노래와 댄스의 리허설을 시작했다. 오른손을 올리고 왼다리를 올리고 빙글 돌고 다시 빙글 돌았다.

투명한 플라스틱판을 파랗게 칠하던 하루요의 얼굴에 별일도 없었는데 헤실헤실 웃음이 번지고 있었다.

"그렇게 좋아?"

내가 말하자 하루요는 웃음 가득한 얼굴을 들고 이쪽을 보았다.

"뭐, 그렇다고 할까?"

"기뻐하는 사람 보니까 나도 기쁘다. 특히 러브는 좋아. 사랑이란 멋진 거야."

"그치, 그치?"

하루요는 두 손으로 제 얼굴을 가렸다가 좌우로 당겼다. 찹쌀떡처럼 행복한 얼굴이다. 반년 동안 사귀던 남자와 지난달에 헤어지고 바로 다음 주부터 직장에 드나드는 디자인사무실 사람과 사귀는 중이다. 지난주에 둘이 디즈니랜드에 놀러 갔다가 선물을 잔뜩 사와서 아까 나눠줬다. 어딘가 가까운 건물 창문에서 플루트 소리가 들렸다. 똑같은 멜로디를 몇 번이고 반복하고 있었다.

"그거, 너무 칠하면 색깔도 안 좋고, 별거 없어."

무대 위에서 제프리가 웅크리고 앉아 우리를 내려다보고 있었다. 하루요가 내 귀 옆에 대고 재수 없어, 라고 속닥거렸다. 나는 말대꾸에 나섰다.

"좀 더 진하게 칠하라고 했는데?"

"그런 도구로는 아무리 칠해봤자 달라질 거 없어. 그렇잖아요, 상식적으로 생각해도. 굳이 말하지 않아도 뻔한 일이지. 계속 거기 있으면 방해된다는 건 알아요? 처음부터 주의를 줬잖아."

바쿠, 라고 나는 마음속으로 빌었다. 바쿠, 쟤 좀 어떻게 해줘.

바쿠가 들어간 건물을 돌아보았다. 아까 그 초로의 교수님이 막 들어가는 참이었다.

"이봐, 넌 대체…."

하루요가 입을 여는 것과 동시에 제프리 뒤쪽에서 바쿠의 얼굴이 쓱 나타났다.

"방해는 네가 하고 있어."

바쿠가 제프리의 팔꿈치를 잡아챘다. 제프리의 얼굴빛이 변했다. 피부가 유난히 하얗기 때문에 얼굴을 붉히다, 라는 말의 견본을 볼 수 있었다. 제프리는 두 손으로 바쿠의 가슴을 밀쳤다. 바쿠는 그 한쪽 손목을 잡아 제프리를 넘어뜨렸다. 오카자키와 아사히, 그리고 다른 두 명이 달려와 바쿠의 팔을 붙잡고 떼어놓았다. 그 전에 바닥에 넘어진 제프리의 허벅지와 손을 바쿠가 발로 짓이기는 게 보였다. 제프리는 잠시 일본어와 영어로 소리를 쳤지만 아사히가 학교 건물 쪽으로 데려갔다. 바쿠가 짓이긴 제프리의 오른팔 손끝에서 피가 흐르고 있었다. 바쿠는 오카자키와 다른 사람들에게 순순히 사과를 하고, 멀거니 선 채 그 장면을 지켜보던 우리 쪽으로 내려왔다.

"이제 괜찮아."

바쿠는 웃고 있었다. 착한 얼굴이다. 바쿠는 착한 얼굴로 웃으니까 좋다, 라고 생각했다. 바쿠가 말했다.

"사아 짱, 그거 끝나는 대로 뭔가 먹으러 가자."

"응."

나도 웃었다. 기뻤다. 그것만 생각하자고 마음먹었다. 하루요가 옆에서 아참, 그렇지, 라고 갑자기 뭔가 생각난 것처럼 딴소리를 했다. 바쿠는 새가 날갯짓을 하듯이 가벼운 동작으로 무대에 올라가 오카자키에게 기타 가르쳐줘, 라고 말했다. 차가운 바람이 불어왔다. 귓가에서 바람 소리가 났다. 손도 차가워져 있었다.

나는 더욱더 기세를 붙여 플라스틱판을 핑크색으로 칠했다. 그 밑의 내 다리도 신발도 모래도 개미도 공기도 모두 핑크색으로 보였다.

"아사코."

하루요가 말했다.

"진짜 괜찮아?"

"응. 언제 어디서든 바쿠가 구해줄 테니까."

하루요는 내가 한 말이 귓속에 가닿는 데 한참 시간이 걸리는 것처럼 지그시 나를 보고 있었다. 졸린 건가, 라고 생각했다.

"아니, 그게 아니라 바쿠 말이야. 아사코, 저런 사람 정말 괜찮아? 저런 행동은 좀 아니잖아."

하루요가 되풀이했다. 굳이 여러 번 말하지 않아도 처음에 알아들었는데, 라고 생각했다.

"응, 진짜 좋아해."

나는 진심에서 우러난 아주 멋진 웃음을 지어 보일 수 있었다. 하루요가 크게 한숨을 내쉬었다. 그것까지도 좋은 일이라고 생각했다. 펜스 옆에서 상황을 지켜봤던 케이 짱과 미이 짱이 서로 마주 보며 고개를 끄덕였다. 그리고 랄라라랄라, 하고 도

입부를 화음을 붙여 노래하면서 두 손을 와이퍼처럼 굴렸다.

"뭐야, 그게?"

하루요가 물었다. 미이 짱과 케이 짱은 아이돌처럼 환하게 웃으면서 목소리를 높였다.

"신곡입니다!"

"제목은, 사랑은 저주!"

화창한 날에 만난 두 사람, 첫눈에 사랑에 빠졌다네, 그 순간부터 이 세상에는 두 사람뿐. 그런 노래였다. 둘이 춤추고 노래하는 동안, 나는 전에 봤던 영화를 떠올렸다. 프랑스의 한 항구도시에 사는 똑같이 파스텔컬러 옷을 입은 미인 자매의 사랑 이야기. 동네에서 토막 살인사건이 일어났다. 하지만 무사히 해결되었다. 사랑은 열매를 맺었다. 미이 짱과 케이 짱의 노래는 그 영화를 떠올리게 하는 멜로디였다. 꽃무늬 스커트를 펄럭이고 스텝을 밟으면서 사랑의 시작을 노래했다. 그리고 우리는 저주에 걸렸다네, 라는 메인 후렴구를 번갈아 불렀다.

나는 소리쳤다.

"세상이 반짝반짝해지는 저주!"

옆에서 하루요가 내 얼굴을 보고 그제야 웃었다. 손뼉을 치면서 확실한 목소리로 말했다.

"근데 그 얼굴, 절대 방심하면 안 돼!"

참새 두 마리가 날아 내려왔다.

"우아앗, 이다 선수가 가토 선수에게 샤이닝 위저드를! 설마 이런 식으로 배신할 줄이야! 이다 선수가 상대편에 붙었습니다! 모교를 배신했습니다!"

실황중계 담당이 왁왁 부르짖자 무대에서 다시 세팅 작업을 시작한 오카자키 일행도 돌아보았다. 관객들은 깔깔깔깔 웃으면서 배신자에게 응원을 보냈다. 호랑이와 검정타이즈인데 이름을 부르는 게 진짜 이상하고 우스웠다.

"파이브 스타 프로그 스플래시! 성공입니다! 원, 투, 쓰리! 이다 선수, 모교를 배신했습니다! 배신자에게 야유가 쏟아집니다! 하지만 이기기만 하면 그런 건 아무 상관없죠. 가토 선수, 일어나지 못합니다!"

노란 잎과 붉은 잎이 흩날리는 가운데 헹가래가 시작되었다. 오카자키와 바쿠도, 무대에 있던 다른 사람들도 우르르 달려가 참가했다. 하늘로 올라갔다가 떨어지는 검정타이즈1인지 2인지를 바라보면서 파란색을 칠하는 손을 멈추지 않고 하루요가 말했다.

"아사코, 요즘 회사 일은 어때?"

"그럭저럭 잘하고 있어. 한 달이 반복되는 게 점점 짧아지는 느낌이어서 아, 이런 식으로 시간이 흘러가는구나 싶더라."

익숙해진 것인지도 모른다고 생각했다. 한 달의 반복이 일 년의 반복이 되고 그것이 계속 이어진다. 어쨌든 월급은 받고 시간도 넉넉하고, 덕분에 오늘도 마음 편히 놀 수 있다. 회사 유니폼은 아직도 '빌려온 옷' 같은 느낌이지만, 이런 곳에 와 있으면 이제 대학생도 아닌데 은근슬쩍 끼어든 듯한 마음이 강하게 든다. 오카자키나 오늘 밤 무대에 오르는 친구들처럼 '뭔가 하는' 사람들은 좋겠다, 라는 생각이 부러움인지 아니면 그 이상인지 알 수 없었다. 개와 고양이 포스트카드 판매 이후로 어쩐지 열의가 식어버린 사진을 역시 계속하는 게 좋을 것 같기도 했다. 지금 눈앞에서 벌어지는 바보 같은 야단법석을 보고 있는 이런 때는.

"이 대학에 모모이치 극단 있는 거, 알아?"

내가 고개를 젓자 하루요는 토트백에서 광고지를 꺼냈다.

"이번에 연말 공연 의상을 도와주기로 했어. 아사코도 같이 할래?"

"의상을?"

"아니, 당일 접수나 안내해줄 사람도 필요하거든. 자원봉사 야. 아사코, 세상에 도움이 되는 사람이고 싶다고 했지?"

내가 그런 말을 했었나, 라고 생각하면서 광고지를 들여다보았다. 알지 못하는 사람들의 이름이 주르륵 적혀 있었다. 얼굴을 들자 바쿠와 오카자키가 링을 둘러싼 사람들 뒤로 물러서서 입구 근처에서 이야기하는 것이 보였다. 오카자키는 무대 쪽을 가리키며 할 일을 전달하는 모양인데 바쿠는 링 주위의 소란이 영향을 끼쳤는지 온화한 미소를 지은 채 고개만 끄덕이고 있었다. 내 쪽을 쳐다보지는 않았다.

"아, 잠깐 카메라 좀 빌려줘."

나는 바쿠에게서 시선을 떼지 않은 채 하루요의 콤팩트카메라를 건네받았다. 쇠파이프 사이에 숨듯이 자리를 잡고 작은 줌렌즈를 한껏 당겼다. 셔터를 누를 때 손이 떨리는 느낌이었다. 바쿠는 이쪽을 눈치챈 기색 없이 오카자키와 링 쪽을 바라보며 팔을 젓고 있었다.

시합에 패한 타이거들은 떠났다. 헹가래를 받은 검은타이즈 1인지 2인지는 우선 링 위에 떨어졌고 그 링에서도 다시 굴러떨어졌다. 그리고 배신한 팀메이트들에게 밟히고 걷어차였다.

우리가 칠한 핑크색과 초록색과 보라색과 파란색과 노란색의 조명이 비춰주는 무대를 운동장 구석에 쌓인 쇠파이프 더미 위에 앉아서 관람했다. 무대 뒤로 보이는 한층 더 큼직한 은행나무의 잎이 원래 색깔과 조명 빛에 뒤섞여 정교한 인공물처럼 보여서 저런 느낌의 색깔은 어떻게 사진으로 찍을 수 있을까, 혼자 궁리했다. 하지만 구체적으로 카메라나 필름에 대해 고민한 건 아니라서 결국 흠뻑 빠져 홀린 듯 바라본 것뿐인지도 모른다. 그 너머 하늘이 밤인데도 아직 훤해 보이는 것은 이쪽의 빛이 한참 멀리까지 가닿기 때문일 것이다. 무대 위의 세 사람은 하나같이 제임스 브라운 같은 차림새에 핑크가 아니라 빠르고 무겁고 진지한 곡을 연주했다. 무대 옆 쇠파이프 철탑에 올라가 조명을 조정하는 오카자키가 훤히 보였다. 그 옆에 제프리도 있었다. 즐거워 보였다.

다른 사람의 짐가방에 몸을 기대고 하루요가 자고 있었다. 새벽부터 일을 거들었기 때문에 피곤했던 모양이다. 날이 점점 추워진다.

저만치 앞쪽에서 체크무늬 스커트와 재킷의 교복을 입은 여자애들이 통통 뛰고 있었다. 고등학생이지만 오히려 나보다 연상처럼 보였다. 그 앞쪽에 바쿠가 있었다. 어중간하게 자란 머리와 초록색 후드집업의 등짝이 보였다. 음악 소리에 맞춘 것인지 자기만의 리듬을 타는 것인지 알 수 없는, 멈췄다가 다시 나아가는 듯한 템포로 몸을 흔들었다. 바쿠는 슬슬 옆으로 밀려나 어느새 사람들에게서 멀어지더니 몸을 흔들면서 무대 옆의 문을 지나 광장 쪽으로 나갔다. 환한 무대에 그늘이 져서 어두컴컴해진 광장 안쪽으로 바쿠의 모습은 점점 사라졌다.

오카자키가 조명을 빙글빙글 돌리고 그 빛줄기가 내가 있는 곳까지 와 닿았다. 눈이 부셔서 꾹 감았다. 노란빛은 몇 번이나 나한테 달려왔다가 다시 멀어져갔다.

바쿠가 돌아오지 않은 지 나흘째다.

새벽 네 시다. 나는 내 집에 있었다.

지금까지 나를 덮고 있던 담요를 끌고, 바닥에 어질러진 벗어 둔 그대로의 옷이며 잡지며 가방을 밟아가면서 방에서 나왔다.

거실에서 텔레비전을 켜고 소파에 누웠다. 리모컨을 든 오른손만 담요 밖으로 내밀었다. 채널을 바꿨다. 한밤중은 꽤 춥다.

텔레비전에서는 홈쇼핑 방송을 하고 있었다. 내가 지금 보는 것보다 훨씬 더 큰 텔레비전을 팔고 있다. 남자 쇼핑호스트는 색감이 얼마나 선명한지 강조하며 가격을 연거푸 외쳤다. 채널을 바꿨다. 다른 채널들은 모래폭풍과 쏴아아 소리, 색깔 견본과 삐이이 소리, 그리고 어딘가 옥상의 정위치 카메라에서 오사카의 야경이 리얼타임으로 비치는 영상과 새가 지저귀는 것 같은 음악 소리, 그 세 가지 중 하나였다. 오사카 중심가 쪽을 지켜보는 카메라가 잡아낸 야경 채널로 정했다. 오른편 아래쪽에 날짜와 시각이 흰 글씨로 적혔고 숫자는 확실하게 하나씩 불어나다가 정기적으로 0으로 돌아갔다.

잠들기 전에 오카자키로부터 위로 전화를 받았다. 이번에도 깜빡 당했지 뭐야, 라고 내가 말하자 오카자키는 그런가, 라고 대답했다. 에이코 씨한테도 전화를 바꿔주었다. 괜찮아, 집 나갔던 개도 돌아오잖아, 라고 말했다. 뒤에서 노부 씨가 그런 말은 더 안 좋지, 라며 나무라는 소리가 들렸다. 눈물이 찔끔 났다. 눈물이 난 게 짜증나서 전화를 끊어버렸다. 하루요에게 전화해서 사진을 인화하더라도 내가 찍은 바쿠 사진은 내버려둬, 라고 부탁했다. 아니, 왜 또, 라고 하루요의 목소리는 전화 너머에서 평소와 다름없이 느긋했다.

합성피혁 소파의 표면은 차가워서 내가 내 돈 주고 살 때는 반드시 가죽 소파로 사자고 결심했다.

다른 채널로 돌려봤다. 똑같은 밤하늘 아래 요도가와에 걸린 다리와 강변 맨션의 하얀 불빛이 캄캄한 어둠 속에서 깜빡였다. 빛이 깜빡이는 것은 공기가 흔들리기 때문이라는 게 생각났다. 옅은 색 롤스크린이 내려진 창문을 눈동자만 굴려서 쳐다보았다. 바깥의 어둠과 바로 근처에 있는 가로등 불빛이 비쳐보였다. 저 바깥의 어둠과 텔레비전 속 검은 하늘은 하나로 이어져 있다. 텔레비전 화면 속으로 들어가 저 다리에서 남쪽을 향해 계속 걸어가면 이 방에도 올 수 있고 바쿠의 방에도 갈 수 있다. 마침내 가득 차오른 잠을 느끼면서 화면 속의 야경을 보았다. 그 하나하나의 하얀 불빛 속에, 그리고 이미 빛이 사라진 무수한 건물 속에, 각각 잠든 사람들이 있다. 자신이 있는 장소가 계속 텔레비전에 나오는 것도 모르는 사람들이 저 안에서 꿈을 꾼다. 그곳에는 잠들지 않았지만 잠든 것 같은 자세의 나도 있다. 나는 내 집 안에서 내가 있는 도시를 내려다보는 것과 동시에 천장 너머 어두운 하늘에서 나 자신에 의해 보여지고 있기도 하다. 그 느낌에 감싸여 있는 사이에 어쩐지 마음이 놓여서 눈을 감았다.

점심시간에 밥을 안 먹었다는 것을 히노 씨에게 들켜서 죽고 싶을 만큼 창피했다.

그 바로 뒤에 오카자키에게서 메시지가 왔다. 바쿠가 돌아왔어, 우리 엄마한테 된통 혼났어, 라고 적혀 있었다.

퇴근시간이 되자 어느새 어둑어둑해졌다. 하루가 이미 끝나버린 것 같아 슬펐다. 역에서부터 한 번도 쉬지 않고 달렸다. 신호가 모두 파란불인 것이 기적처럼 느껴졌다. 숨을 헉헉거리며 연립주택 복도로 뛰어들자 안쪽 문이 열려 있는 게 눈에 들어왔다. 어중간하게 열린 낯익은 문이 바람에 천천히 움직이면서 조금 더 열렸다. 방 안이 보였다. 짐이라고는 하나도 없이 휑한 방. 다다미 바닥. 커튼 없는 창문으로 건너편 집의 불빛이 들어와 네모난 방을 멍하니 비추고 있었다. 텔레비전이 없네, 라고 생각했다. 문 바로 앞에 있어야 할 텔레비전이 없었다. 한순간 심장이 써늘해졌다. 동시에 옆집이라는 것을 알았다. 옆집에 새로 이사를 온다고 에이코 씨가 말했었다.

내 앞을 가로막은 문을 발로 걷어차 닫아버리고 그 너머 똑같은 모양의 문 앞에 섰다. 망가질 것 같은 벨을 눌렀다. 열쇠가 잠기지 않은 건 알고 있지만 아무것도 확인하지 않고 문을 벌컥 열었다가는 몇 달 전 원래 이 방의 모습으로 되돌아가 있을 것 같았다. 오카자키의 악기와 만화가 뒤죽박죽 쌓여 있던 방. 어떡하지?

"열려 있어."

바쿠의 목소리가 들렸다. 문을 열자 욕실 앞에 바쿠가 앉아 있었다. 일주일 전에 내가 청소를 한번 할까, 생각만 하고 결국 하지 않은 채 양동이에 처박아둔 걸레 대신의 젖은 헌 수건에 점점이 짙은 초록색 곰팡이가 피어난 것을 바쿠는 웅크리고 앉아 지그시 들여다보고 있었다. 이윽고 그 수건을 펼쳐 전등불에 비춰보았다.

"굉장하다, 이거! 아주 강력한 느낌의 초록빛이야. 토실토실해."

단순한 호기심으로 가득한 눈이 나를 보았다. 이런 말투가 좋다, 라고 생각했다. 경계가 또렷한 검은 눈동자가 어디를 바라보는지, 확실하게 알 수 있다. 처음 만났을 때 들었던 목소리와 완전히 똑같은 나지막한 목소리가 우선 내 머릿속에 울리고 그다음에는 천천히 바깥으로 멀리멀리 퍼져가는 느낌이다. 전부 다 좋다, 라고 생각했더니 눈에서 눈물이 주르륵 흘렀다. 내 발이 바쿠의 어깨를 걷어찼다. 넘어진 바쿠의 등도 걷어찼다. 걷어차는 내 발을 바쿠가 잡아당겨서 외다리가 된 나는 미끄러져 다다미 바닥에 넘어졌다. 넘어진 나를 바쿠가 껴안았다.

"늦더라도 나는 분명히 돌아오니까, 응, 괜찮아."

바쿠가 말했다. 바쿠의 오른손이 내 머리를 쓰다듬었다.

"사아 짱이 있는 곳으로 반드시 돌아올 거니까."

바쿠의 팔은 단단하고 차가웠다. 바쿠의 그 말은 진심에서 나온 말이라고 생각했다. 바쿠는 진심에서 나온 말밖에 하지 못한다. 바쿠의 가슴팍에서 머리를 들어 그 얼굴을 보았다. 바쿠는 눈을 감은 채 입가는 웃고 있었다. 착한 얼굴이다. 힘들 것도 나쁠 것도 하나 없는 얼굴. 이 사람이 좋다, 라고 생각했다. 계속, 앞으로도 오랫동안, 좋아할 거라고 생각했다.

곰팡이가 잔뜩 핀 수건을 빨리 내다버리고 싶었다.

○○○

십이월이다.

행운의 종이 울렸다. 1등은 대형 텔레비전이다. 하지만 어디서 울리는 소리인지 알 수 없었다. 나와 에이코 씨는 에스컬레이터에 의해 자동적으로 상승하고 있었다. 우리 앞에도 뒤에도 수많은 사람이 모두 똑같은 속도와 똑같은 각도로 옮겨진다. 앞 사람의 배낭에 핑크색 곰 인형이 대롱거렸다. 쇼핑몰 안의 안내방송이 노트북이며 세탁기의 가격을 테마송에 실어

연호하기 시작했다.

"이다음에 내 기모노 입어볼래?"

에이코 씨가 말했다.

"벌써 삼십 년도 더 됐지만 보관을 잘해서 아주 깨끗해."

"네, 이따 집에 가면 보여주세요."

에스컬레이터에서 내려 MD와 CD의 휴대 플레이어를 구경하는 젊은 사람들을 헤치고 안으로 들어갔다.

"남편 것도 있는데 바쿠에게는 짧겠지? 설날에 그거 입고 둘이 함께 어딘가 놀러 가면 좋을 텐데."

"에이코 씨는 해마다 어딘가 가는 데가 있어요?"

"아니, 딱히 정해둔 데는 없어. 나야 어디든 갈 수 있잖아."

그렇죠, 라고 대답하고 걸음이 빠른 에이코 씨에게 보폭을 맞췄다. 스테레오 진열장 너머로 언뜻 바쿠의 얼굴이 보였다.

"멀리서 봐도 눈에 딱 띄네. 저런 걸 아우라라고 하지?"

"아우라?"

"뭔지 모르지만 젊은 사람들이 그 말을 자주 쓰던데."

사람이 너무 많아서 더웠기 때문에 에이코 씨는 퍼가 달린 코트를 벗어 손에 들었다. 바쿠가 우리를 알아보고 크게 손을 저었다. 멋있었다.

에이코 씨가 내 얼굴을 보며 말했다.

"잘생겼다, 진짜."

"그렇죠, 좋죠?"

나는 에이코 씨에게 웃어 보였다.

"응, 잘생겼어."

에이코 씨가 되풀이했다.

그 뒤에 오카자키와 노부 씨를 만나서 다 함께 먹으러 간 꽃
게의 붉은빛이 기억 속에 남아 있다.

에이코 씨는 엄청나게 바쁜 듯한 점원을 세 명이나 불러놓
고 어지간히도 망설이다가 바쿠의 한마디에 삼십오 인치 텔
레비전을 샀다. 계산하는 데도 한참 기다려야 한다는 말을 듣
고 지겹다는 얼굴로 투덜거렸다. 나와 바쿠는 잠시 다른 매장
을 구경했다. 바쿠는 고급 헤드폰도 휴대용 라디오도 진기한
생물을 보듯이 뒤집어보고 두드려보고 했지만 갖고 싶은 건
하나도 없는 모양이었다. 나는 갖고 싶은 건 많았지만 내가 가
진 돈으로는 어림없었다. 돌아갈까, 라고 내가 말하자 바쿠의
왼손이 내 오른손을 잡고 북적이는 사람들을 헤치고 나아갔
다. 메마른 손, 이라고 생각했다. 코트를 입은 나는 더워서 땀
이 줄줄 나는 게 너무 싫었다.

에스컬레이터 옆의 통로 양쪽에 비디오카메라가 진열되어
있었다. 나이를 가늠하기 힘든 한 남자와 젊은 부부가 액정화
면을 자신에게 향하고 파인더도 들여다보며 멋대로 테스트
를 하고 있었다. 진열대 위쪽 모니터 화면에 내 뒷모습이 나

오는 것을 발견했다. 여러 대가 줄줄이 놓여 있어서 어떤 카메라에 찍혔는지 알 수 없었다. 수많은 사람들의 머리 틈새로 뒤돌아보는 나는 대각선 위쪽에서 찍혀서 내가 직접 볼 수 없는 머리꼭지가 다 보였다. 키가 큰 바쿠에게는 항상 내 머리꼭지가 보이겠구나, 라고 생각했다. 영상 속에 있을 바쿠의 모습을 찾아보았다. 화면 왼편 안쪽에 조그맣게 갈색 머리칼이 보였다. 다음 순간, 그 머리가 고개를 돌려 이쪽을 보았다. 하지만 그건 카메라 렌즈 쪽을 바라본 것일 뿐, 나를 바라본 것이 아니다. 바쿠의 얼굴은 금세 화면 밖으로 빠져나갔다. 내 모습도 밖으로 나왔다. 인파를 헤치며 지나가려는 사람들의 불규칙한 움직임 때문에 자꾸만 앞이 막혔다. 수없이 많은 검은 머리 너머로 바쿠의 머리칼이 보였다가 사라졌다가 했다. 지겨운 다운재킷들에 떠밀려 바쿠와의 거리가 점점 벌어지고 한순간 그 조금만 보이던 머리도 보이지 않았다. 초조해져서 허리를 숙인 채 검게 부풀어 오른 다운과 다운 사이를 밀치며 헤쳐 나갔더니 바쿠의 손이 보였다. 나는 그 손을 얼른 잡았다.

"왜?"

바쿠가 돌아보았다. 후우 안도했다. 화면 속의 바쿠가 사라지는 것과 동시에 바쿠를 잃어버린 줄 알았다. 땀이 등짝 한가운데를 흐르는 게 느껴졌다. 호흡을 가다듬고 나는 말했다.

"비디오카메라는 얼마쯤 될까?"

"뭘 찍으려고?"

"뭘까. 영화라도 만들까?"

"어떤 얘기?"

"바쿠가 주인공이면 돼."

"나쁜 역할이라면."

"나쁘다니?"

"뇌물 수수?"

바쿠는 피식 웃더니 힘주어 내 손을 당겼다. 텔레비전 매장 끝의 카운터에서 에이코 씨는 아직도 뭔가 서류를 쓰고 있었다.

우리는 벽을 따라 촘촘히 진열된 텔레비전 앞에 섰다.

"대형 텔레비전 갖고 싶다."

텔레비전은 오른편 위쪽의 텔레비전 비디오에서부터 오른편 아래의 사운드 스피커 딸린 텔레비전을 향해 점점 크기가 커져갔다. 모든 화면에 똑같은 채널의 방송이 켜져 있었다. 음성은 들리지 않는다. 멀리 산이 있다. 앞쪽에 단순한 사각 형태의 맨션이 규칙적으로 늘어서 있다. 대량의 배추를 뒤에 실은 자전거가 달려갔다. 위아래로 그리고 옆으로도 진열된 똑같은 화면이 동시에 바뀌고 움직여서 전체적으로 하나의 거대한 움직임이 생겨났다. 집단으로 춤추는 댄스 같았다. 나는 말했다.

"벽 하나가 전부 텔레비전인 방."

바쿠의 눈 속에도 수많은 텔레비전이 떠 있었다. 천장에 수없이 매달아둔 세일이라는 홍보지가 에어컨 바람에 흔들렸다. 바쿠가 아무 말도 하지 않아서 다시 내가 말했다.

"아, 좋아. 이렇게 텔레비전 줄줄이 놓고 모든 채널을 동시에 보고 싶어."

"빛이 나네."

바쿠가 중얼거렸다.

"전부 빛나고, 움직이고 있어."

올려다보는 바쿠의 얼굴은 조용한 느낌이었다.

"굉장하다, 저기."

화면 속 거리에는 꼭대기에 동그란 것이 얹힌 붉은색과 은색의 타워가 있었다. 타워에 비스듬히 다리가 달려서 거리 바닥에 꽂혀 있었다. 도시 표면에는 고층빌딩이 불룩불룩 튀어나왔다. 훨씬 더 불어날 것 같았다. 그 은색 타워를 처음 본 순간, 분명 CG거나 합성사진일 거라고 착각했던 게 생각났다.

나는 말했다.

"미래적인 곳이야. 울트라맨의 고향 같아."

"상하이."

화면에 나온 글씨를 바쿠가 읽었다. 그리고 말했다.

"가볼까."

"나도 가고 싶어."

바쿠는 화면을 지그시 응시한 채 말했다.

"같이 갈래?"

"진짜? 언제?"

바쿠는 대답 없이 나를 보았다. 아까 텔레비전 모니터 화면에서 나를 본 것과 똑같은 얼굴이다, 라고 생각했다. 어디선가 다시 종소리가 울렸다. 누군가에게 행운이 찾아왔다.

ooo

2002년이 되었다.

바쿠가 돌아오지 않은 지 이 년 구 개월째다. 시월이다.

책상 밑으로 기어들어가 물건을 찾고 있는 중에 전화벨이 울려서 급히 나오다가 나는 의자에 어깨를 찧었다. 그사이에 와다 씨가 수화기를 들었다.

"제2영업부입니다. 네, 있습니다. … 알겠습니다, 이시다 산업이라고요."

일 년 만에 5킬로그램이 늘었다고 걱정하면서 다이어트 샌들을 신기 시작한 와다 씨의 두 다리가 묵직하게 바닥을 딛고 선 것을 보면서 나는 겨우 책상 밑에서 기어 나와 일어섰다. 와다 씨는 전표와 수주보고서 파일을 잔뜩 어질러진 내 책상에 내려놓았다. 나는 멀뚱하니 선 채 와다 씨의 등 뒤에 펼쳐진 사무실 풍경을 바라보고, 업종이 같으면 사내 분위기도 비슷하구나, 라고 이전에 계약직으로 근무했던 곳과 처음 일했던 회사 등을 떠올렸다.

"시라이 씨가 파크사이드Ⅱ 빌라의 도면, 이시다 산업으로 가져다 달라는군요. 말하면 알 거라고 하던데요?"

"아, 네, 얘기 들었습니다."

내 말에는 대답하지 않고 와다 씨는 파일을 손등으로 툭 쳤다.

"그리고요, 이제 좀 물건(物件)별로 정리를 해둬야지, 안 그러면 힘들어져요."

"네, 그렇죠, 맞습니다."

나는 웃는 얼굴로 답했다. 와다 씨는 웃지 않고 말했다.

"뭔가 또 문제가 있나요?"

대각선 맞은편에 앉은 과장은 침묵 속에 마우스를 쥐고 있지만 이쪽의 대화에 귀를 기울이는 것을 나는 알고 있었다.

"아뇨, 리프레시 휴가 신고서를 못 찾겠어서…."

"계약직은 리프레시 휴가가 없는데?"

"아뇨, 저 아니고 시라이 씨…."

와다 씨는 아, 라고 말하고 옆의 빈 책상까지 침범한 내 서류더미를 가리켰다. 오옷! 그곳은 아까 세 번이나 찾아봤는데! 이건 마술이다! 밑에서 신청용지를 꺼내다가 서류더미를 무너뜨릴 뻔했다.

도면이 담긴 긴 통 모양 케이스를 등에 짊어지고 걷는 것은 좋아한다. 내 몸의 일부가 되어 새로운 기능이 추가된 듯한 느낌이니까. 도면은 건네주고 왔기 때문에 통 안은 텅 비어 있다.

일을 마치고 신사이바시스지 상점가를 지나서 돌아왔다. 반년 전까지는 우메다 쪽 회사에 다녔기 때문에 일하는 중간에 한눈파는 곳은 한큐백화점, 다이마루백화점, 아니면 지하상가였다. 그 전에는 혼마치 쪽이어서 구경할 데가 별로 없었다. 지금은 재미있다. 하지만 앞으로 반년 뒤에 출산휴가 직원이 복귀하면 나는 다시 다른 곳을 걷고 있을 것이다. 에비스바시는 주위보다 지대가 높아서 신사이바시스지 상점가를 뒤덮은 사람들의 머리가 훨씬 저 앞까지 다 내다보인다. 사람 머리는 참 검구나, 라고 실감했다. 허벅지가 드러난 짧은 치마에 핀힐 부츠, 약속이라도 한 듯이 똑같은 차림새인 여자 셋이 앞을 걸어가고 있었다.

오른쪽 끝의 여자는 샤넬의 최신 모델 퀼팅백을 들고 있었다. 기타신치° 클럽에서 알바를 하는 친구가 손님에게서 선물로 받았다고 했던 것과 색깔만 다른 백이었다.

스오마치를 지났다. 이제 막 문을 연 옷가게 쇼윈도에 검은 벨루어 원피스가 걸려 있었다. 나한테 어울리는 스타일이라고 생각했다. 가게 안으로 들어갔다. 정면 진열장에 똑같은 원피스가 걸려 있었다. 옷걸이에서 꺼내 들고 큼직한 거울 앞에 섰다. 나한테 잘 어울린다. 점원에게 한번 입어볼게요, 라고 말했

° 오사카 기타구의 대표적인 유흥가.

다. 내부 벽을 하늘색으로 칠한 피팅룸에서 코트를 벗고 벨루어 원피스로 갈아입었다. 입어보니 더 잘 어울렸다. 잘 어울린다기보다 원래 있었어야 할 본모습이 도드라져 나온 것 같았다. 하지만 뭔가 좀 아니다, 라는 것도 분명해졌다. 초록색 커튼을 열고 점원을 불렀다. 키가 크고 눈매가 길쭉한 여자였다.

"어머, 정말 잘 어울려요. 예쁘다아!"

흠.

"구두는 이런 걸로, 어때요?"

바로 앞 마네킹 아래쪽에 전시된 은색 플랫폼 힐 구두를 가져왔다. 발목에 스트랩이 달려 있었다. 신어봤다. 그리고 나는 올바른 형태에 한없이 가까워졌다고 생각했다.

"이거 둘 다, 계산해주세요!"

피팅룸에서 나와 카드를 건네고 사인했다. 옷을 사지 않으면 죽어버릴 것 같았다. 이렇게 올바른 형태가 되기 위해 일을 하는 거잖아. 바쁘다, 돈이 없다, 그런 시시한 이유로 옷을 사지 않는다면 나는 죽고 만다.

키 큰 점원의 배웅을 받으며 신사이바시스지 상점가를 나왔다. 많은 사람들이 걸어가고 있었다. 그 사람들은 내가 옷가게에 들어가기 전에 걸어가던 사람들과는 다른 사람들이다. 같은 사람은 한 명도 없었다.

밤이 되었다. 아홉 시가 지났다.

위층까지 뻥 뚫린 가게 안은 손님들 목소리와 점원들 목소리가 높은 천장에 메아리쳐서 귀가 시끄러웠다. 중이층 난간 바로 옆 테이블에서는 일 층 입구도 잘 보이고, '오늘의 디저트'가 줄줄이 진열된 쇼케이스도 잘 보였다. 천장에 달린 진한 붉은색 벨벳 커튼에 조명이 비춰졌다. 빨간 커피숍, 이라고 나는 기억하고 있다.

빵을 리필해온 하루요가 자리에 앉자마자 빵에 버터를 발라 요즘 들어 점점 더 몽실몽실해진 뺨 안쪽으로 몰아넣는 것을 감탄하면서 바라보았다.

"근데 전화기 너머로… '아직이야?'라는 소리가 들리는 거야."

에미린은 '아직이야?'라고 하기 전에 잠시 뜸을 들이며 하루요와 내 얼굴을 번갈아 보았다. 에미린은 깜짝 놀란 사람처럼 눈이 크고 말을 할 때는 그 눈 못지않게 큼직한 입도 활발하게 움직인다. 작은 극단의 여배우인 에미린은 텔레비전에 잠깐 출연했을 때 알게 된 연출가와 몇 번 식사를 하러 갔고, 이 주일 전까지는 그 연출가가 얼마나 폼이 나는지, 얼마나 자신을 꼬시기 위해 노력하는지, 신이 나서 낱낱이 보고했었다. 에미린과는 지난주에도 함께 밥을 먹었다. 원래 하루요의 친구였는데 반년 전쯤부터는 에미린과 나, 둘이 어울리는 일이 더 많았다. 나는 양갈비 뼈를 뜯고 있었다. 내 시선은 뼈가 두

드러질 만큼 가느다란 에미린의 손가락에서 어깨, 목, 턱을 더 듬어 머리 위에 솜씨 좋게 둘둘 말아 올린 갈색 머리칼까지 가닿았다. 나는 물었다.

"그 사람, 혼자 산다고 하지 않았어?"

"고양이가 있다고는 했어."

"말하는 고양이인 모양이지?"

하루요가 말했다. 하루요도 양갈비를 먹고 있었다. 벌써 두 대째다. 에미린은 가느다란 손가락으로 양갈비 뼈를 만지작거리기만 했다.

"큰 고양이네."

"진짜로 고양이가 '밥 아직이야?'라고 말한다면 너무 귀엽겠다. 갖고 싶다, 그런 고양이."

"보나 마나 명품 백 사달라고 조르는 고양이일걸? 흥, 됐어, 이제."

"그런 놈, 죽어버리라지."

하루요는 양갈비 기름이 묻은 손끝을 맛있게 쪽쪽 빨면서 말했다. 나는 와인 잔 가장자리에 빛이 반사해 별 모양이 생긴 것이 신기해서 눈을 떼지 못한 채, 짐짓 환한 목소리로 말했다.

"그딴 놈은 내버려두고 그다음으로 넘어가, 그다음으로."

"그다음이 있다면야 어떻게 되건 괜찮겠다만."

"내가 알아볼게."

하루요는 두 달 전에 전 남자친구와 헤어지면서 이사를 했고, 새 원룸 맞은편 편의점에서 알바를 하던 산사태 연구 대학원생과 의기투합해서 교제를 시작했다. 그다음이 있다면, 이라고 나도 생각은 했다. 실제로 좀 괜찮다 싶은 사람도 있었다. 하지만 세상은 내 마음대로 되지 않는다. 그런 생각이 들 때도, 그런 생각이 들지 않을 때도, 나는 바쿠가 생각났다. 생각나지 않더라도 바쿠는 항상 내게 딱 붙어 있었다. 상하이행 배에 타는 것을 배웅하러 고베항으로 갔고, 그게 끝이었다. 그 한 달 뒤에 오카자키에게서 연락이 왔다. 당분간 돌아가지 않을 거니까 사아 쨩에게 미안하다고 전해달라, 라고 바쿠에게서 전화가 왔다고 했다. 미안해할 거 없어, 라고 나는 말했다. 오카자키는 이탈리아 요리를 코스로 사줬다. 일부러 예약까지 해둔 것에 나는 좀 화딱지가 났다. 바쿠에게서의 연락은 그뿐, 딱 끊겼다. 방에는 에이코 씨에게서 빌려 쓰던 것밖에 남아 있지 않았다. 나는 그 이상 아무것도 하지 않았다. 바쿠는 나를 보고 싶은 마음이 없는 것이다. 그럼 나도 안 보고 싶어하는 게 좋다. 바쿠와 관련된 일로 우왕좌왕하지 않아도 된다. 전화가 걸려오기를 기대하는 게 싫어서 휴대전화도 바꿨다. 그래도 텔레비전 뉴스에 상하이가 나오면 혹시 바쿠가 있는지 찾고 있었다. 아직까지 상하이에 있을 리가 없는데도 바쿠가 걸어가는 모습을 한순간이라도 좋으니 내 눈으로 보고 싶었다.

에미린이 와인 잔을 빙빙 돌렸다. 적자색 소용돌이가 점점 커져서 밖으로 흘러넘치려고 했다.

"꽤 괜찮은 사람이라고 생각했었어. 영화 취향이라든가, 엄청 잘 맞았거든. 뭐, 앞으로 공연이나 제대로 하라는 하늘의 뜻인 모양이지. 다음번 공연, 전부터 해보고 싶었던 거 할 수 있을지도."

에미린은 공동 작업으로 가끔 각본을 쓰기도 했다.

"무대에서 배우가 아, 어딘가 가고 싶다, 라고 부르짖으면 그다음 순간에는 이미 이동해 있는 장면이 나오는 거야. 시간 이동인 셈이지."

"오호, 그럼 세트를 어떻게 짜야 해?"

"다음번에는 안으로 깊숙한 공연장이니까 잘하면 가능할 거야. 아직 좀 더 생각을 쥐어짜는 단계야. 아무튼 어디든 원하는 곳에 척척 간다는 스토리야. 미국이든 터키든 이시가키 섬이든."

"우와, 그거 좋다! 나도 가고 싶어. 작년에 테러 때문에 태국 여행을 못 갔잖아. 나는 그래도 가려고 준비를 다 해뒀는데 아빠가 뜯어말리는 바람에."

작년 구월, 미국에서 고층빌딩에 비행기가 충돌했을 때, 나는 새벽까지 채널을 이리저리 바꿔가며 텔레비전 뉴스도 보고 일주일 동안 신문도 죄다 사보고 인터넷 게시판까지 체크

하면서 바쿠의 이름을 찾느라 수많은 시간과 노력을 허비했다. 시력까지 떨어졌다.

"바로 그거야! 우리 극단의 젊은 친구도 미국 유학 예정이었는데 결국 포기했잖아. 좀 더 척척 다양한 곳에 갈 수 있으면 얼마나 좋겠냐고. 근데 난 돈이 없어서 비행기는 못 타고 무대 위에서라도 실현해봐야지. …이 멋진 구상을 그 연출가에게 얘기했더니 진짜 재미있네, 에미린, 대단하네, 라고 엄청 칭찬을 하더니만, 그 새끼, 내 아이디어 알려주지 말걸."

아직 양갈비 뼈를 만지작거리는 에미린의 잔에 하루요가 와인을 따라주었다. 마셔, 마셔. 그러고는 다시 빵에 버터를 발라 먹었다. 하루요가 맛있게 먹는 것을 보고 있으면 행복해진다. 빵을 몰아넣은 입으로 하루요가 말했다.

"인류의 반은 남자야. 자그마치 30억이라고."

나는 내 손으로 내 잔에 와인을 따랐다.

"그야 그렇지만 실제 만날 수 있는 사람은 한정적이잖아. 짐바브웨나 볼리비아 사람과 사귄다는 건 너무 어려워."

"아사코, 그런 소리 하면 안 돼. 복 떨어진다고."

맞다. 내 목소리를 지워버리고 싶은 기분이었다. 블랙올리브를 입에 넣고 나서 그린올리브도 입에 몰아넣었다.

건너편 테이블에서 한 여자가 연보라색 리본이 달린 작은 상자를 받아 들고 너무 기뻐, 고마워, 라고 말했다. 아래층 키

친에서 "페르 파보레!°"라는 점원의 목소리가 울렸다.

"내 남친 친구들 소개해줄게. 이과 남자들도 아주 괜찮아."

에미린은 튀어나올 듯 큼직한 눈으로 하루요와 나를 번갈아 보더니 입을 오리 부리처럼 툭 내밀며 말했다.

"하루요, 널 보면 다 괜찮다, 라는 생각이 들어."

"그거, 뭔 뜻?"

"나는 하루요를, 칭찬하고 있다, 치유되고 있다, 보고 배우고 있다."

내가 말하자 하루요는 "그래?"라고 술 취한 목소리로 말하고, 의자 등에 걸어둔 가방에 손을 넣어 검은 덩어리를 꺼냈다.

"나, 디지털카메라 샀어. 봐, 봐."

1안 리플렉스는 아니지만 콤팩트카메라보다는 크고 제법 탄탄한 디지털카메라였다. 하루요의 동글동글 폭신폭신한 손에 감싸인 기계덩어리는 도톰해서 지금까지의 다른 카메라에 비해 귀엽게 보였다.

"하루요도 디지털로 전향하는 거야?"

"예전 카메라도 계속 쓸 거야. 그냥 이쪽에 해박한 남친이 가르쳐주겠다고 해서 샀지. 무겁기도 하고 좀 귀찮긴 한데, 나름 재미있어."

° per favore. 이탈리아어로, 영어의 'please', 우리말의 '부탁합니다', '괜찮을까요?'
  라는 뜻.

"그렇구나."

나는 하루요가 겨눈 디지털카메라를 들여다보았다. 뒷면에 큼직한 액정 모니터가 있었다. 하루요는 카메라를 돌려 모니터 화면을 내 쪽으로 보여주었다. 가로세로 5센티미터의 화면에 연노랑 테이블클로스가 깔린 둥근 테이블 가득히, 다 먹은 양갈비 접시, 진한 붉은빛 액체의 와인 잔, 빵 접시, 버터 접시, 탁한 은빛의 포크와 나이프가 있고, 뒤쪽 테이블의 커플이 고기를 썰고, 그 뒤에는 붉은 벨벳 커튼이 있었다. 오른편 위와 왼편 위와 오른편 아래에는 각각 날짜며 촬영 매수, 전지 잔량 아이콘이 흰색으로 표시되었다. 선명하네, 라고 적당히 칭찬해주고 모니터에서 시선을 돌린 순간, 그 화면 속과 완전히 똑같은 것들이 거기에 있는 게 눈에 들어왔다. 연노랑 테이블클로스가 깔린 둥근 테이블 가득히, 다 먹은 양갈비 접시, 진한 붉은빛 액체의 와인 잔, 빵 접시, 버터 접시, 탁한 은빛의 포크와 나이프가 있고, 뒤쪽 테이블의 커플이 고기를 썰고, 그 뒤에는 붉은 벨벳 커튼이 있었다.

그 순간 눈앞의 것들이 과거로 보였다. 모니터 안이 아니라 외부에 펼쳐진 지금 이곳에 있는 것이야말로 모조리 과거였다. 카메라에 찍혀 화상 속에 담긴 과거로, 기록된 광경으로, 그곳에 있었다. 흐뭇한 얼굴로 카메라를 들고 있는 하루요도, 신기해하며 들여다보는 에미린도, 뒤편의 고기를 써는 커플도, 바쁘게 드나드는 점원도, 이미 과거였다. 그렇게 시간이 분명하게 지나간 것이 느닷없이, 단번에, 눈앞에 나타났다. 나는 엄청난 것을 알아버려서 잠시 표정을 잃고 모니터와 현실의 광경을 같은 시야 속에서 바라보았다.

에미린이 손을 내밀어 디지털카메라를 받아 들고 위로 아래로 살펴본 뒤에 말했다.

"편리하겠다."

나에게는 그 목소리도 먹먹하게 울리는 것처럼 들렸다. 테이블의 내 잔이 눈에 보여도 만질 수 없는 게 아닌가 싶었지만 손을 내밀었더니 분명하게 잡혔기 때문에 그 안에 든 것을 마셨다. 떫고 달콤한 향기가 코를 훑고 갔다. 하루요는, 촬영 여행이나 가볼까 해, 라고 즐거운 듯 기능을 설명해주기 시작했다. 나는 말했다.

"옛날 사람들이 사진을 찍으면 영혼을 빼앗긴다고 생각했던 거, 이제 알 것 같아."

"어째서?"

"그냥. 과거의 내가 언제까지고 그곳에 있잖아."

"뭔 소리? 아사코는 여기 있는데, 뭘."

옆자리의 하루요는 카메라 버튼을 누르면서 자신이 찍어온 사진을 차례차례 모니터에 불러냈다. 바쿠의 사진을 한 장도 갖고 있지 않기 때문에 나는 바쿠를 계속 생각할 수 있는지도 모른다. 에미린이 말했다.

"아사코는 가끔 얘기가 이상한 데로 튄다니까."

그러고는 하루요에게서 카메라를 받아 들고 한바탕 버튼도 눌러보고 메뉴 화면을 바꿔보기도 했다. 나는 무서워서 당분간 이 기계에 손댈 일은 없겠다고 생각하며 멍하니 검은 기계 덩어리를 바라보았다. 에미린은 디지털카메라를 하루요에게 돌려주고 혼잣말처럼 중얼거렸다.

"나도 취미 같은 거나 만들어볼까. 요즘 극단 일 말고는 전혀 하는 게 없어."

그러고는 식어버린 양갈비를 드디어 뜯어 먹었다. 점원이 눈도 빠르게 접시를 치우러 와서 디저트는 뭘로 하시겠느냐고 물었다. 우리는 난간 너머로 아래층을 내려다보며 쇼케이스에 진열된 케이크를 확인했다. 나는 처음부터 정해둔 티라미수, 하루요는 추파 잉글레세°, 에미린은 베리 타르트를 주문했다. 점원이 디저트 접시를 테이블에 차려주는 동안에 하루요는 곧 데리러 온다는 남자친구와 휴대전화로 메시지를 주고받고 있었다. 에미린이 말했다.

"순간이동하는 공연이 끝나면 내년 설 연휴 때 우리 극단에서 세 명쯤 도쿄 극단에 게스트로 출연할 거야. 그때 내 일 좀 도와줄 수 있어? 접수처니 뭐니, 사람이 필요해. 관광도 할 겸, 어때?"

"도쿄?"

° Zuppa Inglese. 럼주나 리큐어에 적신 스펀지케이크에 겹겹이 커스터드크림 등을 바르는 이탈리아 디저트.

몇 킬로미터 떨어진 곳과의 문자메시지에 몰입하느라 전혀
듣지 않는 것 같던 하루요가 휴대전화를 쥔 채 멍하니 말했다.

"도쿄…."

나도 내용 없는 단어를 더듬듯이 말했다. 내 목소리가 귀에
들어온 순간, 도쿄 어딘가에 가 있는 내가 오늘의 이 순간을
떠올리는 듯한 느낌이 들었다. 내년이나 그보다 훨씬 나중의
내가 떠올리는 한 장면 같은, 그런 느낌이었다.

뒤쪽 자리의 커플에게로 폭죽 꽂힌 생일 케이크를 들고 나
오면서 점원이 해피 버스데이 투유, 라고 노래를 했다. 우리
도, 같은 층에 있던 다른 손님들도 모두 합창을 했다. 해피 버
스데이 투유, 해피 버스데이 디어 게이코, 해피 버스데이 투
유. 박수가 터졌다.

ㅇㅇㅇ

삼 년이 지났다.

2005년이다. 칠월이다.

시부야의 스크램블 교차로가 내려다보이는 쓰타야 이 층
스타벅스에서 선 채로 카페라테를 마셨다. 자리가 나면 안내
해드리겠습니다, 라고 말했던 여점원은 바쁘게 돌아다니고

있었다. 아무도 자리를 뜨지 않아 우리는 계단 옆 난간에 기대고 서서 눈앞에 펼쳐진 밤의 환한 교차로의 파노라마를 보고 있었다. 냉방이 빵빵하게 잘 들어와서, 아, 여름 냄새다, 라고 생각했다.

오후에 지진이 났다. 진원은 지바현 북서부 지중(地中) 73킬로미터. 지진 규모는 매그니튜드 6.0. 나는 버스를 타고 오던 중이라서 전혀 알지 못했다. 시부야 지하철역 서쪽 출구 정류장에서 버스를 내렸더니 길 가는 사람들의 동작이 어쩐지 불안하고 역원도 급하게 뛰어다녔다. 하지만 지진을 알게 된 것은 하치공 동상 앞에서 만난 마야가 가르쳐줬을 때였다. 그로부터 다섯 시간이 지났지만 뭔가 부서진 것도 없고, 역시 지진은 나지 않았던 듯한 기분이었다.

"사람 정말 많다. 다들 어디 가는 거지?"

마야가 말차 프라푸치노의 크림을 핥으면서 말했다. 밤의 교차로를 내려다보는 몇 대의 대형 화면이 바뀔 때마다 이곳에 있는 모든 사람들의 얼굴에도 옷에도 다양한 색깔의 불빛이 점멸하면서 빛났다.

"집에 가는 거 아냐?"

마야 건너편에서 머리 하나가 튀어나온 이다 씨가 말했다. 그새 아이스커피를 다 마시고 빈 잔이었다.

"저치들도 얼른 갈 데로 가고 자리 좀 비워주면 좋겠다."

마야가 흘겨본 곳에는 거대한 유리벽 너머 카운터 자리 한 가운데 앉은 커플이 있었다. 살집이 듬뿍 붙은 여자의 허리를 어중간한 헤어스타일의 남자가 빙빙 돌려가며 더듬고 있었다. 두 사람 다 푸르스름한 빛을 받아 전체적으로 섹시한 데가 없었다.

"동감!"

이다 씨가 맞장구를 쳤다. 이다는 쓸데없이 몸이 커서 서 있으면 거치적거리기 때문에 사람이 지나갈 때마다 비스듬히 몸을 기울여야 했다. 이 스타벅스는 큰 사이즈밖에 팔지 않는다. 다 마실 수 있을지 걱정하면서 카페라테를 마셨다.

"마야, 내일 텔레비전 나온다고 하지 않았어?"

"응, 내일은 악처하고 스토커 애인 역할."

마야가 입에 문 초록색 빨대를 타고 액체가 올라갔다. 마야는 탤런트 사무실 소속으로, 작년까지 케이블 티비 리포터로 일했지만 요즘에는 와이드쇼와 건강 프로그램의 재현 VTR이며 기업 홍보 비디오에 출연한다. 지난달에는 큰 병의 징조를 놓치는 바람에 악성종양이 전이되어 사망했고, 초등학교 교무실에 쳐들어가 아이들의 담임선생에게 수학여행 때 개인실을 제공하라고 주장하고 정수기 물을 촤르르 따라 마시면서 최고의 악녀 얼굴을 보이는 등, 바쁜 나날을 보내고 있었다.

"나는 자꾸 놓치고 못 본다니까."

"안 봐도 돼."

마야는 피식 웃으며 내내 바깥을 내다보았다. 짙푸른 색깔의 하늘도 너무 환하고 하얀빛 하나하나도 두툼한 유리 너머로 보니 비 걷힌 밤처럼 깨끗했다. 키가 큰 마야의 허리쯤까지 내려온 긴 머리를 보고 있었다. 베이지색 셔츠원피스에 그림자가 생겼다.

"아사코는? 내일 우니미라클 아니야?"

"응. 오늘은 빌딩 점검으로 쉬는 날이었어."

"거기 빌딩 오래됐지? 아사코도 조심해."

"뭘 조심해?"

"나도 잘 모르지만, 쥐가 나온다든가? 아참, 지진 났었잖아, 오늘도."

"일을 두 가지씩이나 하면서 잘도 버티네. 나는… 뭐 할까, 내일."

이다 씨가 말했다. 분명 구체적인 생각 따위는 하나도 없이 신호가 바뀔 때마다 물결처럼 밀려오는 사람들이며 건물 벽에 걸린 새 연속드라마 간판에서 포즈를 취한 아이돌 같은 걸 멍하니 보고 있었다.

"신났네, 신났어."

마야의 시선 끝을 보았다. 창가 커플이 서로 얼굴을 더듬으며 찰싹 붙어 키스를 하기 시작했다. 머리 각도가 바뀌었을 때 얼핏 드러난 여자의 얼굴은 중남미 쪽으로 보였다.

"아, 라틴계야?"

"저 엉덩이, 동양인이 아니지."

이다 씨가 확신을 담아 말했다. 분명 좋아하는 타입일 것이다.

"그렇구나."

"응, 그렇지."

마야의 눈은 졸린 것 같았다.

바로 앞의 작고 둥근 테이블에서는 구찌 신상 가방을 든 여자와 니트캡을 깊숙이 눌러쓴 장발의 젊은 남자가 노트북 화면을 펼쳐놓고 얘기를 주고받고 있었다.

"틀림없이 잘 팔린다니까."

"진짜? 그럼 75만 엔 정도로 해도 될까?"

"뭐야, 그 어중간하고 소심한 가격은? 세 자릿수로 가, 세 자릿수로. 요즘 세상은 가격을 비싸게 붙여놔야 좋은 물건으로 인정받아. 가격이 가치를 정하는 법이야."

흠, 일리 있는 말이다. 노트북은 내 쪽에서는 뒷면만 보였다. 어떤 것을 띄워놨는지 보이지 않는 화면에서 보랏빛이 흘러나와 그 두 사람의 얼굴을 맹하게 비추고 있었다.

둥근 의자 밖으로 삐져나온 엉덩이의 라틴계 여자와 얼굴도 옷도 시원찮은 남자는 계속 그 자리에서 엉겨 붙었고, 결국 우리는 계속 선 채로 각자의 잔을 비웠다. 사람과 습기가 가득

한 지상으로 나왔다. 검은 하늘 아래 대형 화면이 내쏘는 푸르스름한 스트로보 라이트 같은 빛에 순간적으로 사람들의 윤곽이 둥실 떠올랐다. 그곳에서 다시 지하로 계단을 내려갔다. 지하도는 구석구석까지 하얗고 환했다.

죽을 만큼 붐비는 지하철 안에서 다음에 또 밥 한번 먹자, 라고 이다 씨가 말했다. 일 년 전에 밥을 먹었을 때도 똑같은 말을 했었으니까 다음에 만나는 것도 대략 그 정도쯤이 될 것이다.

역 앞 상점가를 지나 오렌지색 깃발이 달린 가로등이 끊기는 길모퉁이에 도착하자 드디어 바람이 불었다. 모퉁이의 절을 둘러싼 뭉실뭉실 무성한 나무들 덕분이다. 그 주위만 어둠이 짙었다.

"엇!"

마야가 갑자기 목소리를 높였다. 검은 덩어리가 도로를 가로질러 갔다. 나는 고양이라고 했는데 마야는 너구리라고 했다. 오사카에는 족제비가 제법 많다고 했더니 마야는 이 근처에는 담비가 산다고 말했다. 나는 믿지 않았다. 개나 고양이라면 길에서 만나도 놀라지 않는데 왜 다른 동물일 때는 이상한 세계에 들어선 듯한 기분이 들까, 라고 생각하는 참에 마야가 말했다.

"아사코, 내일 우리 집에 밥 먹으러 올래?"

"내일은 우니미라클이라고 아까도 말했잖아."

"아, 그랬나. 아사코, 요즘 밥은 잘 먹어? 그냥 먹는 거 말고 식단 내용 말이야. 편의점 도시락만 먹으면 안 돼. 우리 집, 핫시가 들어온 뒤부터 수준이 부쩍 높아졌어. 언제든지 와도 돼."

"핫시 밥, 먹고 싶다."

"그치? 우리 집에 오라니까."

"글쎄, 다음주에?"

"뭐야, 눈치 보는 거? 날마다 와도 괜찮은데. 아사코는 좀 더 남에게 기댈 줄도 알아야 해. 자, 그럼 월요일! 알았지?"

"응, 알았어."

얘기를 하면서 좁은 강을 메운 산책로 앞을 마야는 오른쪽으로 나는 왼쪽으로 가면서 헤어졌다. 20미터쯤 앞에 양복 차림의 남자가 걸어가고 있었다. 그 발이 규칙적으로 움직이는 것을 내내 눈으로 따라가며 걸었다. 남자는 석 달 전에 들어선 작지만 고급스러움이 돋보이는 맨션의 자동도어 안으로 빨려 들듯이 들어갔다. 잘 닦인 유리문 너머 노란 불빛을 받아 반짝 반짝하는 로비에서 우편함을 여는 모습이 어두운 길에 투사된 영화처럼 보였다.

에미린이 라디오 드라마 각본상을 받은 것을 계기로 도쿄 극단으로 옮겨와 그곳의 각본을 담당하는 한편 라디오 구성 작가 일도 시작했다. 나도 그 극단의 제작 등을 도와준다는 이유를 달아 이 년 사 개월 전에 도쿄로 이사했다. 에미린은 비슷한 시기에 도쿄에 온 모델 지망생 아유미와 극단 관계로 알게 된 도쿄 출신의 마야까지, 셋이서 마야의 할아버지 소유이자 지은 지 삼십오 년이 넘는 방 세 개짜리 맨션에서 함께 살았다. 나는 그 근처 원룸을 빌려 살면서 평일에는 미술계 입시 학원의 사무 알바 일을 하고 있다. 일 년 뒤에 에미린의 도쿄 극단은 해산했다. 해산 후 에미린은 본격 구성작가로 돈도 많이 벌었지만 죽을 만큼 바빠져서 좀 더 도심으로 이사했고, 아유미는 친척이 있는 오키나와로 이사했다. 아유미가 알바로 일하던 옷가게 겸 카페의 일자리를 소개받아서 나는 한가한 토요일과 일요일에는 거기서도 일하고 있다. 학원 사무 일은 알바에서 계약직으로 급이 올라갔다. 마야와 살던 집은 에미린도 아유미도 떠나고 아유미의 중학교 동창이 와서 살다가 일 년 지나서 이사했고, 두 달 전부터는 핫시라는 친구가 들어와서 나는 이따금 그 집에 밥을 먹으러 갔다. 도쿄에 온 뒤로 계속 나 혼자 살고 있는 원룸은 거기서 도보로 삼 분 거리의 연립 이 층의 끝 방으로, 바다가 먼데도 왜 그런지 오션하임이라는 이름이고, 벽은 하늘색이다. 처음 일 년 동안은 뭐든 다 신기했는데 계절이 한 바퀴 지나자 갑자기 시간이 휙휙 가는 것처럼 느껴져서 도쿄에 온 지 이 년이 넘었다는 게 믿어지지 않는 것 같기도 하고, 똑같은 계절을 몇 번째 되풀이한 듯한 착각이랄까, 처음부터 이곳에서 오래오래 살아온 듯한 마음이 들기도 했다.

폭이 좁은 경사길 위에서 올려다본 이 층 내 방은 불이 꺼져 있었다. 내가 보는 그 방은 항상 캄캄하고, 환한 그 방을 보는 것은 나 이외의 사람이다.

현관문을 열고 닫고 자물쇠를 걸면서 벽의 스위치를 누르자 하얀빛 속에 방이 나타났다. 아무래도 정리 좀 해야겠네, 라고 생각했다. 좁은 현관을 가득 메운 구두 틈새에서 구두를 벗었다. 안에 들어가보니 떨어진 파일박스가 벽 쪽 선반에 열려 있던 노트북을 직격하고 안에 든 우편물이며 취급설명서는 산산이 흩어져 있었다. 슬펐다. 지진이 정말 나긴 났었구나, 라고 생각했다. 주워 모을 힘도 없어서 어제 벗어둔 그대로 바닥에 널브러진 옷 위에 가방을 놓고, 지금은 이불을 벗긴 고타쓰 테이블에 빵가게 봉투를 내려놓았다. 바로 옆의 침대에 털썩 엎드리자 그대로 자고 싶었다. 하지만 무슨 일이 있어도 얼굴만은 씻어야 한다. 엎드린 채 손을 내밀어 테이블 위의 텔레비전 리모컨을 집었더니 그 밑에 쌓여 있던 잡지가 털썩털썩 떨어져 바닥에 있던 뭔가를 쓰러뜨렸다. 빨간 동그라미 버튼을 누르자 벽 쪽의 작고 네모난 화면의 뉴스 방송에서 아나운서가 오후에 일어난 지진 소식을 반복해서 알린 뒤에 "시간을 연장해 전해드렸습니다"라고 인사하고 엔딩에 들어갔다. 시부야의 스크램블 교차로를 위에서 내려다보는 영상이었다. 우리가 조금 전까지 커피를 마신 쓰타야 이 층에서 봤던 것과 흡사한 광경이었기 때문에 카메라가 어디에 있는지, 주위를 머릿속에 떠올려보았다. 삼십 분 남짓밖에 지나지 않았는데 신호를 기다리는 인파가 부쩍 줄어들었다. 여러 대의 대형 화면이 번갈아 비춰주는 푸르스름한 빛 때문인지 시원하게 보였다. 추워 보이기까지 했다. 하지만 여름이다. 화면을 응시하면서 이번에는 손으로 더듬더듬 에어컨 리모컨을 집었다. 그 밑에 있던 포인트 카드 기한 만료를 알리는 엽서가 바닥에 떨어졌다. 방이 너무 좁아, 라고 날마다 생각한다. 하지만 넓으면 그만큼 더 어지를 것이다. 리모컨 스위치를 켜자 삐익 하는 날카로운 소리와 함께 꽉 닫힌 작고 네모난 방에 차가운 바람이 흘렀다. 텔레비전 속의 교차로는 신호가 바뀌어 사람들이 일제히 걸음을 뗐다. 영상은 갑작스럽게 새파란 지중해의 작은 섬에 우뚝 솟은 그리스로마 시대의 유적을 보여주었다.

불을 끄고 마지막으로 텔레비전도 껐다. 텔레비전이 꺼지는 그 잠깐의 순간, 네모난 빛이 쫘악 퍼지는 듯한 잔상이 보였다. 바깥의 어둠 속에서 까마귀가 울었다.

다음 날이 되었다.

오전 중이다.

하얀 벽에 둘러싸인 지하철 계단에서 지상을 올려다보았다. 네모나게 오려진 출구 바깥의 세계는 온통 초록빛 잎사귀로 메워졌다. 그 틈새로 파란 하늘이 보였다. 이곳은 도쿄, 라고 이 계단을 올라갈 때마다 계속, 언제까지고, 생각한다. 오모테산도는 처음 도쿄에 왔을 때 맨 처음 갔던 곳이기 때문이고, 느티나무가 아주 컸기 때문이다.

느티나무에 달라붙은 매미를 어떤 아저씨가 잡아서 빈 담뱃갑에 담더니 가슴팍 호주머니에 챙겨 넣었다.

환한 햇살을 받은 초록 잎사귀가 바람에 흔들리는 것을 보았다. 위를 올려다보면서 걷는 사람은 좀체 없었다. 긴 다리를 자랑하려고 극한까지 짧은 바지를 입은 여자가 스쳐 지나가고, 거리 스냅 취재 카메라가 기다리는 모퉁이에서 꺾어져 완만한 경사의 옆 골목길로 올라갔다. 오른편으로 들어서면 언덕길 중간에 낡은 삼 층 빌딩이 서 있다. 내가 알바를 하는 가게는 도로 측에서 보면 중이층 정도 높이여서 여덟 단의 어중간한 길이의 흰색 철제 외부 계단 끝에 문과 쇼윈도가 보인다. 쿵쾅쿵쾅 소리를 내며 그 계단을 올라가 초록색 판에 오렌지색으로 '우니미라클'이라고 써놓은 문을 열었다.

"아, 삼 층에 어제 새로 이사 와서 지금 정리 중이야. 그게

뭐냐, 일단 사장이라고 할까, 아라키 씨라는 사람한테 아이스
커피든 뭐든 보내드려도 되는지 물어보고 와줄래?"

유카타에 하얀 카디건을 걸친 곤도 씨가 인사도 없이 불쑥
말했다. 멋진 술통 같은 배에 쥐색 허리띠가 잘 어울렸다. 눈
에 띄게 벗어진 이마 위 머리에 해골무늬 쥘부채로 쉴 새 없
이 바람을 부치고 있었다.

"아라키 씨라고, 금세 알아볼 거야. 아주 잘생긴 남자니까."

곤도 씨는 원래 이름이 신토 씨였는데 예전에 누군가 곤도
라고 이름을 잘못 기억했고 그게 더 잘 어울린다는 이유로 현
재까지 곤도 이름을 쓰고 있다, 라는 얘기는 사실인지 아닌지
잘 모른다.

"개업 준비하고 주문 전화부터 처리해줘. 아사코 씨는 자꾸
깜빡깜빡하더라?"

곤도 씨는 촤악 소리를 내며 쥘부채를 접고 안쪽 카페 공간
으로 성큼성큼 걸어가 의자의 위치를 바꿨다.

"안녕하세요?"

유키코 씨와 치하나에게 인사를 하고 행거에 걸린 옷 사이
를 지나갔다. 새 옷이 들어와서 지난주와는 다르게 노랑이며
오렌지색이 두드러졌다. 새 옷이 진열되면 마음이 들뜬다.

카페 코너의 카운터에서 주문을 체크했다. 카페라고는 해
도 카운터에 자리 네 개, 그리고 쟁반만 한 작은 테이블 두 개
가 있을 뿐이다. 카페 영업도 금요일 밤부터 주말까지만 하고

평소에는 디자이너 유키코 씨와 사장 곤도 씨를 비롯한 사무실 팀들의 회의 장소가 된다. 주문 전화를 할 때, 냉장고 문짝에 조금 전 곤도 씨가 말했던 '아라키'라는 이름의 명함이 마그넷으로 붙어 있는 것을 보았다. 곤도 씨의 오사카 시절 지인이 위층 사무실로 이전해온다는 얘기는 몇 주 전부터 들었다.

곤도 씨는 카운터 의자 한쪽에 앉아 휴대전화로 누군가와 통화하면서 전화를 들지 않은 쪽 손으로 유키코 씨를 불러 메모를 적어 건넸다. 곤도 씨는 전통 염색 장인의 셋째 아들로 열다섯 살 때 도쿄에 올라와 스물두 살 때부터 옷가게를 시작했고 현재 쉰둘, 미나미아오야마에 본점을 갖고 있어서 이쪽 가게에는 일주일에 한 번쯤 나온다. '우니미라클'이라는, 아무리 봐도 감각이 있는지 없는지 알 수 없는 이름의 이 옷가게는 3분의 1이 곤도 씨가 디자인한 브랜드, 그리고 3분의 1은 유키코 씨가 디자인한 '우니미라클' 오리지널, 나머지는 셀렉트 잡화로 구성되어 있다. 눈이 많이 내리는 지방 출신으로 피부가 뽀얀 유키코 씨는 서른두 살로, 삼 년 전까지 모델로 일했던 사람이라서 키가 크고 뼈의 재질이 의심스러울 만큼 몸이 가늘다. 자신이 디자인한 다리미 무늬의 파란 원피스가 긴 검은 머리와 잘 어울렸다.

하얀 벽의 가게 안은 이따금 창고처럼 느껴진다. 길 쪽으로 난 큼직한 창문으로는 오모테산도 옆에 새로 들어선, 블록을

착착 쌓아올린 듯한 빌딩의 철제와 유리 외벽이 보였다.

입구 근처 선반 앞에서 올 사월에 고베에서 도쿄로 온 치하나가 티셔츠를 다시 개키고 있었다. 데님 점프수트 안에 받쳐 입은 캐미솔 위로 드러난 어깨와 등의 넓은 면적도, 이 주일 전에 오렌지색으로 염색한 머리를 다시 밤색으로 염색한 것도, 붙임 속눈썹과 마스카라가 진한 검은 눈도 모두 스물한 살이라서 할 수 있다고 느껴지는 구석이 있었다. 천장의 스포트라이트가 정확히 치하나에게 꽂히고 있어서 무대에 선 여주인공 같다고 생각하며 나 혼자 잠깐 웃었다. 이제부터 또 하루가 시작된다는 이 느낌은 어떤 직장에서나 꽤 좋은 감각인지도 모른다, 라고 문득 생각했다.

우니미라클의 문을 열고 밖으로 나오자 지면에서 올라온 눅눅한 공기가 한꺼번에 덮쳐 숨이 막힐 뻔했다. 하지만 그리 덥지는 않았다. 점점 구름이 짙어지는 하늘을 올려다보며 도쿄는 날씨가 안 좋아, 라고 생각했다. 여덟 개의 외부 계단을 내려가면 뒤쪽에 빌딩 안으로 들어가는 문이 있다. 도쿄의 지면은 높낮이 차가 심하고 비좁아서 비싼 토지를 어떻게든 효과적으로 활용하려고 반지하 같은 복잡한 구조의 건물이 많다. 지은 지 삼십 년 된 이 빌딩도 이 층의 우니미라클에서 삼층으로 가려면 일단 밖으로 내려가 다시 내부 계단 일 층부터 올라가야 한다. 입구 문을 열자 콘크리트로 둘러싸인 복도는 어슴푸레했다. 우니미라클에서 알바를 한 지도 일 년이 넘었지만 이 빌딩 안에 들어가보는 건 처음이었다. 낡고 작아서 별 도움도 안 될 듯한 집합 우편함에 어깨가 부딪칠 정도로 좁은 입구 안으로 들어갔다. 여러 번 새로 칠한 페인트가 벗겨져 이전에 칠했던 진초록색이 점점이 드러난 벽이 금세라도 꺼질 듯한 형광등 불빛을 받고 있었다. 좁고 급한 계단은 서늘하게 눅눅한 공기가 가득 했다. 처음 지은 삼십 년 전에서 시간이 멈춰 있다, 라고 생각하면서 삼 층까지 올라가자 FM 라디오인 듯한 여자 DJ의 목소리가 들렸다. 집에서 듣던 것과 같은 사람이어서 마음이 놓였다. 오른편의, 우니미라클 바로 위층의 사무실이다. 우니미라클과는 다르게 무뚝뚝한 알루미늄 문짝이 활짝 열려 있었다. 이사 박스가 쌓인 사무실 안을 머뭇머뭇 들여다보니 철제 책상과 철제 와이어 선반이 각각 몇 개가 서 있었다. 라디오 DJ의 목소리가 오늘의 최고 기온을 되풀이해서 얘기할 뿐, 사람은 눈에 띄지 않는다, 라고 생각한 참에 플라스틱 케이스를 차곡차곡 넣어둔 안쪽 선반 건너편에 웅크리고 앉아 작업을 하는 사람의 허리께가 언뜻 보였다.

검은 티셔츠에 빨간 추리닝이다. 빨간색을?

"실례합니다."

나는 문 쪽에서 발돋움을 하며 말을 건넸다. 잠시 뒤에 남자 목소리가 들려왔다.

"예?"

어딘지 모르게 부루퉁한 목소리다. 그는 이쪽은 돌아보지도 않고 웅크린 채 선반 아래쪽에서 뭔가 작업을 계속하고 있었다. 아야얏, 하는 소리가 들렸다. 삼십 초쯤 기다렸지만 일어설 기미가 없었다. 빨간 추리닝과 검은 티셔츠 일부만 움직였다.

"저어, 아라키 씨예요?"

"아니요."

이번에는 곧바로 대답이 돌아왔다. 하지만 그뿐이었다. 벽 색깔도 칙칙하고 짐이 어지럽게 쌓인 실내는 면적도 모양새도 우니미라클과 완전히 똑같을 텐데도 훨씬 좁아 보였다. 다시 큰 소리로 말해보았다.

"아라키 씨 계세요?"

"없습니다."

"…저기, 여기 사무실 분이세요?"

"여기 있으니까 그야 이 사무실 사람이죠."

그는 드디어 몸을 일으켜 귀찮다는 듯이 선반 옆에 섰다. 단지 똑바로 일어선 것뿐인 그 사람의 전부를, 나는 단번에 다 보았다.

심장이 한 차례 크게 꿈틀했다. 그다음은 계속 빠르게 뛰었다. 그 사람이 왜 거기에 있는지, 알 수 없었다. 좀 더 정확히 말하면, 그 얼굴이 왜 거기에 있는지, 알 수 없었다. 외까풀이 중간부터 쌍꺼풀이 된 눈도, 직선적인 윤곽도, 입술이 얇은 큼직한 입도, 잘 알고 있다. 그 하나하나로 이루어진 전체는 꼭 다시 한 번, 단 한 순간이라도 좋으니 보고 싶다고 생각했던, 바로 그 얼굴이었다.

오랫동안 계속, 다시 한 번만.

"축하합니다!"

DJ의 목소리가 울렸다.

"프리미엄시트 선물은 이분으로 결정되었습니다."

그리고 누군가의 메시지를 읽기 시작했다. 여자친구의 생일이라서 영화 티켓을 선물하려고 합니다, 하지만 그녀가 보고 싶은 영화와 내가 보고 싶은 영화가 달라서 어느 쪽으로 결정할지 고민 중입니다….

여자친구의 생일. 오늘이 몇 월 며칠인지 생각나지 않았다. 아무튼 토요일이다.

"바쿠…."

가까스로 말이 나왔다. 하지만 목이 메어 소리가 나오지 않았다.

"무슨 일입니까?"

살짝 머리를 갸우뚱하며 그 사람이 물었다. 그 순간 옆의 철제 선반에서 뭔가 금속제의 납작한 물건이 떨어져 쾅 하는 큰 소리가 울렸다. 왕왕왕왕, 하면서 바닥에서 다시 움직이는 그 물체를 그가 재빨리 발로 밟았다. 소리가 멈췄다. 멈춘 탓에 내 머릿속으로 그 왕왕왕이 옮겨왔다.

"엇, 미안해요."

그 사람은 가볍게 머리를 숙였다. 조금 전까지의 부루퉁한 목소리에서 갑작스레 톤이 달라져 아주 잠깐이지만 웃음 비슷한 표정을 보였다. 하지만 아직 내 이름을 불러주지는 않았다. 불안해졌다.

"도리이 씨?"

나는 바쿠의 성씨를 말해보았다. 이번에는 목소리가 제대로 나왔다. 그가 대답했다.

"아뇨, 마루코라고 합니다만."

그때, 이번에는 선반에서 납작한 상자가 떨어져 그 안에 들어 있던 빨간색 태그가 사방으로 흩어졌다. 작고 얇은 빨간 종이는 하늘하늘 허공을 날아 흩어졌다. 그 사람은 빨간색이 주위에 떨어지는 것을 눈으로 따라갔지만 잡으려고는 하지 않았다.

"마루코? …정말이에요?"

"누구시죠?"

그는 시력이 나쁜 사람이 보일락 말락 하면서도 보이지 않는 것을 확인하려고 할 때 같은 눈빛으로 나를 보았다. 그 눈은 오 년 전에 나를 보던 바쿠의 눈이었다. 하지만 바쿠의 이런 표정을 보는 건 처음이었다. 왜 그런 얼굴을 하고 있어? 라고 말하고 싶었다. 하지만 나는 다른 말을 했다.

"아래층의 우니미라클이라는 옷가게, 바깥에서는 잘 안 보이지만 실은 안쪽에 카페가 있는데요, 지금 거기서 알바로 일하는…."

"아, 안녕하세요? 마루코 료헤이라고 합니다. 이 회사에서 일하고 있어요. 잘 부탁합니다."

그 사람은 문득 수더분한 표정을 지으며 다시 살짝 머리를 숙였다. 검은 티셔츠에서는 햇볕에 잘 그을린 팔이 나와 있고 전체적으로 탄탄한 체격이었다. 짧은 머리칼도 빳빳해 보였다. 키도 약간 더 작은 것 같지만 그건 그리 큰 차이는 아니다. 그의 머리에 얹힌 빨간 종이가 다시 한 장 하늘하늘 떨어졌다.

"아뇨, 저야말로."

나는 조건반사처럼 머리를 숙였다. DJ가 다음 주 공개 예정인 영화의 사운드트랙에서 테마곡을 소개했다. 현악기의 완만한 멜로디가 흐르고 할리우드 영화 특유의 장대한 오케스트라가 지금까지 여러 번 들어본 곡을 연주하기 시작했다. 음역을 자랑하려는 듯한 여자의 목소리가 노래하기 시작했다.

그가, 물었다.

"무슨 일이시죠?"

"아, 사장님이, 그러니까 우니미라클 사장님이, 이름이 곤도 씨인데, 아마 보면 바로 아실 텐데, 수염이 덥수룩하고 머리숱이 적고 물구나무를 서도 얼굴이 보이는 그림이 있잖아요, 그

거하고 비슷한 특이한 차림새의 아저씨인데, 저기, 곤도 씨가
아라키 씨에게 아이스커피 필요하신지 물어보고 오라고 해
서, 그 얘기를 하러 왔다고 할까, 네, 왔어요."

"아라키는 세 시 지나서야 출근합니다."

"그렇군요. 실례했습니다."

나는 기운을 내 허리 숙여 인사하고 그것을 계기로 가까스
로 왼발을 뒤로 물렸다.

"나는 그거, 받으면 안 될까요, 아이스커피?"

"아뇨, 당연히 받으실 수 있을 거예요."

"그럼 주십쇼."

"네, 알겠습니다."

나는 다시 머리를 숙이고 그대로 그 얼굴을 쳐다보지 않도
록 조심스럽게 방향을 바꿔 계단을 내려왔다. 층계참을 돌아
선 뒤에야 계단 벽에 등을 대고 멈춰 서서 크게 숨을 들이쉬
고 내쉬었다. 몇 번이고 했다. 벽은 차가웠다.

한창 절정에 달한 영화 테마곡이 들려왔다. 여자 목소리에
새로 더해진 남자 목소리가 멋진 사랑의 하모니로 울려 퍼졌
다. 전화벨이 울렸다.

카운터에서 소형 노트북을 들여다보는 곤도 씨에게 말했다.

"아라키 씨가 아니라 마루코라는 사람이 있었어요. 그 마루

코라는 사람이 커피 드시겠대요."

"그 사람 혼자였어?"

"네."

"그래? 그럼 뭐, 갖다 줘."

곤도 씨는 팔꿈치를 짚고 노트북 화면에서 눈을 떼지 않은 채 대답했다.

"저기…."

귀밑털과 수염이 연결된 곤도 씨의 옆얼굴을 티 나지 않게 흘끗 보면서 물었다.

"마루코라는 사람도 곤도 씨가 아시는 분인지…."

"응, 전에 얼핏 만난 적이 있었어. 키가 크고 얼굴이 살짝 흑표범 같은 친구지?"

흑표범? 곤도 씨는 팔꿈치를 짚은 채 데굴데굴한 눈으로 나를 돌아보았다. 이런 눈의 생선, 뭐였더라, 라고 생각하며 나는 시선을 허우적거렸다. 묘하게 빙글거리는 얼굴의 치하나와 눈이 마주쳤다. 곤도 씨는 게이, 라고 주위 대부분의 사람들이 말했지만, 사실은 게이인 척하는 것뿐이다, 라고 말하는 사람도 있어서 어느 쪽이 사실인지는 알 수 없었다.

"제가 가기가 좀…. 아, 어서 오세요!"

문이 열리고 주류도매점 직원이 캔 맥주 상자를 들고 오는 것이 보여서 나는 최대한 힘찬 목소리로 달려가 인사를 건넸다. 낯익은 손님을 상대하는 유키코 씨 옆에서 하릴없이 서 있던 치하나의 눈이 반짝 빛났다.

"그럼 제가 갈게요. 커피, 아이스로 준비하면 되죠?"

말이 끝나기도 전에 치하나는 좁은 부엌으로 스르륵 달려가 신이 난 듯 유리잔에 얼음을 넣었다. 가벼운 소리의 울림을 귓속에서 확인하며 나는 치하나를 봐야 할지 곤도 씨를 봐야할지, 아니면 전표를 손에 쥔 주류도매점 직원을 봐야 할지 알수 없었다.

유키코 씨의 고객은 스페이스셔틀 무늬의 티셔츠와 니트스커트를 사갔다.

즐거운 노래를 흥얼거리는 듯한 표정으로 치하나가 돌아왔다. 내 팔을 잡고 저 안쪽 냉장고 앞으로 끌고 가더니 귀에 대고 속닥거렸다.

"완전, 완전, 완전, 스트라이크! 너무 잘생긴 남자보다 저렇게약간 빈틈이 있는 것 같으면서도 남자다운 느낌, 너무 좋아요."

"엇, 진짜?"

검은 속눈썹이 촘촘히 둘러싼 꿈꾸는 듯한 눈동자로 나를바라보며 치하나는 내 두 손을 잡고 묘하게 소곤거렸다.

"어머, 아사코 씨 취향 아니에요? 그럼 아사코 씨는 어떤 타입을 좋아하죠? 아, 그 사람, 이름은 료헤이, 이케지리에 산대요. 나 사는 데하고 가까운 거 같아요."

"얘기가 빠르네."

"앗, 미안, 미안. 내가 흥분하면 말이 빨라져요. 우리, 다음에 함께 점심 먹자고 얘기해볼까요? 남자만 네 명이라고 하던데요. 아사코 씨도 새로운 만남이 생길 수 있잖아요?"

새로 온 손님이 문 쪽에 서 있어서 역광을 받아 그림자 인간처럼 보였다.

가을 신상 제1탄 중에서는 빗물이 번진 벽 같은 무늬의 니트를 사기로 마음먹었다.

열 시가 지났다. FW시즌 회의를 시작한 유키코 씨와 치하나와 사카이 씨에게 먼저 퇴근하겠습니다, 라고 인사하고 계단을 내려왔다. 길에서 우니미라클의 큼직한 창을 올려다보며 노란색 원피스와 갈색 카디건이 진열된 것 말고는 아무것도 없는 것을 확인했다. 다시 주위를 둘러보고 뒤쪽으로 돌아가 일 층 입구의 문을 열었다. 안쪽의 하얀 형광등 불빛에 의지해 서늘한 복도로 들어갔다. 내부 계단을 소리 나지 않게 천천히 올라갔다.

이 층과 삼 층 사이 층계참에서 삼 층의 상황을 살펴보았다. 활짝 열린 문으로 형광등 불빛과 밤 말리의 보안관을 쏘아 죽인 노랫소리가 계단까지 흘러나왔다. 몇 명인지, 남자들이 얘기하는 소리가 들리고 이사 작업이 아직 계속되는 듯한 기척이었다. 저녁나절에 우니미라클에 인사하러 온 자그마한 몸집의 아라키 겐지 씨(의류 통신판매 웹사이트 제작회사 경영. 사원 두 명, 알바 한 명)는 얼굴은 전혀 닮지 않았지만 차분한 데 없이 덜렁거리는 느낌이 어쩐지 오카자키를 연상시켜서 나는 한층 더 불안해졌다.

수고했어, 라는 누군가의 목소리에 나는 서둘러 어슴푸레한 계단을 뛰어내려왔다.

그 길로 한 번도 멈추지 않고 밤거리를 달렸다.

오모테산도로 나서자 갑작스레 거리가 환해졌다. 다시 그 큰 나무들이 아득히 머리 위를 대량의 잎사귀로 뒤덮고 있었다. 아무도 세어본 사람은 없겠지만 그 잎사귀는 아마도 몇천 몇 만 장은 될 것이다. 건물에 설치된 조명을 받아 가장자리 쪽 잎사귀는 플라스틱처럼 인공의 초록빛을 냈다. 그 아래 화단 철책에는 항상 사람들이 촘촘히 앉아 있다. 저마다 별도의 약속이 있기도 하고 기다리는 이가 없기도 하고. 그들을 비추는 강하고 하얀빛의 원천을 보았다. 편의점 간판이 발광(發光)하고 있었다. 가게 안의 중심에 바쿠의 얼굴이 있었다. 철책 너머에서 머리 하나 튀어나온 그 얼굴은 약간 오른쪽으로 이동했다가 멈췄다. 사고력을 앗아가기 위해 환하고 하얗게 빛나는 편의점 전광(電光)에 그는 어떤 각도에서든 균등하게 비쳐졌다. 이곳은 내가 아는 곳 중에서 가장 환한 장소인지도 모른다, 라고 생각했다. 쟁쟁쟁 빛이 퍼지는 후덥지근한 인도에 서서 나는 그 얼굴을 보았다. 바쿠의 얼굴은 다시 오른쪽으로 이동해서 몸도 드러났다. 좌측에 휴대전화가 있는 것도 보였다. 이윽고 그 손을 내리고 철책을 지그시 응시했다. 본 적이 있다. 나는 생각했다. 저 얼굴을 본 적이 있고, 지금도 보고 있다.

자동문이 열리는 소리와 함께 울린 차임벨 소리가 생각했던 것보다 커서 흠칫 놀랐다.

편의점 안은 시원했다. 그가 돌아섰기 때문에 들켰나 하고 앞쪽 진열대 뒤에 몸을 숨겼다. 진열대에는 빨간색, 초록색, 보라색의 온갖 상품이 차곡차곡 쌓여 있었다. 그는 가게 안쪽으로 걸어갔다. 실은 가게 안쪽에 출구가 또 하나 있어서 혹시 거기로 나가버리는 거 아닌가, 하고 당황했다. 계산대 두 군데에 각각 서 있는 점원의 시선을 의식해가며 나는 당당히 안쪽으로 들어가 냉장고 문을 열고 캔 맥주를 꺼내려는 그 사람에게 말을 걸었다.

"저기요."

그는 손을 멈추고 나를 돌아보았다. 냉장고 유리가 순식간에 흐려졌다.

"엇, 웬일이에요?"

그는 손에 든 것을 바구니에 담고 냉장고 문을 닫았다. 맥주

캔은 금색이었다. 별 같은 금색. 초록색 바구니에는 포테이토 칩 한 봉지도 들어 있었다. 그의 추리닝의 빨간색이 다시 눈에 띄었다. 나는 물었다.

"오사카 사람이에요?"

"그렇소이다."

웃어줄 여유가 없어서 죄송스럽소이다.

그 사람도 웃지 않고 나를 보고 있었다.

"오사카, 어디요?"

"도요나카. 계속 도요나카."

"나이는?"

"스물다섯."

바쿠는 나와 동갑이니까 스물여덟 살인데? 어느새 나만 나이를 먹은 건가! 아, 그렇구나, 그가 상하이에 가 있는 동안에 여기서만 삼 년이 지났구나! 아니, 아니, 그건 아니지. 나이 차가 나는 쌍둥이, 라는 가능성도 있다.

"형제는?"

"왜요?"

"아뇨, 그냥."

"두 살 많은 누나가 있는데요."

"네, 감사합니다."

그렇다면 부모님이 이혼했거나 양쪽 누군가가 현재의 가정 외에 따로 아이가 있습니까? 친사촌이나 외사촌 중에 붕어빵처럼 닮은 사람은 없습니까? 그중 어떤 것을 어떻게 물어봐도 이상한 질문이다. 큰 실례다. 부자연스럽다. 이상한 사람으로 생각할 것이다. 게다가 출생의 비밀이라는 건 본인에게는 알려지지 않는 일이 많다. 작년에 엄청 히트 친 그 한국 드라마에서도 그랬다. 그렇다면 가짜 기억을 알려준 것인가. 아, 그렇구나. 나는 마음먹고 말해버렸다.

"바쿠예요?"

내 목소리로 분명하게 그 이름을 고하는 것을 내 귀는 아마도 약 오 년 만에 들었다. 귀가 들은 것에 의해 나는 동요했다. 눈앞에 있는 바쿠의 얼굴은 한순간 맥주가 늘어선 진열대로 시선을 던졌고, 그러고는 나를 보았다.

"…동물원의?"°

"감사합니다. 수고하셨습니다!"

나는 머리를 숙이고 몸을 돌려 곧장 편의점 밖으로 나왔다. 달렸다. 공사 중인 교차로에 빨간 라이트가 깜빡이고 있었다. 바쿠가 두 명이 존재한다는 사실을 어떻게 생각해야 할지, 갈피를 잡을 수 없었다.

지하철을 탔더니 눈앞의 좌석에 낯익은 사람이 앉아 있었다. 인사를 해야 하나, 하고 망설인 뒤에야 연쇄 살인이나 엽

° '바쿠(麦)'와 똑같은 발음의 '바쿠(獏)'는 물소를 닮은 흑갈색 동물이다.

기적 사건이 일어날 때마다 뉴스 방송에서 코멘트를 해주는 심리학자라는 것을 알았다. 같은 역에서 내렸다. 뒤를 밟아보니 그는 편의점으로 들어갔다.

학원 사무실은 하기 강좌가 시작되면서 사람들의 출입이 부쩍 많아졌다. 여름방학에만 나오는 강사가 몇 번이나 주의를 줬는데도 책상이며 사무용품을 마음대로 갖다 쓰고 사과도 하지 않았다. 그리고 자신이 얼마나 현대사회에서 냉대를 받고 있는지에 대해 나에게 길게 길게 얘기했다. 그는 스물다섯 살이고 물병자리였다.

○○○

팔월이다.

태풍이 지나간 뒤에 날이 더워졌다.

벽돌 담장을 타고 기어오르듯이 자란 여주 넝쿨에 주렁주렁 달린 초록 열매는 올록볼록한 돌기가 있었다. 그 그늘에서 마야의 할아버지는 오늘도 자전거를 닦고 있었다.

나는 목덜미의 땀을 손등으로 닦았다. 흙냄새가 난다, 라고 생각했다.

드디어 해가 저무는 길가에서 각자 개를 데리고 나온 아줌마 둘이 선 채로 이야기를 나누고 있었다. 한 마리는 웰시코기, 다른 한 마리는 닥스훈트로, 둘 다 몸뚱이가 땅바닥에 가까운 편이라 더울 것 같았다.

"올해는 마실 사람도 없는데 자꾸만 맥주를 잔뜩 보내주지 뭐야."

"우리는 소라 서른 개하고 복숭아 서른 개가 같은 날에 왔어. 이걸 어쩌나, 아주 난감했다니까."

삼십 더하기 삼십은 육십.

"안녕하세요?"

인사를 했더니 마야의 할아버지가 허리를 숙인 채 흘끗 이쪽을 향했다.

"어, 응, 그래."

여느 때처럼 인사를 받아주고 금세 자전거로 시선을 돌렸다. 우체국 사람이 타고 다닐 것 같은 듬직한 자전거는 짙은 초록으로 항상 둔탁하게 빛난다.

삼 층까지 계단을 올라가 세 개 나란히 달린 초록색 문 중 가장 오른쪽 문의 인터폰을 누르자 살짝 열린 창문으로 마야가 아니라 핫시의 무뚝뚝한 목소리가 대답했다.

"아사코, 잘 왔어."

"얼굴은 윤곽이 또렷하고 멋있는데 밤새도록 남의 험담만

늘어놓고, 아주 최악이야. 남자들이 모였다 하면 험담이더라
니까. 웃기지도 않아."

지난주에 한층 더 동글동글한 컬을 만들어온 핫시의 갈색
머리칼 쪽으로 카메라 파인더를 겨눴다. 저러다 나중에는 폭
탄머리가 되겠다고 상상하면서 파인더를 새 둥지 같은 그녀
의 머리에서 회색 트레이닝셔츠 소매를 둘둘 걸어 올린 팔 끝
으로 이동했다. 핫시는 항상 트레이닝셔츠나 티셔츠를 입는
다. 청바지 말고는 입은 것을 본 적이 없다. 손톱을 짧게 깎은
핫시의 손은 입에서 나오는 말과는 전혀 연동하지 않는 움직
임으로 넓은 테이블에 놓인 도마 위에서 가지며 주키니호박
이며 파프리카를 차례차례 썰었다. 작은 사각형으로 바뀐 채
소는 도마째 수평하게 옮겨져 프라이팬 안에 투입되었다.

"오, 아르헨티나 사람들이 그래? 뜻밖이네."

마야의 손이 채소젓가락으로 프라이팬 안을 저었다. 네모
난 파인더 속의 프라이팬도 손도 내가 카메라 오른편 위쪽의
줌 스위치를 누르자 바짝 당겨져 큼직해졌다. 다음에는 마야
의 하얀 셔츠를 입은 등과 긴 머리에 비친 전등 그림자를 줌
으로 당겨보았다. 마야는 항상 무지 옷을 입는다. 흰색이든 검
정색이든 갈색이든 아무튼 무지, 디자인도 평범하다. 심플하
다기보다 평범. 내가 우니미라클의 옷을 입고 있으면 이상하
다는 얼굴로 천의 무늬를 지그시 쳐다보기도 한다. 키가 큰 마
야와 키가 작은 핫시를 같은 프레임에 넣기 위해 약간 뒤로

물러섰다. 10센티미터가 넘는 두 사람의 키 차이를 보고 있으면 핫시와 키가 비슷한 나도 마야와 저만큼의 차이가 나겠구나, 실감하곤 한다. 핫시는 머리카락 끝이 삐져나온 머리를 흔들며 말했다.

"원체 그릇이 작아. 아무튼 다들 소심하기 짝이 없어."

"그렇구나."

"핫시는 라틴계와 잘 어울릴 것 같아서 그쪽에 사귀는 남자가 있을 줄 알았는데."

나는 말하면서 셔터를 눌렀다. 필름을 감아올리는 기계 소리와 진동이 손에 울렸다. 다음에는 카메라를 핫시에게로 향했다. 핫시는 입가를 삐뚜름하게 틀었다.

"뭐라고? 말도 안 돼. 실제로 그게 내가 부에노스아이레스에서 돌아온 이유였어. 탱고는 파트너 없이는 성립이 안 되잖아."

동쪽을 향해 널찍한 베란다가 있다. 그 창이 활짝 열려 있고 바람이 잘 통해서 에어컨은 켜지 않았다. 삼 층이라도 전망이 좋다. 바깥에 펼쳐진 동쪽 하늘이 깊고 푸른빛으로 급속히 바뀌어가는 것이 보였다. 핫시의 두 손은 멈추는 순간이 거의 없이 한 가지 작업을 하면서 항상 다음 작업을 손 안에서 예행연습하는 것 같았다. 서른여섯 방의 필름이 끝났다. 바꿔 끼웠다. 다시 겨눴다. 콤팩트카메라의 작은 사각 창을 통해 바라보는 주방은 매우 정교하고 선명하게 이 기계 안에 재현된 미니어처럼 보였다.

오렌지색 전등갓을 통해 퍼지는 불그레한 빛이 전체에 가득해서 프린트하면 분명 마야도 핫시도 전체적으로 오렌지색이 서린 것처럼 나오겠다, 하고 그 사진을 머릿속에 떠올렸다. 셔터 버튼을 누르면 셔터 막이 열리고 닫히는 소리에 이어 필름을 감아올리는 소리가 나고, 그 순간 환기구 소리, 부엌칼이 도마 위에서 차조기 잎을 채 써는 소리, 수돗물 소리, 마야와 핫시의 얘기 소리가 한꺼번에 불쑥 커져서 귀에 뛰어드는 것처럼 느껴졌다.

"그러고 보니 어제 올 시월에 결혼하는 여자 친구에게 전화를 했었어. 축사를 해달라고 부탁하는데 무슨 얘기를 해야 할지 고민하다가 아예 본인하고 상의해보자 싶어서 내가, 중학생 때 유미코 너하고의 가장 큰 추억이 뭐였지? 라고 물어봤더니 대박, 뭔 소리냐, 마야하고 나하고 차에 치였었잖아, 둘이, 라는 거야. 진짜 화들짝 놀랐지 뭐야. 어머, 그랬어? 언제? 몇 학년 때? 라고 물어봤더니 2학년 때 농구부 클럽활동 끝나고 돌아오는 길에 왜건차가 덮쳐서 입원도 같은 병실에 나란히 했었다는 거야."

"입원? 그거, 진짜 큰일이잖아."

핫시의 손에서 번뜩이는 부엌칼을 다른 쪽 손의 행주가 쓰윽 닦았다. 핫시가 도마를 기울이자 물 묻은 부분이 천장 불빛을 반사해 빛의 무늬가 생겼다.

통신판매로 구입한 낡은 테이블 위에는 연한 하늘색 꽃병이 있었다. 꽃잎이 쪼글쪼글 시든 보라색 꽃이 꽂혀 있다.

"허벅지 골절로 입원했던 건 당연히 기억나. 그런 것까지 잊어버리면 진짜 큰일이지. 그냥 원인을 깜빡한 것뿐이라서 아아, 그게 그때였구나, 하고 이것저것 생각나더라고. 왜건차 운전하던 아줌마의 태도가 안 좋았다든가 하는 것도."

"아니, 그게 말이 돼? 원인을 잊어버리다니, 인생의 중대 사건인데."

핫시가 낮은 소리로 웃었다. 냉장고 문을 마야의 손이 열었다가 닫았다. 마야의 긴 머리는 뒤로 모아 묶어서 장식 고무줄에 매달린 유리구슬이 움직일 때마다 반짝거렸다.

"아니, 다시 떠올릴 기회가 없었던 것뿐이야. 내가 새로 기억해야 할 것들이 워낙 많잖아. 다음 주 촬영 대본, 또 바뀌었어. 십 년 넘게 옛날 일 따위는 깊은 곳에 박혀 있었다고나 할까. 아사코도 그런 거 있지?"

가장자리가 일그러진 작은 사각형 속에서 깨끗한 윤곽을 가진 마야가 이쪽을 향했다. 나는 카메라를 얼굴에서 뗐다. 불빛 아래 벽과 천장이 정확히 직각으로 엇갈린 방에 서 있는 마야와 핫시가 눈에 들어왔다. 핫시의 곱슬곱슬한 머리가 환한 갈색으로 투명하게 비쳐 보였다.

"난 그런 거 없어."

"그래? 기억력이 좋은 모양이지. 근데 핫시도 지난번에 고 등학생 때 남자친구 이름 잊어버렸다고 했잖아."

마야가 밥공기를 내놓길래 나도 일어나 젓가락이며 컵을 챙겼다. 현재의 모습에서는 상상하기도 어렵지만 핫시는 탱 고 댄서로 일했다고 한다. 그 뒤에 일본어 교사, 조경업자 견 습생 등을 거쳐 지금은 자가 채원이 있는 유기농 카페에서 홀 담당자로 일하고 있고 거기서 요리를 배워왔다. 핫시는 마야 의 전 남자친구와 이벤트를 함께 했던 친구고, 이 집에서 올 봄까지 살았던 나오미의 지인이기도 하다. 올 초에 30만 엔을 빌려간 고등학교 동창이 소식을 딱 끊어버린 데다 그 직후에 이웃집에 화재가 나는 바람에 방이 물에 잠기는 등 재난이 잇 따라 일어났기 때문에 마침 방이 빈 이 집으로 이사했다. 나오 미가 길가에서 한눈에 반했다는 캐나다인과 결혼해 하와이로 떠나면서 방이 하나 더 비었기 때문에 아사코도 이사하는 게 어떠냐고 그때 마야가 권해주었다. 하지만 나는 정리도 못하 겠고 남의 물건에까지 곰팡이를 피우면 미안하다는, 도쿄에 이사 올 때 함께 살자는 에미린에게 말했던 것과 똑같은 이유 로 포기했다. 그러고 보니 에미린은 벌써 반년이 넘도록 한 번 도 만나지 못했다.

핫시는 냄비 안의 것을 국그릇에 나눠 담았다. 된장국 향기 가 감돌았다.

"얼굴은 기억나는데 이름이 얼른 생각나지 않는 정도라면

흔한 일이지. 하지만 차에 치인 것은 죽을 때 되돌아봐도 3위 안에 들 만큼 큰 사건 아닌가?"

"아니, 결혼에 출산에 화요 서스펜스 출연에, 앞으로도 이것 저것 너무 많아, 나는."

마야는 멜로드라마가 아니라 두 시간짜리 서스펜스나 형사 드라마에, 게다가 살해되는 호스티스나 밉상 주부 같은 신스 틸러로 출연하는 게 꿈이다. 핫시는 적당히 웃어주면서 냉장 고에서 자신이 담근 매실주 병을 꺼냈다. 나는 그 술병을 받아 다 낮은 테이블 위의 유리잔에 나눠 따랐다. 뭔가 허연 것이 움직인다 싶어서 얼굴을 들었더니 베란다 쪽 큼직한 창문의 얇은 커튼이 바람에 펄럭거리고 있었다. 하얀 커튼 너머는 끈 적끈적한 짙은 감색으로 채워져서 어디까지가 하늘이고 어디 까지가 그냥 어둠인지 알 수 없었다.

"저, 저런!"

마야의 외침에 깜짝 놀라 일순 몸이 파르르 떨렸다.

"아이구, 아이구."

테이블 위를 보니 내가 든 술병이 국그릇을 밀쳐서 된장국 이 퍼져가는 참이었다.

"앗, 미안, 미안, 진짜 미안."

"이걸로 닦아."

마야가 휘익 던져준 행주로 나는 테이블을 닦았다. 마야도 곧장 달려왔다.

"아휴, 저쪽으로도 흐르잖아. 이리 줘, 내가 할 테니까. 아사코는 저기 가서 앉아 있어."

결국 내 손의 행주를 뺏어갔다.

바깥의 깊고 푸른 공기 속에서 까마귀 우는 소리가 들리고 구급차의 사이렌 소리가 들렸다.

나는 금요일 저녁이면 우니미라클에 커피를 마시러 오는 마루코 료헤이라는 이름을 가진 사람의 얼굴을 떠올렸다. 꼭 지금뿐만이 아니라 한참 전부터 밤낮으로 수없이 떠올랐다. 어제, 가게 문을 닫은 뒤에 우니미라클 앞길에서 치하나가 불러 세우자 돌아보는 그 사람의 얼굴을 윈도에 걸린 데님 원피스 뒤에 숨어서 잠깐 내려다보았다. 아무리 텔레비전만 보고 살았어도 그 사람에게 티비 드라마 같은 비밀은 없어 보인다는 것쯤은 나도 알고 있다. 하지만 그렇다면 그 사람이 존재하는 건 난감한 일일 뿐이다. 그는 내가 본다는 것도 눈치채지 못하고 그대로 컴컴한 밤의 언덕길로 가버렸다. 가게로 돌아온 치하나는 그 사람이 어떤 음식을 좋아하는지, 그리고 최근에 본 영화가 뭔지 얘기해주면서 역시 료헤이 씨는 자신의 이상형 그 자체다, 라고 말했다.

다시 담아온 된장국에서 가쓰오부시 냄새가 났다.

현관문이 벌컥 열렸다. 마야의 할아버지 한조 씨가 불쑥 들어왔다.

"이거, 먹어라."

손에 여주 두 개를 들고 있었다.

"한조 씨, 뭐야, 기척도 없이 문을 열고? 우리 벌써 밥 먹고 있어."

할아버지라고 하면 한조 씨가 화를 낸다, 라고 처음 이곳에 왔을 때 에미린이 설명해주었다.

"한 가지 더 해먹으면 되지."

"반찬 많다니까? 그럼 한조 씨도 와서 같이 먹든지."

"나는 너희들 시간으로 살지를 않아."

"그건 또 뭔 소리래? 밥 한 끼쯤 같이 먹으면 어때서? 에이, 알았어. 나중에 갖다 줄게."

"어험."

짧은 대답을 하면서 한조 씨는 그새 등을 돌리고 문을 탁 닫았다. 마야는 여주를 냉장고에 넣었다.

"실은 혼자 외로우면서 저런다니까."

마야와 마야의 엄마, 그리고 마야의 엄마와 한조 씨는 각각 사이가 그리 좋지 않은 것 같았다. 마야가 할아버지 집에 들어온 것은 그런 이유도 있었던 모양이지만, 자세한 것까지는 알지 못한다.

"한조 씨, 내 이상형."

핫시가 아직도 문 쪽을 바라보며 말했다. 차가운 문은 초록색으로 칠해져서 여주 비슷한 색깔이었다.

"뭐야? 말도 안 돼."

"요즘 저런 남자 없어. 얼굴도 잘생겼고."

"하긴 영화에 출연한 적이 있다더라."

"어떤 영화?"

한조라는 이름 때문에 우선 머릿속에 떠오른 영상은 닌자 차림의 사람이다. 흑백이다.

"말을 안 해줘서 나도 몰라."

"마야는 역시 한조 씨의 유전자를 물려받은 건가?"

"유전자? 물려받았겠지, 외할아버지인데."

마야의 젓가락이 두부를 좀 더 작은 사각형으로 나눠갔다. 밥 먹으러 오기를 잘했다, 라고 생각했다. 이곳에 마야와 핫시가 있어서 나를 구원해준다.

"여주 좀 가져가. 아사코는 비타민 C를 섭취해야 돼."

예상했던 대로 마야가 말했다.

술 모임으로 새벽녘에야 돌아온 데다 매실주를 꽤 많이 마신 마야는 소파에서 잠이 들었다. 너무 꼼짝도 하지 않아서 규칙적으로 배가 오르락내리락하는 것을 지그시 응시하며 죽었는지 살았는지 확인했다. 나와 핫시는 다른 쪽 소파에서 아이스크림을 먹었다.

텔레비전 화면 속 스튜디오에서는 핑크색 소파에 MC와 게스트들이 앉아 있었다. 미국 애니메이션처럼 차분한 데가 없는 색감의 공간이어서 거실처럼 꾸몄지만 아무도 편안하게 쉬지 못할 것 같았다. 머리가 벗겨지고 배가 나온 괴상한 얼굴의 남자가 얘기를 하고 있었다. 소극단 출신인데 형사드라마에서 소심한 상사 역할로 최근에 인기를 끌었다. 사회자인 개그맨이 "전 부인이 엄청 미인이었다면서요?"라고 화제를 던져주자 그는 어깨를 움츠리며 머리를 긁적였다.

"저런 사람이 의외로 인기 있다고 할까, 실은 나쁜 남자 스타일인 경우가 많지 않아?"

나는 그렇게 말하고 녹아가는 아이스크림을 스푼으로 닥닥 긁었다. 다시 넘실넘실 따른 매실주 잔을 잡고 소파 위에서 양반다리를 틀고 있던 핫시가 말했다.

"인기 정도가 아니지. 경쟁이 보통 치열한 게 아니야. 대머리든 뚱보든 인기와는 아무 관계가 없다는 거, 사람들이 좀 더 알아야 해. 아, 꼭 대머리라서 좋다는 건 아니고, 귀엽잖아, 저 사람."

경쟁률 높은 그는 과장스럽게 몸을 오그리며 고등학생 때도 여학생들이 고등어 통조림을 엄청 많이 선물해줬다, 여자 둘이 눈앞에서 대판 싸움을 하는 바람에 공연 첫날에 펑크를 냈었다, 라는 얘기를 했다. 다른 게스트와 객석의 방청객들이 에엥? 에엥? 을 되풀이하고 있었다.

"꽤 오래전이지만 마야가 저 사람하고 술 마신 적이 있다고 했었는데."

"진짜? 소개해달라고 할까."

말은 그렇게 했지만 핫시는 별 관심도 없는 기색으로 소파에서 일어나 베란다 창문을 닫으러 갔다. 핫시는 항상 사람 소개해달라, 남자친구가 필요하다, 라고 했지만 실제로 만났다는 얘기는 들은 적이 없다. 마야가 주선해준 소개팅을 바람맞힌 적도 있었다. 깜빡했다고 핫시는 말했지만 나는 어쩐지 핫시가 나가지 않은 이유가 따로 있는 듯한 느낌이 들었다.

"엇, 저거 아냐?"

핫시의 목소리에 얼굴을 들자 텔레비전 안에서 보라색 기모노 차림에 머리를 길게 땋아 내린 마야가 가로수길에 서 있었다. 게스트로 나온 베테랑 여배우가 얘기하는 슬픈 경험을 재현하는 것이었다.

"마야 가발이 이상해."

"저런 장면에서 돈을 아끼면 안 되는데."

"실물보다 더 예쁘게 나오지 않게 신경 쓴 거 아닌가?"

핫시는 어느새 꺼내온 캔 맥주를 땄다.

"저기, 가이엔마에 은행나무 가로수길이지?"

"촬영지로 유명한가봐. 나도 드라마 촬영하는 거 본 적 있어."

나는 테이블에 놓인 카메라를 들고 텔레비전 화면을 파인더에 담아 셔터를 눌렀다. 불그레해진 눈으로 핫시가 물었다.

"텔레비전 화면도 사진에 잘 찍혀?"

"찍히긴 하는데, 눈으로 직접 보는 것하고는 느낌이 달라."

"왜? 왜 보이는 대로 안 찍혀? 사진이잖아."

"그러게, 왜일까."

왜일까.

나는 잠든 마야와 텔레비전 화면이 동시에 파인더 안에 들어오는 곳으로 자리를 옮겼다. 자신이 텔레비전에 나오는 것도 모르고 잠이 든 마야의 머리 너머로 가발을 쓰고 기모노를 입은 마야가 눈물을 흘리고 있었다. 사각 파인더에 담긴 그 광경을 들여다보니 잠든 마야의 꿈이 텔레비전 화면에 나오는 듯한 느낌이 들었다. 문득 한조 씨가 이 재현 드라마의 소재가 된 여배우와 함께 연기를 했을지도 모른다, 라고 생각했다. 연대가 전혀 다르지만 정말 그럴지도 모른다. 마야가 오늘 밤의 텔레비전 출연을 한조 씨에게 알려줬는지 어떤지 궁금했다. 셔터 버튼을 눌렀다. 필름 돌아가는 소리가 났다.

"아사코는 왜 사진을 찍어?"

핫시가 주르륵 소파에서 미끄러져 내려와 러그 바닥에 누웠다. 스웨트셔츠 끝이 말려올라가 배가 드러났다. 그것도 사진으로 찍었다.

"글쎄 뭐랄까, 시간이 지나고 나중에 보는 게 재미있어서?"

"아니, 아니, 그런 게 아니라 사진 일은 안 해? 지난번에 나오미 결혼 파티 때 만난 기시마 씨라는 사진 잡지사 사람이 다음에 사진 보여달라고 얘기했었잖아."

"그랬나?"

나는 일단 카메라를 내려놓고 내 눈으로 직접 핫시를 보았다.

"꼭 직업이 아니어도 막상 사진이 일거리가 되면 뭔가 힘들고 귀찮은 게 너무 많을 것 같아."

"그런 식으로 생각하면 아무 일도 못하지."

핫시가 깔깔 웃으면서 바닥을 뒹굴었다. 말 몇 마디 배웠다고 엉터리로 재잘거리는 아이를 보는 듯한 웃음이었다. 핫시의 웃음소리에 휘감긴 채, 아마 그렇지는 않을걸, 이라고 생각했다. 사진을 찍고 내가 찍은 사진을 보는 게 재미있지만 작품으로서 표현하고 싶은 마음은 없었다. 지금 웃고 있는 핫시에게 카메라를 겨눠 셔터를 누르고 프린트로 출력해 그 보답이 돌아오고 아, 찍혔구나 생각하고, 그런 재미 이상의 것은 생각할 수 없다. 핫시는 웃음을 그치지 않은 채 러그 위에서 몸을 뒤집어 일어나더니 텔레비전 옆에 서서 두 손으로 V자를 만들었다.

"아, 잠깐."

나는 식탁 의자 하나를 가져와 카메라를 놓고 셀프타이머를 맞췄다. 핫시의 반대편, 텔레비전 속의 마야와 소파의 마야 사이에 서서 얼굴에 웃음을 짓고 작은 구멍 같은 렌즈를 응시했다. 빨간 불의 깜빡거림이 빨라지고 플래시가 번쩍 빛났다. 텔레비전 속의 마야가 안녕, 이라고 말해서 나는 이 짧은 VTR

이 슬픈 스토리였다는 게 생각났다.

갑작스럽게 마야가 잠결에 몸을 뒤척이다가 바닥으로 굴러 떨어졌다.

편의점 앞에서 엉엉 울면서 통화하는 여자가 있었다. 마스카라가 흘러내렸다. 그녀는 주위를 전혀 의식하지 않고 큰 소리로, 남자친구와 조금 전에 헤어졌어, 안녕이라고 했어, 진짜야, 사실이야, 라고 말했다. 사랑의 끝이었다.

○ ○ ○

구월이다.

일요일 아침부터 비가 쏟아져 우니미라클의 윈도를 싹싹 씻어낼 만큼 빗물이 흘렀다.

"도쿄에 온 뒤로 계속 날씨가 안 좋았던 것 같아요."

곤도 씨의 홍차를 내리면서 나는 말했다. 곤도 씨의 오른손은 수염으로 뒤덮인 턱의 라인을 쓰다듬고 있었다.

"계속? 계속이라니, 이 년 넘게 계속 날씨가 안 좋았다고?"

"아, 잘못 말했어요. 날씨가 안 좋은 날이 많았던 것 같다, 예요."

"그렇지, 깜짝 놀랐네."

곤도 씨는 유리에 부딪히는 빗방울을 가만히 지켜보고 있었다. 진한 회색 구름 때문에 아침인데도 어둑어둑했다.

ㅇㅇㅇ

시월이다.

건물 오 층 모퉁이의 큼직한 창문에서는 밤의 메이지대로에 늘어선 가로등과 차도를 달리는 차량의 노란 불빛을 저 멀리까지 내다볼 수 있다.

가게 벽은 오렌지색과 초록색으로 나눠서 칠해졌다. 한가운데 있는 초록색 탁구대에서는 곤도 씨와 아라키 씨가 나는 알지 못하는 사람들과 넷이서 탁구공을 치고 있었다. 다들 상당히 술에 취해서 헛손질만 거듭했다. 오늘은 에비스에서 곤도 씨의 옷가게 개업 십오 주년 축하 모임을 가졌고 거기서 2차로 이곳까지 흘러왔다.

"말이 되는 소리를 해라, 좀."

핫시가 옆에 앉은 남자의 머리를 때렸다. 오늘도 청바지에 티셔츠와 스웨트 후드티였다. 어디를 가든 핫시의 옷차림은 변함이 없다. 옆의 보라색 보더에 프린스의 얼굴이 찍힌 니트를 입은 남자는 머리를 맞고서도 별로 신경 쓰지 않는 것 같았다.

"아니, 말이 된다니까. 아 유 마돈나? 라고 물어봤더니 예스, 아이 엠, 이라고 했단 말이야."

"그게 말이 안 된다는 거야!"

핫시는 이번에는 그의 어깨를 때렸다. 맞은편 옆에서는 마야가 벽에 끼워진 큼직한 유리창에 몸을 기대고 잠에 떨어지기 직전이었다. 나는 그 반대편에 앉았고 내 옆에서는 프린스 셔츠를 입은 사람의 친구라는 빨간 번개무늬의 하늘하늘한 셔츠를 입은 매우 호리호리한 남자가 한사코 콜라만 마시고 있었다. 깨끗한 금빛으로 탈색한 머리칼 밑의 눈썹도 금빛으로 염색을 했다.

"다른 사람을 믿어주는 마음이 중요한 거 아니냐고."

프린스 셔츠가 짙은 다홍색의 와인을 마시면서 천천히 말했다. 핫시는 그의 눈을 들여다보며 한 마디 한 마디 자신의 말을 확인하듯이 선언했다.

"믿는다는 건 의심하는 것도 포함하는 믿음을 말하는 거야."

"믿어주는 마음이 있는 사람만 꿈을 실현시킬 수 있어."

프린스 셔츠는 유리창 밖으로 시선을 옮겼다. 분명 자신이 하는 말을 믿지 않는 사람이다. 이곳은 오 층이지만 엘리베이터도 없고 영업도 주말에만 한다. 일부러 찾아와야 하는 곳이다. 끼리끼리만 아는 비밀 장소를 좋아하는 사람들이 많은 곳이 도쿄, 라고 생각했다. 그래서 온갖 다양한 가게들이 영업을 할 수 있다.

나와 등을 맞대고 앉아 있던 치하나가 료헤이 군, 이라고 불렀다. 소파에 몸을 기대고 있는 료헤이의 무게가 내 등으로 전해져왔다. 무겁다. 그렇다면 이 사람은 살아 있다는 것이다. 아마 만지면 온도도 있을 게 틀림없다. 돌아보고 만져보고, 그래도 괜찮을 것 같은 마음이 들었다. 하지만 얼굴을 보면 그가 바쿠인 것만 같고 바쿠에 대한 얘기를 하고 싶어진다. 그래서 돌아보지 않았다. 나도 그 정도의 분별력은 있으니까. 이제 다 큰 성인이니까.

한쪽 벽은 전면이 책장이고 외국어 제목의 사진집이 난잡한 척하며 진열되어 있었다. 반대쪽 벽에는 프로젝터로 흑백 영화가 투사(投射)되고 있었다. 대사는 들리지 않는다. 그 대신 댄스뮤직이 흘렀다.

옆의 금발 남자가 다시 콜라를 주문했다. 그리고 허공을 향해 중얼거렸다.

"어제 집에 갔더니 여자친구가 개를 사왔어."

"어떤 개?"

"치와와."

"멕시칸이네."

핫시가 말했다. 프린스 셔츠가 깊숙이 고개를 끄덕였다. 금발 남자는 번개 셔츠의 칼라를 만지작거리며 느긋한 목소리로 말했다.

"나는 고양이가 더 좋은데. 이십 년쯤 살잖아."

"허걱!"

내가 낸 큰 소리에 시선이 쏠렸다.

"진짜?"

"그렇게 놀랄 대목이 아니잖아. 아사코는 진짜 못 말려."

자는 줄 알았던 마야가 어느새 일어나 꼿꼿이 앉아 있었다.

"아니, 작은 순서로 일찍 죽지 않아? 개는 십 년 정도잖아. 이십 년이라니, 그러면 키우기 힘들 것 같아."

"왜? 일찍 죽으면 더 슬프지."

"이십 년이나 함께 지내면 더 슬프지. 나 죽은 다음에도 살아 있을 만큼 오래 산다면 괜찮지만."

"코끼리거북 같은 거?"

"응, 그런 거."

"동물 기른 적 없구나?"

금발 남자가 말했다. 소매 끝으로 보이는 손목시계의 금빛이 스포트라이트에 반사돼 눈이 따가울 만큼 반짝였다.

"금붕어 정도?"

"나는 어릴 때부터 항상 뭔가 있었어. 지금도 치와와가 있고."

"어제 사왔다면서?"

"두 마리가 된 거야."

금발 남자는 휴대전화를 꺼내 열었다. 개를 좋아하는 핫시가 몸을 쭉 내밀어서 얼굴이 푸르스름한 빛을 받았다.

"와아, 귀엽다."

"이름은 밀크와 멜론."

"우윽⋯."

핫시가 내 쪽을 향해 혀를 내밀며 토하려는 듯한 표정을 지었다.

곤도 씨가 친 탁구공이 날아와 창을 맞추고는 튕겨져 갔다.

내 귀 바로 뒤에서 바쿠와 똑같은 얼굴을 가진 사람의 목소리가 들려왔다.

"마침 본가 맞은편이 파출소라서 거기 가서 물어봤어. 네 시간 전쯤에 정말로 작은 캔 하나지만 맥주를 마셨는데 어머니가 꼭 차로 데리러 와달라고 합니다, 운전을 해도 괜찮을지 측정해주셨으면 합니다, 제가 후우 불겠습니다, 라고 했어. 이봐, 그건 그런 문제가 아니지, 라고 된통 혼만 났어. 근데 그건 그런 문제 맞지 않나?"

치하나가 재미있다는 듯이 큰 소리로 웃었다. 바쿠와 똑같은 얼굴을 가진 사람의 목소리는 얼굴을 안 보고 들으면 바쿠와 똑같지 않다. 우선 말투가 전혀 다르다. 목소리만 듣고 있으면 마음이 놓인다. 돌아봤을 때 얼굴도 다르면 좋을 텐데, 라고 생각했다. 하지만 그 얼굴이 보고 싶었다.

창문 아래로 길게 뻗은 길을 눈으로 따라가다 건너편 모퉁이의 도토루 이 층에서 마야를 만난 적이 있었던 게 생각났다. 그것도 벌써 이 년 전 일이다. 도로는 곧장 뻗어나간 게 아니고 살짝 커브를 그려서 강물처럼 차들이 흘러갔다.

화장실에서 나오는데 눈앞에 바쿠와 똑같은 얼굴을 가진 사람이 있었다.

"아, 안녕?"

바쿠와 똑같은 얼굴을 가진 사람이 잠깐 웃었다. 역시 뭔가 감추고 있다, 라는 상상이 머릿속을 스쳤다. 다른 사람인데 얼굴만 똑같다니, 이건 대체 무슨 메시지냐고 묻고 싶었다. 얼굴이 똑같지만 않았어도 그저 평범하게 얘기할 수 있었을 텐데. 나는 아마도 이 사람과 이야기를 하고 싶은 것이다.

"안녕?"

대략 상냥한 표정을 지어주고 좁은 통로를 빨리 빠져나오려고 그 사람과 벽과의 틈새를 뚫고 나갔다.

"새도 오래 사는데."

돌아보자 얼굴만 바쿠인 사람이 초록색 문 앞에서 오렌지색 갓을 씌운 전등의 불빛을 받고 있었다. 머리카락에 빛의 윤곽이 생겨났다. 바쿠와 똑같은 모양의 눈이 나를 보고 있었다. 실제로 누가 나를 보고 있는 것인지 알 수가 없었다.

"팔십 년인가, 그 정도쯤 살아."

"우와아아아."

나는 단순히 진심에서 우러난 감탄의 소리를 질렀다. 팔십 년이라니, 내가 태어나기 전부터 살다가 내가 죽고 난 뒤까지 살아 있을 수 있다. 새 중에는 말할 줄 아는 것도 있고, 정말 무시무시한 동물이다. 료헤이의 이야기는 항상 재미있어서 좀 더 듣고 싶어진다.

"어떤 새가?"

"글쎄, 그건 잘 모르겠고."

그는 별일 아니라는 듯이 대답하고 초록색 문 너머로 사라졌다.

안으로 으슥한 통로에서 나오자 탁구가 끝난 탁구대를 테이블 삼아 가늘고 긴 유리잔에 담긴 뭔가를 마시고 있던 치하나와 눈이 마주쳤다.

"료헤이 씨하고 무슨 얘기 했어요?"

오렌지색에서 빨간색으로 그러데이션이 생긴 유리잔 속의 액체를 머들러로 저으면서 치하나가 술에 취해 혀 짧은 소리로 물었다. 나는 그 옆에 앉았다. 앉았더니 치하나 뒤편의 프로젝터가 비춰주는 화상이 잘 보였다. 어느 틈에 외국 축구 중계로 바뀌었다. 잔디가 초록색이다.

"응, 뭔가 새를 길렀다나봐."

"진짜요? 새로운 정보네요. 근데 나, 누구를 좋아하면 나도 모르게 적극적으로 덤비는 편이라 료헤이 씨한테도 약간 까였나…."

치하나는 시선을 떨구고 크게 숨을 토해냈다. 속눈썹 그림자가 뺨에 길게 떨어져 깜빡였다.

"그렇지도 않은 거 같은데."

일곱 살이나 어린 여자애에게 나는 솔직하지 않았다.

"그런가요? 저돌적이라고 하나요, 곤도 씨도 오히려 남자 쪽에서 쫓아오게 만들어야 한다고 충고해주던데요."

그 곤도 씨는 카운터에서 여자들에 둘러싸여 맥주를 마시고 있었지만 탁구를 치느라 지쳤는지 졸려 보였다. 치하나 뒤쪽의 대형 화면에서는 공을 넣는 데 성공한 줄무늬 유니폼의 남자가 두 손을 번쩍 들고 잔디 위를 내달렸다. 남자들이 우르르 뛰어들어 덩어리가 점점 커지다가 한꺼번에 무너져 잔디 위에 사람의 산이 생겼다.

"하긴 뭐, 내가 딴사람이 될 수도 없고. 일단 노력해봐야죠."

치하나는 고개를 꼿꼿이 들고 웃었다. 아주 귀여운 웃음이었다. 나도 바쿠와 함께일 때는 이 정도 나이에 이런 얼굴이었는지도 모른다. 우니미라클 앞 도로에서 료헤이와 치하나가 얘기하는 것을 봤을 때, 바쿠와 나도 저 정도로 키 차이가 났다고 생각했었다.

"축하합니다아!"

갑자기 떠들썩한 소리가 나서 돌아보니 한 명은 금색, 한 명을 빨간색 가발을 쓴, 술에 잔뜩 취한 여자들이 있었다. 안으로 들어서는 것과 동시에 품에 안은 지나치게 큰 꽃다발을 곤도 씨 쪽으로 내리쳤다. 대량의 빨간 장미며 거베라가 마침 옆을 지나가던 료헤이의 얼굴을 때렸다. 꽃잎이 흩날리는 가운데 료헤이는 축하합니다, 라면서 박수를 치고 있었다.

세타가야 선의 역에서 내려 바로 옆 건널목에서 내가 타고 온 두 량짜리 전차가 지나가기를 기다렸다. 밤의 어둠 속, 눈앞을 지나가는 빨간 차량 안은 하얀빛으로 가득해서 승객들이 바깥으로 아련하게 시선을 던지는 모습을 조금 전까지 내가 저렇게 높은 곳에 있었나, 라고 생각하며 올려다보는 게 좋았다.

집에 돌아와 텔레비전을 켰더니 세계 최고봉 정상에서 내려다보이는 풍경이 나왔다. 흰색과 하늘색으로 마치 죽은 후의 세계처럼 무섭고 멋있었다. 그다음은 뉴스로 넘어갔다. 방화로 전소된 목조가옥이 나왔다. 어딘가의 진기한 축제가 나왔다. 나는 카메라가 아니었다면 절대로 볼 수 없었을 머나먼 곳을 날마다 대량으로 보고 있다. 그것들은 멋있기도 하고, 카메라가 아니었다면 안 봐도 될 것이었는지도 모른다. 내일도 모레도 계속 볼 것이다. 동물원에서는 호랑이 새끼를 관람객에게 공개했다. 이름을 모집하고 있었다.

일주일이 지났다.
다시 일요일이다.
마야의 방에서 일 층으로 내려가자 벽돌담장 그늘에서 한조 씨가 자전거를 닦고 있었다.

"안녕히 주무셨어요?"

"어험."

한조 씨는 게다를 신고 있었다.

"정오 지난 지가 언젠데 '안녕히 주무셨어요'야?"

우리는 삼 층에서 새벽 네 시까지 수다를 떨었다. 그래서 지금은 오후 한 시다. 하늘이 파란 멋진 날씨였다.

"죄송해요, 밤샘을 해서."

"그거 얘기하는 게 아냐."

한조 씨는 변함없이 등을 내보인 채 가늘고 길게 자른 천으로 자전거 스포크를 문지르고 있었다.

"이 자전거, 멋있어요."

내가 말하고 한참 지난 다음에야 한조 씨는 돌아보았다.

"너, 남자친구 있었던가?"

"없어요."

"그래?"

한조 씨는 지그시 내 얼굴을 보았다. 한조 씨가 이렇게 쳐다보는 건 드문 일이어서 나는 그의 발밑으로 시선을 피했다. 콘크리트를 바른 통로 한구석에 질경이가 자랐다. 마야와 핫시가 얘기하면서 계단을 내려오자 한조 씨의 시선이 조금 위로 올라갔다.

"나이가 몇이신데 아직도 여자한테?"

"그렇다, 왜."

마야는 핫시가 만든 병아리콩 샐러드가 담긴 반찬통을 한조 씨에게 건넸다. 뒤에 있던 핫시는 한조 씨의 주름투성이 손을 바라본 뒤에 말했다.

"한조 씨, 젊은이 중에 아는 사람 있으면 소개해주세요. 사십 대까지라면 나도 생각해볼 테니까. 이젠 뭐, 나 좋다는 사람이면 누구든 다 환영이야."

"그런 소리 하면 못써."

"그런 소리 하면 안 돼."

할아버지와 손녀딸이 거의 동시에 말했다.

옆집 지붕에서 날아와 앉은 까마귀는 거의 고양이 같은 동작이었다. 도쿄 까마귀는 사람 바로 옆에까지 다가온다. 머리가 크다.

셋이서 오모테산도에 가서 옷을 구경했다. 살 생각도 없으면서 차례차례 입어보았다. 세 명이 모두 단골가게가 전혀 달라서 몹시 바빴다. 다음에는 어떤 가게로 갈까, 라고 물어볼 때마다 어쩐지 우니미라클과는 거리가 먼 방향을 댔다. 오늘은 또 한 명 채용한 여점원이 카페를 맡고 있을 것이다. 삼 층에는 분명 료헤이도 다른 직원도 없을 텐데, 나는 항상 료헤이와 덜컥 마주치지 않도록 한다는 것을 행동 기준으로 삼고 있었다. 얼굴만 안 보면 된다.

　내가 가장 좋아하는 옷가게의 빨간 벽 피팅룸에서 겨울용으로 다섯 벌을 입어봤다. 거울 속의 내가 머릿속에서 그려온 내 모습이 아니었던 것이, 새 옷을 입어볼 때마다 그 옷이 가진 새로운 모습에 어느 정도는 맞아떨어지면서 머릿속에서 그려온 나 자신의 모습으로 조금씩 수정되고 완성에 가까워져가는 느낌은 너무 즐겁고 마음이 치유된다. 하지만 몸을 옆으로 돌려 거울을 보면 몸통이 두툼하고 허리에서 무릎까지의 윤곽선은 어떻게 해도 수정해볼 방법이 없다. 뭐 그건 그것대로 이 옷을 사면 더 이상 살이 찌지 않게 노력하자, 라는 새로운 구매 이유가 되기도 한다. 통장 잔고가 거의 바닥이 나도 이렇게 멋진 옷을 만든 분에게 경의와 감사의 뜻을 표하기 위해 나는 돈을 쓰지 않으면 안 된다. 그렇게 하는 것으로 분명 이 세상은 보다 나은 형태가 되어간다고 믿고 있으니까. 나는 초록과 노랑의 줄무늬 원피스를 샀다. 핫시는 검정색 스웨트셔츠를 샀고 마야는 갈색 부츠를 샀다. 그런데 바깥 공기는 여름 끝물처럼 후덥지근하고 마야는 반소매 셔츠 원피스고, 이래서야 오늘 산 옷에 부츠까지 신고 나올 날은 아예 안 오는 거 아닌가 하는 불안감이, 있었던가 없었던가.

　오모테산도 큰길로 나서자 느티나무 꼭대기에서 빛바랜 잎사귀 몇 장이 날아왔다. 도로 이름은 참배로(參拜路)인데 막상 그 절에는 아직 가본 적이 없다.

○○○

십일월이다. 학원 이사장이 바뀌는 바람에 그와 관련한 사무 작업으로 바빴다. 새로 들어온 알바 여자애가 우리에 대한 험담을 블로그에 올린 것을 발견했다, 라고 동료 나카노 씨가 한 사람씩 몰래몰래 알려주고 다녔다. 점심시간에 새로 생긴 국숫집에 갔다. 맛있었다. 돌아와보니 사무실에서 알바 여자애가 안 하면 되잖아요, 안 하면, 이라고 소리치고 있었다.

날이 추워지기 시작해서 다운재킷을 샀다. 보라색.

○○○

2006년이다. 일월이다.

눈이 펑펑 내려서 온통 하얗고 조용하다.

사흘이 지나도 좁은 인도의 그늘 쪽에는 얼어붙은 눈이 남아 있었다. 왜 눈을 치워야 하는지, 처음으로 알았다. 오사카에서는 눈이 쌓여도 금세 녹아버리는데.

입시와 학원생 모집 시즌이라 너무 바빠서 주말에도 쉬는 날이 없었다. 날마다 저녁 여덟아홉 시까지 일이 끝나지 않았다. 지연 운행으로 승객이 붐비는 지하철은 다운재킷을 입고 있으면 너무 덥다. 두 번째 역에서 눈앞이 침침하게 흐려졌다. 빈혈이었다. 모르는 여자애가 자리를 양보해줬다. 시야가 깜깜해져서 그 여자애의 눈 두 개밖에 보이지 않았다. 드디어 주위가 조금씩 보이길래 일단 내렸다. 어떤 역인지도 모른 채 벤치에 앉아 있었다. 땀이 턱을 타고 뚝뚝 떨어졌다. 바쿠가 나를 구해줬으면, 하고 빌었다. 바쿠가 나타났다. 하느님, 감사합니다, 라고 생각했다. 하지만 나는 "바쿠"라고 이름을 입 밖에 내지 않았다. 이름을 부르면 또 바쿠가 사라질 것 같았다. 물론 이름을 부르지 않아도 바쿠는 바쿠와 똑같은 얼굴을 가진 료헤이였다. 처음부터 알고 있었다. 료헤이가 나를 구해줬다. 그래서 바쿠가 생각났다. 료헤이가 팔을 부축해줘서 계단까지 걸어갔다. 계단에서 이번에는 시야가 완전히 깜깜해졌다. 발밑의 계단도 사라졌다.

역장실에는 계단에서 떨어져 손목이 부러졌다는 남자 고등학생이 아프다고 엉엉 울고 있었다. 구급대원이 미국이라면 구급차를 부를 때 몇 만 엔씩 내야 하는데 그나마 다행이라고 얘기하고 있었다. 소파에는 벌써 두 명이나 지하철에서 쓰러진 여자가 누워 있었다.

회색으로 변해 남아 있던 눈덩어리가 가로등에 흐릿하게 보였다. 눈이 쌓이면 세상은 환해진다. 환해서 멋있다. 그리고 서서히 원래대로 돌아간다. 내가 사는 원룸 계단 앞에서 이 층을 올려다보며 료헤이가 말했다.

"보통은 차라도 한잔, 이라고 하지 않나? 목숨을 구해준 사람한테."

귀퉁이가 아직 얼어붙은 계단으로 시선을 돌리고 나는 오늘 아침에 나온 내 방의 참상을 떠올려보려고 노력했다. 눈앞에 서 있는, 바쿠를 꼭 닮은 료헤이의 얼굴을 바라보며 구해준 데다 집에까지 데려다준 사람을 그대로 돌려보내는 것과 잔뜩 어질러진 집 안에 데려가는 것, 어느 쪽이 더 안 좋은 짓인지 결정을 내리지 못한 채 대답했다.

"차, 있긴 있어."

게다가 집에 들어가면 나쁘이고 아무에게도 들킬 염려가 없으니까 차를 대접해주면 료헤이가 사실은 자신이 바쿠라고 실토할지도 모른다, 라는 건 단지 내 멋대로의 공상이라는 걸 잘 알지만 그런 생각을 한 것은 사실이었다.

계단을 올라가고 복도를 지나 문을 열었다. 비좁고 네모난 현관을 가득 뒤덮은 구두를 보고 료헤이가 말했다.

"집회야?"

다행히 현관과 방을 구분하는 문은 왜 그런지 닫혀 있었다. 오늘 아침이 일반 쓰레기를 내놓는 날이었던 것도 행운이었다. 료헤이를 현관 앞에 세워둔 채, 우선 벗은 모양 그대로 여기저기 널브러진 옷부터 침대 이불 밑에 쑤셔 넣었다. 가방이며 잡지며 종이봉투는 옷장 안에 처넣었다. 옷장 문을 닫는 것은 반년 만이었다. 방을 둘러보며 점검했다. 정리됐다, 라고는 도저히 말할 수 없었지만 아마도 남에게 내보여도 괜찮을 정도는 된 것 같다. 에어컨과 텔레비전 스위치를 켠 뒤에 머뭇머뭇 료헤이를 안으로 들였다.

"집회야?"

또 말했다. 고타쓰 위에는 내가 마시고 방치해둔 머그컵과 찻잔이 도합 네 개가 있었다. 그리고 료헤이의 시선은 안에 사람이 있는 것처럼 불룩한 침대로 옮겨갔다. 갈색 담요는 보풀과 먼지가 유난히 두드러졌다. 흰색으로 할걸.

"차는 다양하게 구비되어 있습니다. 뭘로 드시겠어요?"

부엌으로 나가면서 돌아보자 료헤이가 고타쓰 위의 주전자 뚜껑을 열고 안을 지그시 들여다보는 게 눈에 들어왔다.

"이거, 설산 같은데?"

그런 곳에서 하얀 곰팡이가 번식하고 있을 줄은 생각도 못 했습니다!

료헤이는 진지한 얼굴로 주전자 뚜껑을 덮고 나를 보았다.

"… 왜?"

"내가 날짜에 따라 홍차도 마시고 녹차도 마시고 해서 포트와 주전자를 구별해서 쓰고 있는데 안 보면 잊어버린다고 할까, 다음에 쓸 때 뚜껑을 열어보고서야 생각이 난다고 할까. 근데 지난 사흘쯤은 홍차였는데, 그 전에는 녹차를 마셨던 모양이네. 가가봉차(加賀棒茶)라고, 누가 주길래. 겨울에는 너무 그렇게, 뭐랄까, 몽실몽실한 놈은 생기지 않는데, 추워서 난방을 엄청 틀었더니, 아마 그래서 그런가."

"…아하."

그 목소리와 표정으로는 어떤 뜻의 '아하'인지 판단이 되지 않았다.

료헤이는 바닥을 확인하듯이 몇 번이나 좌우를 살펴본 뒤에 러그 위에 앉았다. 그러고는 방구석의 받침대에 놓인 텔레비전이 불타는 화재 현장을 속보 영상이라고 연호하며 반복해서 방영하는 것을 흘끔 보았다.

"텔레비전은…."

료헤이는 문득 입을 다물고 자신의 휴대전화를 열어 문자 메시지인지 뭔지를 하고 있었다.

곰팡이 피지 않은 다른 주전자로 내린 호우지차를 고타쓰에 차려냈다. 나는 긴장해서 정좌를 하고 있었다. 부연 김 너머에서 바쿠와 똑같은 얼굴이 조용히 차를 마셨다. 오사카의 그 아무것도 없는 방에서 이렇게 마주하고 차를 마셨었는데, 라고 생각했다. 페트병 음료든 뭐든 바쿠는 매번 맛있네, 맛있네, 라고 말했다. 바쿠와 함께 있었던 것은 항상 바쿠의 방이었다. 그때 나는 지금은 없어진 가족과 아직 함께 살고 있어서 바쿠가 내 방에 온 적은 없었다. 바쿠는 온 적이 없는데 지금 이 방에 바쿠와 똑같은 얼굴의 사람이 와 있는 것은 뭔가 잘 못하는 짓인 것 같았다. 료헤이가 저 얼굴을 턱쯤에서 둘둘 말 아 올리고 그 밑에서 똑같은 얼굴이 나타나 나 왔어, 라고 하 지는 않을지 불안해졌다. 정말 불안했다. 지금 이 사람이 바쿠 가 되지 않는 게 더 좋다. 바쿠가 보고 싶지만 그건 이 사람이 아닌 게 좋다, 라고 생각했다.

료헤이가 문득 얼굴을 들고 나를 보았다. 얼굴 가죽을 말아 올리지는 않았다. 그 대신 말했다.

"아사코 씨, 전에 잠깐 얘기했던 거, 누구?"

내가 멀뚱하고 있자 바쿠와 똑같은 모양의 입이 열렸다.

"나를 다른 누군가로 착각했잖아."

그제야 뭘 물어보는 건지 알았다.

"아니, 그냥, 곤도 씨가 연예소속사가 이사를 온다고, 전에 잠깐 좋아했던 모델이 온다고, 그런 얘기를 하셔서, 아니 딱히 별로 그런 쪽을 좋아하는 건 아니고 그냥 우연히….."

료헤이는 내 말을 전혀 듣지 않는 기색으로 바닥에 떨어진 원기둥 모양의 쿠션을 집어 들었다.

"이건 뭐지?"

"아, 이렇게, 이 근처의 근육을 단련해준다는 건데."

나는 팔을 가슴 높이로 들고 두 손으로 쿠션을 양쪽에서 조 이는 자세를 취했다.

"다이어트 상품 사는 사람들, 대체로 다이어트 성공 못하던데."

"다이어트가 아니라 근육을…."

내가 말을 마치기도 전에 료헤이는 자리에서 일어나 낮은 책장 위의 액세서리며 화장품이 뒤죽박죽 어질러진 뒤쪽 벽에 압핀으로 고정해둔 사진들을 보기 시작했다. 사진 속의 마야와 핫시와 다른 친구들이 이쪽을 보고 있었다. 오랜만에 찍은 마음에 드는 사진이었다.

"이거, 아사코 씨가 찍은 사진?"

"지난번에 마야네 집에서 우동 먹기 대회를 해서…."

"사진 붙여놓기 전에 우선 청소부터 하는 게 좋을 것 같은데."

료헤이는 무뚝뚝한 얼굴과 목소리로 말하고 다시 고타쓰로 돌아와 뒤를 이었다.

"요즘 집을 난장판으로 어지르는 게 유행이라지만 이건 뭐, 텔레비전에 나올 만큼 대단한 것도 아니고, 괜히 신나서 자학 소재로 삼아봤자 별 재미도 없을걸."

차분한 데가 없는 사람이다. 이번에는 고개를 돌려 텔레비전 화면을 봤다. 날씨예보 방송으로, 더듬더듬하는 말투의 신입 아나운서가 북쪽에서 찬 기운이 밀려와 내일도 춥겠습니다, 라고 말했다. 료헤이는 화면을 바라본 채로 물었다.

"텔레비전, 좋아해?"

나는 어쩐지 또 꾸지람을 듣는 기분이었다.

"좋아한다고 할까, 그냥 켜두는 거."

"아하."

료헤이는 그렇게 말하고, 다음에 이어진 광고를 보지도 않으면서 계속 보고 있었다. 그동안 나는 왜 이 사람이 이 방에 와 있나, 하는 생각을 했다. 나는 항상 머리 한 귀퉁이에서 이곳과 500킬로미터는 떨어진 그 연립의 한 방에서 나와 바쿠가 아직도 함께 있는 광경을 상상해왔는데 지금 내가 이 사람과 이 방에 있다는 건 바쿠는 이곳이 아닌 다른 방에 있다는 얘기다. 바쿠가 내가 아닌 사람에게 이렇게 눈길을 받고 있다는 얘기다. 슬펐다. 료헤이는 스포츠뉴스가 끝날 때까지 있다가(축구를 좋아한다고 했다) 돌아갔다. 자전거로 가면 십 분쯤 걸리는데 전차를 타야 해서 멀리 돌아가게 된다, 라고 말했다.

평소처럼 나 혼자 남은 방에서 료헤이가 벗은 다운재킷을 내내 바닥에 놔두게 한 것이 이제야 새삼스럽게 생각나 행거에 걸어주는 게 인간으로서 평균적인 행동이었던 게 아닐까 하고 후회했다. 나아가 료헤이가 바쿠와 똑같은 얼굴을 갖고 있는 것에 대한 분풀이, 혹은 나 자신의 료헤이에 대한 마음이 양심에 찔려 일부러 내버려뒀던 게 아닐까 하는 생각도 들었다. 더 이상 고민하기가 싫어서 고타쓰에 기어들어가 뒹굴뒹굴 텔레비전을 올려다보았다. 뉴스 엔딩은 오늘도 시부야의 교차로를 보여주고 있었다. 아는 사람이 있을 듯한 예감이 들었지만 없었다. 오른쪽 귀퉁이에서 핑크색 가발을 쓴 사람이 지나갔다. 료헤이가 방금 전까지 여기 있었고 지금은 없다, 라고 생각했다. 없으니까 있었으면 싶었다.

ㅇㅇㅇ

시월이다.

아오야마 대로 길가에 있는 스타벅스 이 층의 창가에 자리를 잡고 바로 아래 인도를 보고 있는데 치하나가 지나갔다. 칠개월 만에 본 치하나는 레몬옐로 컬러의 후드집업을 입고 있어서 그 환한 피부색이 눈에 들어오자마자 아, 치하나, 라고 생각했더니만 역시 맞았다. 키가 큰 여자와 나란히 걸어가는 치하나는 머리를 위로 동글동글 말아 올렸다. 머리가 많이 길었구나, 라고 생각했다. 키 큰 여자가 웃자 치하나도 마주 웃으면서 그녀의 팔을 쳤다. 즐거운 느낌 그대로 바로 아래를 지나간 치하나는 뒷모습이 점점 작아지고 이윽고 아주 조그만 노란색 덩어리가 교차로를 횡단하는 것이 보였다. 치하나가 건너간 횡단보도를 수많은 차들이 지나갔다. 차는 모두 반짝반짝했다. 희뿌연 햇빛을 저마다 반사하고 있었다. 그 한 대 한 대에 운전하는 사람이 한 명씩 있다는 것이 마치 이제야 처음 안 사실처럼 머릿속에 떠올랐다.

아래쪽 인도로 시선을 되돌리자 조금 전에 치하나가 걸어온 쪽에 료헤이가 있었다. 료헤이는 차도 쪽을 바라보고 있었다. 졸린 듯한 얼굴이었다. 진한 빨간색 윈드브레이커가 바람에 날렸다. 료헤이는 똑바로 걸어왔다. 스타벅스 바로 앞까지 와서 불쑥 위를 향했다. 내가 보는 것을 알아차리고 슬쩍 오른 손을 들었다. 나도 손을 흔들고 자리에서 일어섰다.

료헤이는 인도에 서서 가로수를 올려다보고 있었다. 그 나무 잎사귀의 옅은 그림자가 료헤이의 얼굴이며 어깨에 걸렸다.

"이거, 이름이 뭔지 알아?"

료헤이는 위를 올려다본 채로 물었다.

"포플러였나 플라타너스였나, 아마 그런 영어 이름?"

"아하."

료헤이는 시선을 점박이 무늬의 나무기둥으로 옮겼다. 갓 파의 손바닥 같은 모양의 잎사귀가 달린 나무다. 큼직한 잎사 귀가 바짝 말라서 겨울다운 분위기를 풍겼다.

"좋아?"

"아니, 그냥."

료헤이는 그제야 나를 보고 왼손으로 내 등을 살짝 밀었다. 우리는 나란히 걸음을 옮겼다. 토요일의 아오야마 거리는 나 름대로 사람이 많다. 오모테산도 교차로를 향해 걸었다. 아까 치하나가 지나갔던 곳과 같은 길이다. 치하나는 자신과 같은 길을 그 몇 분 뒤에 료헤이가 걸어가리라는 건 알지 못했고 지금도 알지 못한 채 아마도 우니미라클을 향해 가고 있을 것 이다. 점심시간 끝나고 돌아가는 길이었고 옆에 있던 사람은 새로 들어온 여직원일 것이다. 삼월에 료헤이와 나의 일을 알고 치하나가 그만두겠다고 나섰기 때문에 가게에 필요한 스태프보다 있으나 마나 상관없는 알바가 그만두는 게 당연히 나을 거라서 내가 우니미라클을 그만두었다. 마지막 날까지 치하나는 한 번도 나와 말을 섞지 않았다. 얼굴도 쳐다보지 않았다. 그 뒤 칠월에 우니미라클은 미나미아오야마로 이전했지만 나는 그 근처에도 간 적이 없다. 아마 지금쯤 새 옷이 들어왔을 것이다. 유키코 씨와 곤도 씨는 변함이 없더라고 지난달 가게에 들렀던 핫시에게서 전해들었다. 치하나는 핫시와도 마야와도 말을 섞지 않았다고 한다. 아까 몇 분 뒤에 료헤이가 온다는 것을 알지 못한 채 걸어갔던 치하나의 모습을 나는 다시 떠올렸다. 료헤이 일로 치하나에게 '미안하다'는 생각은 한 번도 한 적이 없었는데, 아까 그녀를 말없이 위에서 지켜본 것은 중대한 은폐인 듯한, 해서는 안 될 짓인 듯한 기분이 들었다.

"왜 멍하고 있어?"

료헤이가 내 팔을 당겼다. 바로 옆을 세로로 납작한 자전거가 빠져나갔다. 유선형 헬멧과 얼굴을 가리는 선글라스를 쓴 사람이 타고 있었다. 자전거도, 옷이며 장신구도 모두 값비싸게 보였다.

"후유."

그 자전거의 뒷모습이 차도로 나가 좀 더 값비싸 보이는 반짝반짝하고 납작한 차 너머로 사라지는 것을 지켜보았다. 료헤이는 빠른 걸음으로 횡단보도를 건넜다.

"이런 데서 자전거에 깔리면 너무 눈에 띄지."

"사망하면 뉴스에 나올까?"

"나와 봤자 십오 초?"

신호가 바뀌자 움직이던 차들은 멈춰 서고 기다리던 차들은 출발했다.

"오늘 저녁에 핫시네 가게가 파티 케이터링하는 곳, 엄청 호화판인 모양인데 이름만 말하면 들어갈 수 있게 미리 말을 해뒀대."

"근사한 거 먹을 수 있나?"

"그야 당연하지, 핫시가 얘기한 건데."

"엇, 저기, 뭔가 하는 모양이다."

료헤이가 얼굴을 돌린 길 안쪽에서 카메라며 반사판을 든 사람들이 둘러싼 가운데, 빌딩 벽에 기대고 서 있는 머리 긴 여자의 모습이 보였다. 초록색 시폰 원피스에 팔다리가 가늘고 하얗고 날씬한 그 여자는 요즘 잡지뿐만 아니라 텔레비전 광고에도 자주 나오는 혼혈 모델이었다. 이름은 레이첼이라고 했다. 아직은 포즈를 취하지 않고 무심히 하늘 쪽을 보고 있었다.

"눈이 크네."

료헤이는 레이첼의 얼굴에 대해 짧은 감상을 말하더니 딱히 관심도 없는지 호주머니에서 휴대전화를 꺼내 열고 닫았다.

나는 다시 한 번 고개를 돌려 레이첼을 보았다. 그녀는 웃지 않아서 그런지 잡지에 실린 얼굴보다 나이 들어 보였다. 곧바로 큼직한 렌즈의 카메라가 레이첼을 향하자 그녀는 그것을 보고 활짝 웃었다. 아, 항상 보던 그 얼굴, 이라고 생각한 순간, 그녀가 이쪽을 돌아보았다. 꽤 거리가 있었지만 눈에 띄는 큼직한 눈동자가 나를 잠깐, 몇 초쯤, 보았다. 그리고 다시 카메라 렌즈를 향했다. 머리 위의 구름을 뚫고 나온 햇빛과 반사판의 빛으로 그녀의 몸은 주위에서 두드러졌다. 셔터 소리가 들렸지만 어쩌면 잘못 들은 것인지도 모른다. 서둘러 료헤이의 뒤를 따라갔다.

유리로 지은 퀼팅 모양의 프라다 건물이 번쩍거리며 우뚝 서 있었다. 마치 물처럼 건드리면 톡 터져 쏟아질 것 같다.

똑같은 길을 두 번이나 오르내리며 간신히 찾아낸 갤러리는 일 층에 건축설계사무소가 있고 콘크리트를 그대로 드러낸 빌딩의 삼 층에 있었다. 꽁꽁 숨긴 것처럼 찾기 힘든 계단을 올라가자 무뚝뚝한 서체로 영어 이름만 달랑 적어둔 작은 간판이랄까 문패만 한 크기의 조명이 달린 까맣고 큼직한 출입문이 나왔다. 문은 닫혀 있었다.

"손님을 맞이할 자세가 안 되어 있네."

료헤이가 묵직한 문을 열자 정면에 걸린 거대한 파도 사진이 먼저 눈에 들어왔다. 진한 하늘색 물결과 연한 복숭앗빛 하늘이 찍혀 있었다.

그 앞에 서 있던 여자가 의아한 얼굴로 이쪽을 보았다. 몸에 딱 붙는 정장을 입은 머리가 긴 여자였다. 안으로 들어가 짧은 복도를 지나자 왼편에 널찍한 전시 공간이 펼쳐졌다. 위층까지 탁 트인 천장의 조명이 하얀 벽에 비쳐서 갑작스레 환해졌다. 으슥한 안쪽에 놓인 두 개의 소파에 남자 세 명이 마주 앉아 테이블에 펼쳐둔 도면을 가리키며 뭔가 이야기를 나누고 있었다. 그들 주위를 파도며 숲이며 바위 사진이 둘러싸고 있었다.

"아, 죄송합니다."

전시 공간에 들어선 나와 료헤이를 여자가 불러 세웠다. 남자들도 얼굴을 들고 이쪽을 보았다.

"아직 개관 시간이 아니라 지금은 관람하실 수 없습니다."

여자는 선하게 웃는 얼굴이고 말투도 부드러웠다. 료헤이는 다시 꽉 닫힌 문을 가리켰다.

"열려 있었는데요."

"오늘은 오후 네 시부터 개관입니다. 지금 회의 중이기도 하고, 죄송합니다."

"잠깐 둘러보기만 할게요. 조용히. 그냥 공기라고 생각하시면 되는데."

"아, 죄송합니다."

여자는 웃는 얼굴을 무너뜨리지 않았다. 난감하기는 해도 료헤이의 말이 재미있다는 기색이었기 때문에 나는 호감을 느꼈다. 벽에 걸린 작은 모니터에는 모래사장에 밀려드는 파도 영상이 흐르고 있었다.

"내가 이분의 사진을 정말 좋아해요. 이거 보려고 일부러 교토에서 왔습니다. 게다가 이치조지(一乘寺)에서. 시간이 없어서 네 시 관람은 힘들어요. 부탁드립니다. 얼른 둘러보기만 할게요. 방해도 안 할 거고, 비밀 이야기 중이시라면 귀도 막을게요."

"하지만…."

"아, 괜찮아요. 보시라고 해요. 네, 들어오세요. 일부러 여기까지, 고맙습니다."

고개를 돌려보니 큰 몸집에 등이 구부정한 남자가 자리에서 일어났다. 빨간 가죽재킷에 빈티지 청바지, 안경다리에 장식이 달린 선글라스를 쓰고 있었다. 도합 4인분의 눈이 지켜보는 가운데 나는 남미의 바다와 열대우림을 보았다. 태양의 각도가 달라서 그런지 색깔도 윤곽도 지나치게 명료해 사진 위에 그림물감을 칠한 것처럼 보였다. 와아, 정말 관람하기를 잘했습니다, 눈물이 날 것 같네요, 고맙습니다, 라고 료헤이는 갤러리를 나올 때 말했다.

임대료가 백만 엔은 될 듯한 맨션 모퉁이를 굽어든 참에 나는 료헤이의 팔을 잡았다.

"별로 관심 없다고 했으면서."

"보고 싶다면서."

안 볼 이유가 있느냐는 듯이 료헤이는 조금 전의 갤러리 쪽을 흘끔 돌아보았다. 건물은 이제 보이지 않았다.

"응, 보고 싶었어."

나는 료헤이의 얼굴을 올려다보며 말했다.

"고마워."

"백 엔 내."

료헤이가 오른손을 내밀어서 나는 그 손을 때리며 웃었다. 료헤이는 웃지 않았다.

"도쿄 사람에게는 교토 얘기를 하면 대개는 통해."

"이치조지라니, 그 절은 왜 갑자기?"

"실제로 살았거든. 반년쯤."

폭이 넓은 은색 차가 좁은 길 한복판을 달려와서 우리는 화단 가장자리로 물러섰다.

"고마워."

나는 다시 한 번 말하고 료헤이의 손을 잡았다. 그리고 그런 고급스러운 갤러리가 아니라 어딘가에서 사진전을 열고 싶다, 라고 생각했다. 하늘색으로 빛나는 유리와 하얀 철제 건물이 나타나고 열린 문으로 까마득히 위까지 이어진 계단이 보였다.

저녁이 되었다.

다음 날 오픈 예정인 삼 층짜리 가게는 희미하게 페인트 냄새가 났다. 검고 투명한 유리문은 무거웠다. 문이 열린 순간, 현악기의 느긋한 음악이 울렸다. 의류로 에워싸인 일 층에서 스파클링 와인 잔을 든, 머리는 작고 팔다리는 긴 남녀와 애시메트리한asymmetry 실루엣의 옷을 입은 여자들이 해롱거리고 있었다. 중이층으로 올라갔을 때 비로소 실제 바이올린 연주라는 것을 알았다. 머리칼이 허리까지 자란 남자 연주자를 낮에 봤던 모델 레이첼이 표범무늬 소파에 앉아 쳐다보고 있다. 양쪽에 앉은 여자들도 낯익은 모델이었다.

"어서 와. 늦었네? 얼른 먹어야지 안 그러면 다 떨어져."

얼마 전에 구입한 회색 스웨트 후드티를 입은 핫시는 테이블 한복판에 보란 듯이 차려진 바짝 말린 돼지 다리를 슬라이스해서 곰팡이로 뒤덮인 치즈 접시에 얹어주었다. 높은 천장에 샹들리에가 달린 삼 층에는 검게 칠한 벽을 타고 크리스털이 대량으로 붙은 드레스며 긴 털의 퍼 코트 등이 걸려 있고 뱀피 무늬가 찍힌 다크그린의 핸드백이 줄줄이 진열되었다. 일 층보다 고가품인 것 같았다. 키가 큰 유리문은 활짝 열렸고 우드데크 발코니에 놓인 테이블 주위에도 사람들이 나가 있었다. 지대가 높아서 전망이 좋았다. 아오야마 쪽의 타워맨션과 고층 호텔이 어둠 속에서 굵직굵직하게 빛났다. 료헤이가 혼잣말을 중얼거렸다.

"돈 벌고 싶다."

료헤이는 좁고 긴 삼 층 공간을 한 바퀴 돌아보는 동안, 인테리어 쇼룸이라면 반드시 갖다 놓는 유명한 의자에 앉아 뒤쪽도 살펴보고 카운터의 와인에 붙은 라벨을 일일이 확인하고 유난히 긴 이름을 가진 브랜드의 스테레오를 둘러보며 버튼을 누르려다가 스태프에게 제지를 당하고 가까이에 있던 금발의 외국인 커플에게 말을 건넸는데 벨기에 사람이어서 앤트워프입니까, 어쩐지 센스가 남다르다고 생각했습니다, 라는 듣기 좋은 소리도 하고 행거에 걸린 옷들을 들춰볼 때마다 "비싸다!"라고 툴툴거리고, 아무튼 남의 얼굴을 흘끔흘끔 보고 다녔다.

디자이너 등 의류 관계자 및 모델들은 일반적으로 오가닉이라는 말을 좋아한다고 해서 핫시가 일하는 가게에서는 원래 하지 않던 케이터링을 특별히, 라기보다 반강제로, 주문을 받았다. 누군가의 집에 요리를 들고 찾아가 노는 것을 파티라고 하지만, 그것 외에 실제로 '파티'라는 건 세상 어디에서 할까 하고 궁금했었는데 이 부근에서는 날마다 곳곳에서 개최되고 있었다. 실내 한복판에 자리한, 총액 35만 엔 엔 상당의 액세서리들이 제각각 반짝이는 쇼케이스 유리 위에 접시를 내려놓고 생 햄과 치즈를 먹었다. 눈앞에서 '아트디렉터'와 '주얼리 디자이너'와 '대표이사'가 명함을 교환하고 있었다. 그 건너편에서는 돈에 여유가 없는 인생은 상상해본 적이 없을 듯한 삼십 대 여자가 읽는 잡지의 표지 모델이 공작 깃털 무늬의 원피스를 보고 있었다. 꽤 오래 만지작거리는 걸 보니 정말 갖고 싶어 하는 눈치여서 그 모델이 좋아졌다.

중이층에서는 바이올린을 반주로 여자가 노래를 시작했다. 난간 너머로 내려다보니 머리에 깃털을 장식한 여자가 그대가 떠나버려서 죽을 것 같아, 라고 새 같은 목소리로 노래하고 있었다.

생 햄도 감자도 잎채소도 다 먹었겠다, 나는 가방에서 카메라를 꺼내 핫시를 찍기 시작했다. 천장도 벽도 바닥도 검게 번들거리는 가운데, 칵테일 잔에 올리브를 하나씩 하나씩 장식하는 핫시는 평소와 달리 얼굴이 창백하게 보여서 마치 쇼케이스 안에 장식된 만질 수 없는 상품 같은 질감이었다. 셔터를 눌렀다. 눈치를 챈 핫시가 이쪽을 향해 웃어줘서 다시 한 번 셔터를 눌렀다.

"사진하시는 분?"

눈가에 웃음주름이 선명한 남자가 서 있었다. 스타일리스트, 라고 생각했지만 아닌지도 모른다.

"아뇨, 취미로."

"오래된 카메라군요."

지극히 평범한 내 필름카메라를 그 사람은 진기한 듯 들여다보았다. 발매 후 십 년도 안 된 것이고, 더구나 내가 친구에게서 빌려온 건 어제였다.

"사진 좀 찍어도 될까요?"

"그러세요."

왼쪽 눈을 감고 오른쪽 눈으로 파인더를 들여다보자 약간 거리가 멀어진 그 사람은 사자가 울부짖는 듯한 표정을 지었다. 사진 찍을 때마다 이 얼굴을 하는구나, 라고 생각했다.

빨간색이며 핑크색 술을 계속 따라 마시던 마야가 발코니 쪽에 있는 저 하늘색 셔츠의 남자는 유명 디자이너의 아들이고 사장이다, 선량한 쪽의 부자고 순수한 청년, 이라고 알려주었다.

"핫시에게 딱 어울릴 것 같은데."

눈에 익은 스웨트 셔츠의 등을 내보인 핫시는 열심히 칵테일 잔에 과일을 장식하고 있었다. 이제 슬슬 디저트 시간이다.

"아니, 안 되지. 핫시는 좀 더 얘기를 재미있게 잘하는 사람이라든가 무인도에 떨어져도 태연할 사람이 좋아."

"언젠가 나한테 전 남친 사진을 보여줬는데 분위기가 저 사람하고 상당히 비슷했어."

"그래?"

나는 그런 사진은 본 적이 없지만, 분명 마야가 착각한 거라고 내 마음대로 짐작했다.

"저 하늘색 셔츠 입은 남자가 파리, 하와이, 오키나와에도 집이 있다는데 그러면 핫시가 가게도 낼 수 있잖아."

마야는 자신의 아이디어에 꽤 만족한 기색이었지만, 핫시에게 얘기했더니 한마디로 정리해버렸다.

"말이 되는 소리를 해라."

나중에 하늘색 셔츠가 재벌 2세라는 건 마야의 착각이라는 게 밝혀졌다.

"와인, 레드로 한 잔 줄래?"

료헤이의 목소리에 돌아보았다. 료헤이 옆에는 눈이 아주 큰 여자가 서 있었다.

"레이첼 씨야."

"안녕하세요?"

아까 낮에 봤던 거, 기억나세요? 료헤이가 레이첼에게 건넨 잔은 아주 가늘고 투명해서 마치 빨간 액체만 둥근 덩어리로 허공에 떠 있는 것처럼 보였다. 료헤이는 핫시가 특별히 만든 트라이플˚ 컵을 내밀었다.

"이것도 맛있어요."

레이첼의 입술은 핑크색 립글로스로 반짝였다.

"고마워요. 어머, 이거 예쁘다! 어디서 샀어요?"

˚ trifle. 유리 용기에 와인을 듬뿍 적신 스펀지케이크에 잼, 커스터드소스, 생크림 등을 켜켜이 쌓고 과일류를 얹은 영국 기원의 디저트.

레이첼이 내 팔의 별 모양 스터드가 주르륵 박힌 뱅글 팔찌를 잡았다. 내 팔을 잡았어! 나는 감동했다. 사진 속에만 있는 줄 알았던 레이첼에게 액션이 있었고 그것이 내게 와 닿았다.

"한참 전에 오사카에서, 친구가 알바하던 가게에서 샀어요. 천5백 엔인데 2백 엔 깎아줘서."

"어머, 진짜? 훨씬 더 비싸 보여요. 오사카, 진짜 대단하네요. 아, 실례, 친구가 와서."

레이첼은 나와 같은 종의 생물이라고 생각되지 않을 만큼 가늘고 긴 손가락이 달린 팔을 살짝 흔든 뒤에 계단을 내려갔다. 료헤이도 손을 흔들었다.

"어때, 얘기할 수 있어서 좋았지? 천 엔 내."

레이첼에게 흔들던 료헤이의 오른손이 쑥 나와서 내 오른손은 그것을 잡았다.

"이다음 생일 선물, 엄청 좋은 걸로 사줄게."

"에이, 현금이 좋은데. 아, 핫시, 그 바삭바삭한 거, 여기 줘."

핫시의 뭐야? 라는 대답도 듣지 않고 료헤이는 발코니로 나갔다. 마야는 줄지어 차려낸 와인을 혼자 몰래 다 마신 게 아닌가 싶을 만큼 둥실둥실 들뜬 말투로 이야기했다.

"료헤이, 진짜 좋다. 아사코에게는 저런 사람이 좋다고 생각했었어."

"저런 사람이라니?"

"균형이 잘 잡혔고 주위를 환하게 해주고, 뭐랄까, 아무튼 편하잖아. 아사코는 행동적이 아니라고 할까, 묘한 지점에서 지나치게 생각이 많은 편이잖아. 료헤이는 그런 걸 잘 이해해주고 세계를 향해 문을 열어준다는 느낌이 들어. 틀림없이, 아마도."

세계를 향해 문을 열어준다, 라는 데에서 나는 웃어버렸다. 마야만의 말투라고 생각했다.

천장에는 동그란 유리를 엮어 만든 조명이 달려 있었다. 그 아래, 사람들이 있었다. 수많은 사람들이 저마다 먹고 마시며 대부분 선 채로 대화를 나눴다. 카메라를 가져다 대지 않고 눈앞에 보이는 장면이 사진이 된 모습을 머릿속에 그려보았다. 카메라로 찍으면 시야 중심의 작은 한 부분밖에 안 나오지만 사실은 이렇게 눈에 보이는 것 모두를 고스란히 사진에 담고 싶었다. 사진으로 이전 시간도 이후 시간도 없이 단지 그 한순간만 납작한 한 장의 종이 표면에 찍혀 나온다면 좋을 텐데, 라고 생각했다. 단지 그 한순간에 한 장소에 있던 하나하나가 모두 모여서 만들어낸 형태를 보존해두고 싶었다. 빛이며 색깔로서 소유하고 싶었다. 천장에서 내려오는 빛을 받아 반짝이는 윤곽을 가진 수많은 사람들, 유리잔, 옷, 그 모든 것을. 낮에 본 사진처럼 바다도 하늘도 똑같은 표면에 똑같이 존재한다면, 그러면 좋을 텐데.

사람과 사람 사이에 료헤이의 얼굴이 보였다. 마음이 놓였다. 그런 기분이 들게 해주는 사람이다, 라고 생각했다.

혹시 지금 바쿠의 얼굴을 보게 된다면 분명 료헤이를 닮은 사람이다, 라고 생각할 것이다. 바쿠를 본 적이 없는 마야나 핫시가 처음으로 바쿠를 보면 분명 느끼게 될 것과 똑같이.

발코니는 밤바람이 들이쳐 추울 정도였다. 잎채소를 먹고 있던 료헤이가 내 손에서 상그리아 잔을 가져가 마셨다.

"재미있어?"

내가 물었다.

"응, 그럭저럭."

료헤이는 말했다. 역시 사진전을 열어야겠다, 라고 불쑥 나는 생각했다.

레이첼이 '친구들'을 데리고 발코니로 나왔다. 본 적이 있는 듯 없는 듯한 여자 모델과 남자들의 맨 뒤쪽에 바로 어제 본 사람이 있었다. 어젯밤 연속극에서 뒷돈을 받고 의원 아들의 수술을 먼저 해준 의사 역할의 배우였다. 그 의사도 그리 나쁜 사람은 아니에요, 라고 말을 건네도 괜찮을 듯한 마음이 들었지만 말하지는 않았다. 그들은 큰 눈과 입으로 마주 웃어가며 작은 카메라로 사진을 찍었다. 플래시가 눈에 스몄다. 눈앞에 있는 사람인데도 한자리에 있지 않은 것 같은 느낌이었다.

"관광지 같아."

나는 말했다.

"왜?"

료헤이는 파스텔 컬러의 마카롱을 입안 가득 먹고 있었다.

"관광지에 가면 텔레비전이나 사진에서만 봤던 것이 진짜 있구나, 라고 생각하잖아. 예상보다 작네, 라고 실망하면서 일단 기념촬영도 하고. 지금 그런 느낌."

"바르셀로나의 가우디 성당은 예상보다 거대했어. 평생 잊을 수 없어."

나는 웃고 떠드는 모델들을 멍하니 바라보았다. 창밖의 오른편으로 롯폰기힐스와 도쿄타워가 보인다는 것을 알았다. 흐린 밤하늘이 오렌지 빛으로 물들어 있었다.

한밤중에 길에서 새까만 래브라도 리트리버 세 마리를 산책시키는 사람을 보았다.

०००

십이월이다.

눈을 뜨자 어슴푸레했다.

료헤이가 옆에서 자고 있어서 일요일이구나, 라고 생각했다. 료헤이는 주말이면 항상 내 집에 와서 지내게 되었다. 칠월쯤부터 그랬다. 내 침대의 창 쪽에서 료헤이는 몸을 옆으로 눕힌 채 잠들었다. 티셔츠 어깨 부분이 커튼 너머 푸르스름한 빛으로 윤곽이 생겨났다. 료헤이의 체온이 있어서 담요를 두 겹으로 덮지 않았는데도 더울 정도였다. 내 오른쪽 다리가 료헤이의 오른쪽 다리 안쪽에 닿았다. 눅눅한 피부의 감촉이 느껴졌다. 새소리가 들려서 아침이라는 것을 알고 침대를 빠져나왔다. 추워서 후드티를 걸쳤다. 페트병에 남아 있던 물을 마셨다. 료헤이에게 혼날까봐 페트병은 정확히 캡과 라벨을 따로 떼어내 료헤이가 사온 분류 박스에 넣고 방으로 돌아갔더니 눈에 익어서 그런지 벌써 상당히 환하게 밝아져 있었다.

침대에 등을 기대고 여느 때처럼 비좁은 바닥에 앉았다. 테이블 위에는 출력해서 보내준 사진이 쌓여 있었다. 쌓여 있던 것이 무너졌다.

사진 한 장을 빼냈다. 한 달 전 사진이다. 료헤이와 내가 찍혀 있었다. 셀프타이머로 찍었는데 좀체 셔터가 내려가지 않아 막 움직인 참에 셔터가 내려갔고 그래서 나는 살짝 흔들렸다. 료헤이는 분명하게 나왔다. 오른편 아래쪽에 오렌지색 날짜가 나란히 찍혔다. 2010.01.01.이라고 나와 있다. 친구에게서 얻어온 카메라를 그대로 썼더니 날짜가 이렇게 나왔다. 미래 사진 같은 느낌이지만 요즘 사진보다 더 옛날 티가 나기도 한다. 세월이 흘러서 알지 못하는 사람이 이 사진을 본다면 어느 때 사진인지 모른 채 과거의 다른 사진들과 한데 분류해서 예전 것도 이번 것도 똑같은 게 되어버릴까, 라고 료헤이에게 물어보고 싶었지만, 자고 있다. 출력을 하고 나서야 알았으니까 2010년이라고 찍힌 사진은 필름 세 통 분량이다. 재미있어서 앨범에 정리해보기로 했다. 개의 발소리가 들렸다. 이렇게 이른 시간부터 산책을 하는 사람이 있었다. 손발이 점점 차가워져서 침대로 올라가 이불 속으로 파고들었다. 차가워진 손을 료헤이의 셔츠 안에 넣었다.

"웃, 차가워."

료헤이가 말했다.

오토바이 엔진 소리가 들렸다. 신문배달이라고 하기에는 늦은 시간이다. 까마귀가 집 지붕을 발로 할퀴는 소리와 까아까아 우는 소리가 들렸다.

ㅇㅇㅇ

2007년이다. 사월이다.

일요일, 점심때까지 잤다. 전날 저녁부터 내 방에 와 있던 료헤이는 내가 온종일 켜두는 텔레비전은 전혀 안 보고 바닥에 누워 잘못 배달 온 신문의 삽입 광고지를 열심히 들여다보고 있었다.

"이것 좀 봐."

그중 한 장을 빨랫감을 옮기던 내게 하늘하늘 흔들어 보였다. 펫숍 광고였다. 양면 컬러다. 앞면에는 다양한 종류의 개와 고양이가 실려 있고, 뒤로 돌리자 이구아나, 거북이, 고슴도치,

프레리도그 등의 사진과 가격이 빽빽이 적혀 있었다.

"거기, 아래쪽."

누운 채로 료헤이가 가리킨 곳을 보니 광고지 오른편 아래쪽에 다람쥐원숭이와 일본원숭이의 사진을 나란히 놓고 '인간 같아서 재미있어요!'라는 광고 문구가 인쇄되어 있었다.

"이상하지 않아? 이상하지?"

료헤이는 웃으면서 이번에는 유니클로 광고를 보기 시작했다.

베란다로 나가자 바람이 불었다. 맞은편 집 지붕에 까마귀가 있어서 시선이 마주치지 않도록 조심했다. 료헤이가 갑자기 벌떡 일어섰다.

"삼각김밥 사올게."

"나도 갈래."

"빨래 꾸깃꾸깃해질 텐데?"

료헤이는 벌써 패딩을 걸치고 호주머니에 지갑을 쑤셔 넣고 있었다.

"뭔가 사다 줄게. 딱 한 가지만 말해."

"…우롱차."

"평범하네."

회색 운동화를 발에 꿴 료헤이의 모습이 닫히는 문 너머로 보였다.

"텔레비전은 꺼놔."

"응, 잘 다녀와."

바구니에서 수건을 꺼내 펼치려다가 하늘이 구름에 뒤덮인 것을 알았다. 아까 일어났을 때 날씨가 좋아서 빨래를 했었다. 하지만 점점 흐려지고 좀 더 흐려질 것 같아서 불안했다.

피아노 소리가 들렸다. 어느 집에서인지는 알 수 없었다. 손 가락 하나로 치는지 더듬더듬 멜로디의 한 부분만 반복했다. 앞집 지붕에 하얀 고양이가 있었다. 통통하게 살찐 고양이지 만 처음 보았다. 적갈색 지붕을 곧장 나아가 이 층과 지붕 사 이의 검은 사각형 안으로 들어갔다. 검은 사각형처럼 보인 곳 은 구멍이었다. 일 층과 이 층 틈새에도 고양이가 지낼 만한 장소가 있을까. 다갈색 판자벽을 둘러친 낡은 집으로, 방문 노 인요양시설의 이름이 적힌 차가 서 있기도 하고 이따금 빨래 도 내걸리지만 그 집에 사는 사람은 한 번도 본 적이 없다. 피 아노 소리가 아주 조금 앞으로 나갔다. 틀림없이 나도 아는 곡 인데 알 듯 말 듯할 때쯤에 처음으로 되돌아갔다. 빨래를 대충 널었다. 그동안에도, 방충망 문을 닫을 때도, 피아노 소리는 들려왔다. 고양이는 나오지 않았다.

하늘을 보았다. 구름 아래쪽이 회색이 된 채 아주 빠르게 움 직였다. 비가 쏟아질지도 모른다.

테이블 위의 잔에 남은 홍차를 한 모금 마셨다. 뭔가가 일어날 것, 이라고 생각했다. 이런 느낌, 잘 알아. 어떡하지?

　나는 바닥에 떨어진 휴대전화를 집어 들고 료헤이에게 전화를 걸었다. 얼른 받았으면 했다. 다섯 번 호출음이 울리고 부재중 메시지가 흘러나왔다. 바깥을 보았다. 다시 한 번 료헤이에게 전화를 걸었다. 다섯 번째 호출음을 듣자마자 가슴에서 뭉클뭉클 피어나는 초조함을 견딜 수 없어서 휴대전화를 내던졌다. 그와 동시에 등 뒤에서 전화벨이 울리는 소리가 났다. 돌아보았다. 텔레비전에서 전화벨 소리가 다시 울렸다. 텔레비전에는 누군가의 집 안이 나오고 있었다. 낯선 여자가 전화 수화기를 들었다. 그 한쪽에서 내 손을 떠난 휴대전화는 침대 밑으로 미끄러져 들어가 침묵하고 있었다.

　텔레비전 화면이 바뀌면서 이번에는 강변길이 나왔다. 콘크리트 호안에 한없이 철책이 이어졌다. 본 적이 있는 장소였다. 여자의 뒷모습이 나오고 그 건너편에 머리 긴 남자가 강가의 철책에 몸을 기대고 서 있었다.

　"뭐 하고 있어?"

　머리 긴 남자가 말했다. 강에 흐르는 물소리가 희미하게 들렸다. 나는 머리 긴 남자의 얼굴만 보고 있었다. 어깨까지 자란 긴 머리. 덥수룩한 수염. 여윈 뺨.

　한순간에 알았다.

　바쿠였다.

　나는 고개를 돌려 현관문을 보았다. 닫힌 채 아무 기척도 없다. 료헤이는 어떤 길로 갔을까, 라고 생각했다. 근처에 강이 있다니, 그런 건 알지 못했다. 초록색 산책로가 어느새 다시 강으로 되돌아간 것인가.

텔레비전을 보았다. 잠깐 눈을 뗀 사이에 화면은 다시 다른 방으로 옮겨갔다. 내가 지금 앉아 있는 곳과 흡사한, 공동주택의 방 안이다. 벽에 기대고 앉은 바쿠와 안경 쓴 남자는 낯익은 여자와 이야기를 주고받았다. 화면 안쪽에서 바쿠가 이쪽을 보고 있었다. 나는 현관문이 마음에 걸려 다시 고개를 돌려보았다. 아무도 오지 않았다. 그리고 천천히 몸 전체를 텔레비전으로 향했다. 이미 바쿠는 거기에 없었다.

젊고 예쁘다는 단순한 이유로 텔레비전에 나오는 여자 여러 명이 앉아 있는 스튜디오에서는 성급하게 민소매를 입은 여자 아나운서가 미소를 짓고 있었다. 이 영화의 공개는 다음 주 토요일입니다, 기대가 큰데요, 라고 말했다.

갑작스럽게 발랄한 음악이 울렸다. 내 휴대전화다. 료헤이, 라고 화면에 떠 있었다.

ㅇㅇㅇ

구월이다. 토요일이다.

태풍이 지나가고 무더위가 몰려왔다.

신주쿠에 나가 다카시마야 사 층에서 옷을 구경했다. 벌써 겨울이라 그중에서도 사슴무늬를 짜 넣은 니트와 별 모티프의 단추가 달린 검은 코트가 거의 죽고 싶을 만큼 예뻤지만, 보기 시작하면 사야 할 것 같아서 거울 앞에는 서지도 않았다. 보면 갖고 싶지만 안 보면 괜찮다. 이 층에서 구두를 보면서 올해는 꼭 새 부츠를 사자고 결심했다. 도큐한즈 옆 출구를 통해 밖으로 나왔다. 여러 개의 노선을 연결하는 통로는 햇빛이 들이쳐서 더웠다.

개가 나를 보고 짖었다. 작은 개의 높직한 소리.

"어머, 미안해요."

개를 데리고 나온 남녀는 둘 다 검은색 옷을 입었다.

"나도 난감하답니다."

여자가 말했다. 큼직한 선글라스 밑의 얼굴이 엷게 웃었다.

"네, 괜찮아요."

"동물에게는 방심하면 안 되죠."

그리고 지나갔다. 개는 다른 사람을 향해서도 짖었다. 목을 묶은 끈이 팽팽히 당겨져 앞발이 허공에 뜬 게 힘들어 보였다. 남자가 고개를 돌려 하늘을 올려다보았다. 눈이 부실 것 같았다.

스타벅스에서 프라푸치노를 사들고 연결통로 쪽으로 돌아

가 화단가에 앉아서 수많은 사람들이 오고 가는 것을 바라보았다. 드레이프 주름이 예쁜 보라색 원피스를 입은 여자가 하얀 피부의 곧고 긴 다리를 자랑하듯이 리본 달린 웨지힐 구두를 신고 계단을 내려왔다. 정성껏 컬을 넣은 머리가 한 걸음마다 찰랑거리는 것을, 저런 차림새는 나는 해본 적도 없고 앞으로도 못할 것 같다, 라고 생각하며 쳐다보았다. 그녀의 뒤를 이어 다리를 건너간 중국인 관광객들은 각자 종이가방 여러 개를 들고 있었고 무척 생기가 넘쳤다.

위쪽 정면으로 고개를 들자 까마득히 높은 건물 꼭대기가 머리 위로 보였다. 어떻게 이쪽으로 쓰러지지 않는지, 신기했다.

휴대전화로 료헤이가 보낸 메시지를 읽었다. 답신 버튼을 눌렀다.

"아사코!"

누군가 부르는 소리에 얼굴을 들었다.

조금 전 보라색 원피스의 여자가 눈앞에 서 있었다. 진한 아이라인과 눈가에 속눈썹을 붙인 큼직한 눈이 나를 보고 있었다.

"우왓, 오랜만이다. 깜짝 놀랐어! 아니, 그보다 우리 약속, 오늘이야? 내일이었잖아."

어딘가 귀에 익은 목소리라고 생각했다. 나는 그녀의 갈색 머리의 컬 상태며 진한 핑크색 립글로스며, 그리고 크게 강조

된 검은 눈동자를 찬찬히 보았다. 분명 나는 신주쿠에서 만나기로 약속을 했다. 하지만 내일이다.

겨우 몇 초였지만 훨씬 더 길게 느껴지는 침묵 끝에 그녀가 웃었다.

"아이참, 아사코, 얼굴이 바짝 굳었네? 나야, 나. 나도 내가 낯설지만, 그래도 반응이 너무 노골적이잖아."

"…하루요?"

내 목소리가 그렇게 말했지만 나는 아직 눈앞의 여자가 하루요라는 것을 전면적으로 받아들이지 못했다. 다만, 목소리와 말투는 분명 하루요, 라고 정확히 인식했다.

"나, 지금 다른 친구 만나고 집에 가는 길인데, 아사코는? 이거 우연이야? 아니면 마음이 통한 거야, 우리?"

그녀는 장난치는 작은 동물 같은 친근한 몸짓으로 내 옆자리에 날름 앉았다. 옆얼굴의 윤곽을 눈으로 훑어보았다. 그녀가 눈을 깜빡일 때마다 눈의 윤곽을 진하게 해주는 속눈썹이 오르내렸다.

"아, 진짜 하루요다."

얼빠진 소리를 해보았다.

"나, 많이 말랐지? 15킬로그램 뺐어."

"진짜?"

어떤 것에 맞장구를 쳤는지도 모른 채 내가 어중간한 웃음을 지으려고 하자 하루요가 목소리를 높여 웃었다.

"괜히 눈치 볼 거 없어. 난 오픈이거든. 성형한 거, 다들 알아. 그나저나 잘 지냈어, 아사코?"

하루요가 몸을 기울여 내 얼굴을 들여다보자 머리칼이 어깨에서 미끄러졌다. 내가 도쿄로 이사한 그 비슷한 시기에 하루요는 본가에서 할머니를 돌봐주던 어머니가 건강이 안 좋아졌다는 소식을 듣고 미에 현으로 돌아갔다. 그곳 중학교 동창회에서 만난 반 친구와 결혼했고, 그의 전근지인 서울로 가서 이 년 동안 살다가 다시 전근으로 요코하마로 이사했으니 한번 만나자고 지난주에 메일이 왔었다.

"응, 나는 잘 지냈어."

하루요라고 생각하고 바라보니 하루요였다. 밸런스라고 할까 배치라고 할까, 그런 전체적인 분위기에서 친근한 느낌이 차츰 되살아났다. 설마 골격까지 바뀐 건 아닐 테니까, 라고 생각했다.

다카시마야로 다시 돌아갔다. 아까 옷을 구경했던 층의 카페에 들어가 프랑스인이 만든 디저트와 차를 주문했다. 접시를 내온 것도 프랑스인이었다. 넓은 유리창으로 벽처럼 늘어선 맞은편 고층빌딩은 창문 안의 내용물까지 낱낱이 알 수 있을 것처럼 또렷하게 보였다.

소파도 테이블도 벽도 하얗다. 밀푀유 케이크 위에 얹힌 설

탕장식을 포크로 무너뜨리자 간단히 깨졌다.

"금방 익숙해질 거니까 괜찮아."

하루요가 말했다. 서울에서 친구도 없고 시간도 남아돌아 그냥 아파트단지 안의 스포츠센터에 다녔더니 석 달 만에 5킬로그램쯤 빠졌고 그때까지와는 전혀 다른 옷이 잘 어울리는 게 너무 좋아서 메이크업에도 공을 들이기 시작했는데 어릴 때부터 콤플렉스였던 외까풀이 자꾸 눈에 거슬려 거울을 보며 한숨을 푹푹 내쉬었더니 남편이 그렇게 마음에 걸리면 쌍꺼풀 수술을 하든지, 라고 해서 그것도 그렇다 싶어 수술을 받았다. 십여 분밖에 안 걸렸어, 새로운 나를 발견해서 너무 좋았고, 남편 다이스케도 내가 예뻐졌다고 좋아하고 있어, 오늘은 눈동자가 크게 보이는 콘택트렌즈도 껴봤는데, 어때? 라고 그간의 얘기를 해주었다.

하루요 앞에 놓인 피스타치오 페이스트의 레몬타르트는 그 이야기를 하는 동안 조금씩이지만 착실히 하루요의 입속으로 사라졌다.

"아니, 그렇게 많이 달라지지는 않았다고 할까, 물론 분위기가 좀 바뀌기는 했는데…."

나는 귀로 들리는 말의 느낌을 확인해가면서 대답했다.

"이것만 고치면, 이라고 항상 생각했었어. 뭔가 내가 눈을 깜빡깜빡하면 얌전해 보인다, 순해 보인다, 치유가 된다, 다들 그런 얘기만 해서 신경질 났었거든."

하루요는 포크로 빈 접시에 원을 그려가면서 말했다. 디저트에 비해 지나치게 큰 접시였다.

옆자리에 앉은 커플의 여자 쪽이 커버를 씌운 문고본을 테이블에 내려놓고 진짜 재미없었어, 이런 소설, 뭐가 좋다는 건지 도통 모르겠어, 라고 말했다. 남자가 문고본을 집어 휘휘 넘겨보고 있었다.

"사귀던 놈들도 하루요는 엄마 같아서 좋다고 어리광이나 피우고, 진짜 최악이었어."

창밖을 까마귀가 비스듬히 날아갔다. 새는 어느 정도의 높이까지 날 수 있는지 궁금했다. 타워맨션의 꼭대기 층에 산다면 베란다에 새는 오지 않을지도 모른다.

"남편하고는 왜 결혼했어?"

"끝까지, 내가 하고 싶은 말을 다 할 때까지, 내 얘기를 들어줘서."

하루요의 결혼식은 친척과 고향 친구들만 초대했기 때문에 우리에게는 그때 휴대전화로 전통 혼례복 차림의 사진을 보내줬다. 다이스케는 체격이 좋아서 신랑 혼례복이 아주 잘 어울렸다.

"그리고 전근을 많이 다닌다고 해서. 다양한 곳에 가서 살 수 있잖아. 이번 요코하마는 사람이 엄청 많더라."

하루요는 새집에서 가장 가까운 역이며 실내 구조며 다이스케에 대한 얘기를 해주었다.

옆자리 커플은 문고본을 놓아둔 채 자리를 떴다. 깜빡 잊었는지 버리고 갔는지 알 수 없었다. 어떤 책인지 펼쳐보고 싶었지만 점원이 그릇과 함께 가져가버렸다.

"그보다 바쿠 말이야. 텔레비전 봤지? 하긴 못 봤을 리가 없지."

하루요가 주위를 확인하지도 않고 큰 소리로 그런 중요한 얘기를 하는 바람에 화들짝 놀랐다. 하루요는 그 목소리 그대로 말을 이어갔다.

"깜짝 놀랐지 뭐야. 바쿠, 어느 틈에 배우가 됐어?"

"아, 그게, 실은 나도⋯."

"그렇구나. 그 이후로 절연 상태였어? 오카자키도 아무것도 모르고?"

"⋯아마도?"

"인터넷으로 프로필이니 뭐니 검색해봤더니 홋카이도 출신이라고 나와서 다른 사람인가 싶기도 했는데, 얼굴도 이름도 똑같은 걸 보면 역시 바쿠라는 얘기잖아. 진짜 수수께끼의 인물이네, 바쿠는."

칠월부터 시작한 토요일 오후 열한 시 드라마에 '도리이 바쿠'가 출연 중이었다. 오월에 오카자키에게서 전화가 왔는데 서로 뻔히 알면서도 핵심을 피해 빙빙 도는 대화를 거듭한 끝에 내가 먼저 바쿠 얘기를 꺼냈더니, 앗, 그래, 그래, 그래, 그래, 깜짝 놀랐지? 라고 변함없이 과장스러운 티가 뻔히 보이는 말투로 나를 배려해주었다. 바쿠, 건강해 보여서 무엇보다 다행이야, 라고 말했다. 건강해 보여서 다행이다. 오카자키와는 삼 년 넘게 만나지 못했다. 노부 씨가 빵가게 딸과 재혼하면서 따로 독립해 빵가게를 시작했고, 그래서 오카자키는 칠 년 만에 에이코 씨와 다시 함께 살기로 했고 현재 시청에서 근무하면서 레게 밴드를 이끌고 있다. 바쿠가 살던 방은 다시 악기 창고가 됐어, 라고 말했다.

"인기 배우로 드라마 주인공도 하고, 자랑거리가 생겼지 뭐야."

가장자리 윤곽을 검게 그린 하루요의 눈동자가 반짝반짝 빛났다.

"하루요, 나 지금…."

"아, 남자친구 있구나? 잘됐네, 어떤 사람? 다음에 나한테도 보여줘. 아사코는 외모를 꽤 중요시하는 취향이라서. 혹시 도쿄에서 나쁜 남자한테 걸려든 건 아니지?"

하루요에게 료헤이를 보여주지 않기 위한 변명이 머릿속에 떠올랐다가 부자연스럽다는 이유로 모두 각하되었다. 료헤이는 다행히 텔레비전에도 연예인에도 관심이 없어서 바쿠에 대한 건 알지 못하는 모양이었다. 도쿄 쪽 친구들은 아무도 그 무렵의 바쿠에 대해서는 모르는데, 서른 살의 '도리이 바쿠' 는 료헤이와는 분위기가 약간 달라서 들키지 않을지도 모르는데, 하루요는 얼굴이 이렇게나 변했는데도 왜 바쿠에 대한 것은 기억하고 있을까, 라고 생각했다. 하루요는 레드와인색과 핑크색의 물방울무늬를 넣은 손톱으로 얼음만 남은 유리잔의 물방울을 잇고 있었다. 나는 말했다.

"오사카 사람이야."

"엇, 오사카? 기왕 도쿄에 왔으니까 좀 더 다양하게 시선을 넓혔으면 좋았잖아. 글로벌한 느낌으로."

"그런가?"

그때 문득 눈앞에 앉은 하루요가 야마시타 하루요가 아니라 미카미 하루요였다는 게 생각났다.

니시신주쿠 한복판에 다시 초고층 빌딩이 건설되려 하고 있었다. 누가 어떤 의지를 갖고 있으면 저런 거대한 것을 만들어낼 수 있을까, 라고 생각했다.

다카시마야에 왔다면 역시 살롱 르 시크! 구찌, 프라다, 돌체앤가바나, 마르니, 셀린느. 디오르가 없는 건 아쉽지만, 지미 추의 구두를 사고 싶다. 그리고 이 층에는 샤넬! 크림색에 앞코만 검은 샤넬 부츠! 칼 라거펠트는 올해도 멋졌다.

돌아오는 길에 곧장 마야네 집에 들렀다. 복도에서 석양이 보였다.

"뭐 샀어?"

부엌에서 마야가 물었다.

"카디건하고 양말."

나는 유니클로 봉투를 열고 안에 든 것을 내보였다. 고급 브랜드 물건은 사본 적이 없다. 일단 사기 시작하면 빠져나올 수 없을 것 같았다. 애초에 살 수도 없다. 그건 내가 아닌 다른 사람이 살 옷이다. 카레 루를 잘게 자르던 손을 멈추고 이쪽을 돌아본 마야가 말했다.

"그 색깔, 예쁘다."

노트북 앞에 앉아 있던 다케시 씨도 이쪽을 향했다.

"아사코 씨는 항상 봉투를 들고 있네? 1, 2천 엔 써봤자 별로 의식을 못하니까 자꾸 쓰게 되지만 그게 점점 쌓이면 무시무시해질 텐데."

맞다, 이런 쇼핑, 무시무시하다.

다케시 씨의 목소리는 어린이 프로그램에 나오는 신(神)과 비슷하다. 짧은 머리는 수세미처럼 바짝 서 있고 데굴데굴 둥그런 눈이라서 생김새는 신보다 절 문 앞에 서 있는 인왕상에 더 가깝지만. 마야가 카레 루를 냄비에 넣자 집 안 공기가 단숨에 카레 향으로 바뀌었다.

"다케시 씨도 피규어 경품 든 것만 사는 거, 관둬야 해. 어린애도 아니고 이제 곧 아빠가 될 텐데. 다음 달이면 마흔이잖아."

"우리나라의 기술이 대단한 거, 배울 수 있잖아. 디스커버, 장인정신, 재팬."

"시원찮은 국뽕 시의원 같아."

내가 말했더니 마야도 다케시 씨도 웃어주었다. 다케시 씨는 휴대전화가 울려서 통화를 시작했다. 결혼식에 초대할 대학시절의 사이클 동아리 친구에게서 온 모양이었다. 마야와 다케시 씨는 작년 가을에 마야가 새로 시작한 사이클 커뮤니티사이트에서 알게 됐고, 결혼 파티는 이번 월말이고, 핫시가 통괄 사회자, 그리고 마야의 출산 예정일은 십이월이다. 임신해서 자전거는 못 타지만, 한조 씨와 사이가 틀어졌던 마야의 어머니도 이 결혼을 계기로 서로 화해해서 도와주기로 했다고 한다. 다행스러운 흐름이다. 다케시 씨는 몸집이 큰 데다사이클 동아리를 은퇴한 뒤로 20킬로그램이 늘어서 노트북를 마주하고 스툴에 앉아 있으면 엉덩이가 삐져나오고 스툴다리가 부러질 것 같아 걱정스러웠다.

현관 벨이 울렸다. 내가 문을 열었다. 핫시가 박스를 껴안고서 있었다. 요즘에는 티셔츠에 스웨트 팬츠라는 조합으로 바뀌었다. 목에는 수건. 머리칼 볼륨은 더욱더 커졌다.

"안녕? 아휴, 더워. 언제까지 더울 건지 모르겠네. 오사카에비하면 별것도 아니지만."

상자에는 적자색 포도와 연노랑 배가 대량으로 들어 있었다. 큼직큼직하다.

핫시는 근무하던 유기농 카페에 오가닉 채소를 먹으러 온 가방 직공을 알게 되었고, 그 공방에 가보고는 감동해서 카페는 때려치우고 가방 공방의 점원이 되었다. 공방 웹사이트를 시작해서 다케시 씨에게 이따금 문의를 하고 있었다. 핫시는 이번 여름부터 이 집 이 층(방 두 개에 거실과 부엌)에서 가구점 견습생 사키 씨와 살고 있고, 예전에 핫시가 쓰던 세 평짜리 방에는 다케시 씨가 수집한 공룡이며 새, 미국 영화에 등장하는 반쯤 인간을 닮은 누군가의 피규어가 줄줄이 진열되어 있다.

"역시 삼 층이 더 시원하다."

핫시는 활짝 열어둔 베란다 창문 앞에 맨발로 털썩 주저앉았다. 식물 무늬로 바꿔 단 커튼을 흔들며 저녁나절의 바람이 들어왔다. 이곳은 좋은 방, 이라고 나는 생각했다.

허락을 받고 텔레비전을 켰다. 삼십팔 인치 화면에 '오늘 밤 열한 시 스타트!'라는 자막과 함께 바쿠가 나왔다. 드라마 예고였다. 머리가 더 길었다. 흰색 긴소매 셔츠를 입고 모래사장에서 쇼트팬츠의 여자와 이야기하고 있었다. 반듯한 이마 아래 눈꺼풀까지 드문드문 나 있는 눈썹의 느낌. 나는 바로 옆에서 이 사람을 지켜봤다, 라고 생각했다. 갑자기 눈물이 나려고 해서 놀랐다. 도합 이 초 동안의 일이다. 채널을 바꿨다. 날씨예보였다. 뒤쪽을 흘끔 살펴보았다. 마야는 아보카도를 썰고 있다. 핫시는 자신의 휴대전화를 터치하고 있다. 다케시 씨는 텔레비전을 보고 있다.

"내일 비 온대."

내가 알려주자 에잉, 이라는 마야의 목소리가 들렸다. 가슴이 계속 두근거렸다. 동요와 설렘이라는 게 거의 비슷하구나, 라고 생각했다.

퀴즈 방송이 시작되는 것과 동시에 넷이 식탁에 둘러앉아 먹기 시작했다. 세계 곳곳을 찾아가 그 지역의 풍습이나 문화에 대한 퀴즈를 풀고 인형을 타가는 그 프로그램°은 오늘 밤에는 두 시간 스페셜이었다. 빠바바밤 빠바바바바밤, 귀에 익은 오프닝 음악과 함께 피라미드며 사막이며 '미스터리 헌터'의 얼굴이 차례차례 등장한다.

"다케시 씨, 이집트에 가봤다고 했지? 이십 년 전이라고 했던가."

카레 속의 닭다리를 먹던 다케시 씨는 안경 너머로 텔레비전 화면을 확인했다. 핫시는 캔 맥주를 따서 자신의 잔에 부었다.

"역시 자전거로?"

"아니, 아니야. 평범하게 투어로."

"더워요, 이집트?"

° 일본 TBS의 장수 프로그램 〈세계 신비의 발견〉.

"겨울이라서 그냥 보통이었어. 함께 갔던 친구가 넘어져서 엄지발가락 발톱이 벗겨지고 피가 철철 흘러 진짜 깜짝 놀랐어."

피가 철철. 다케시 씨는 말할 때마다 반드시 두 팔을 들어 다양한 형태를 만들어주어서 재미있다.

"그때 옆에서 찬찬히 지켜봐준 여자가 엄청 미인이었어. 갈색 미녀 느낌이라서 아마 클레오파트라는 저런 얼굴일 거라고 생각했지."

"클레오파트라는 그리스 사람 아니야?"

핫시가 말했다. 맥주 거품이 꺼져갔다.

"그야 나도 알지. 근데 나는 틀림없이 그 여자가 클레오파트라라고 생각해. 딱 본 순간에 퍼뜩 떠올랐거든. 왠지는 모르지만 그런 느낌이 왔다, 라는 게 더 정확하겠지."

"그럼 마야를 처음 척 봤을 때도 결혼하게 될 줄 알았다든가?"

"그건 아니고."

"응, 아니었어."

마야가 거의 동시에 말하자 다케시 씨가 놀란 얼굴로 마야를 돌아봤다.

"그랬어?"

"뭘? 자기도 아니었으면서."

"아니, 여자는 그걸 안다고 하던데⋯."

"그걸 알면 왜 내가 이 고생이겠어."

핫시가 말했다. 마야가 핫시의 어깨를 토닥여주었다.

"아직 못 만난 것뿐이야. 그런 얼굴 하면 안 되지."

다케시 씨가 제일 먼저 카레를 다 먹었다. 한 그릇 더 퍼다 먹었다.

료헤이가 왔다. 마야의 배를 들여다보았다.

"와아, 배가 불룩해졌네. 말도 걸고 그래요?"

"응, 가끔씩."

수줍음 많은 다케시 씨는 얼굴이 붉어져서 점점 더 인왕상처럼 보였지만 아마도 맥주 때문일 것이다.

료헤이 몫의 카레를 접시에 담았다. 테이블에 차려주었다. 텔레비전을 봤다. 아역에서 성장한 쌍둥이 자매가 방송의 마스코트 인형과 똑같은 탐험대 차림을 하고 아른아른한 화면의 왼편 위에서 나타났다. CG의 배경은 차츰 분명해져서 피라미드의 내부가 나타났다.

"지금부터 3000년 전의 이집트로 여러분을 안내하겠습니다!"

완전히 똑같은 얼굴의 쌍둥이가 입을 맞춰 외쳤다. 목소리도 똑같다. 오른쪽 아래에서 해설 역할을 맡은 아라마타 히로시°가 모래색 사파리 분위기의 차림새로 등장했다. 그리고 말했다.

° 1947년생. 박물학자, 도상학 연구가, 소설가, 수집가, 신비학자, 요괴평론가, 탤런트.

"근데 너희들, 두 명이야 한 명이야? 어느 쪽?"

나는 경악했다. 그렇게 중요한 질문을 방송에서 던지다니. 역시 아라마타 히로시는 무서운 사람이다. 텔레비전 방송을 통해 그런 말이 전국의 거실에 울려 퍼질 줄이야.

나는 당황해서 테이블에 둘러앉은 모두의 얼굴을 확인했다. 마야도 다케시 씨도 핫시도 그리고 료헤이도 카레와 아보카도 샐러드를 먹으면서 각자 지은 아기 이름을 하나씩 말하고 있었다. 아무도 텔레비전을 안 봐서 조금 전의 그 말도 못 들은 것 같았다. 정말로 못 들은 걸까. 너무도 중요한 일이라서 그냥 못 들은 척하는 게 아닐까. 텔레비전을 등지고 앉은 료헤이는 무척 맛있다는 듯이 맥주를 마시고 빨간 티셔츠의 가슴팍을 집어 들어 바람을 들이고 있었다. 나는 땀이 밴 손으로 살그머니 테이블 끝의 리모컨을 들고 티 안 나게 전원을 껐다.

입에 가져가려던 숟가락질을 멈추고 료헤이가 어리둥절한 얼굴로 나를 쳐다보았다.

"웬일이야, 자기 손으로 텔레비전을 다 *끄고*?"

"아니, 그냥 밥 먹는 중이라서."

"텔레비전이 없으면 차분히 밥을 못 먹는다고 화냈으면서."

"엇, 진짜?"

다케시 씨가 안경 너머의 눈을 둥그렇게 떴다. 다케시 씨의 눈꺼풀에는 속눈썹이 거의 없다.

"화낸 적 없어. 설명한 것뿐이지."

"적적할 때도 괴로울 때도 옆에 있어주는 건 텔레비전뿐이라면서 울었잖아."

"날조하지 마!"

료헤이의 티셔츠 가슴팍에 그려진 고양이 일러스트의 꼬리 근처에 카레가 튀었다. 핫시는 배를 깎기 시작했다.

다케시 씨는 두 접시째의 카레도 그새 다 먹었다.

"나는 원래부터 텔레비전을 안 봤는데, 요즘에는 인터넷이 있어서 더 안 보게 되더라고."

…그럼 이 대형 텔레비전, 나 주세요!

휴대전화 알람이 울렸다. 마야가 텔레비전에 나올 시간이 다가왔다.

"녹화해야지, 녹화. 다들 앉아."

마야가 양쪽 손에 하나씩 리모컨을 들었다. 열한 시였다. 아까 예고편이 나온, 바쿠가 모래사장에서 연기할 예정인 드라마가 다른 채널에서 시작되는 시간이다.

"어떤 역할이었지?"

바닥에서 스트레칭을 하면서 다케시 씨가 물었다. 그렇게 많이 먹었는데도 곧바로 몸이 움직여진다는 게 신기했다.

"강도범의… 전 여친, 이었던가?"

"왜 기억을 못해?"

료헤이는 소파에서 흐물흐물해진 쿠션을 계속 누르고 있었다. 다음에 사줘야겠다고 마음먹었다.

"아니, 사월에 찍은 게 이제야 방송되잖아. 앞으로 당분간 텔레비전 출연은 없을 테니까 귀중한 거야. 이번에는 대사도 있어!"

사월에 나는 뭘 했었는지 얼른 생각나지 않았다. 녹화 예약을 확인한 뒤에도 마야는 리모컨 두 개를 손에 쥐고 오락가락 서성였다. 핫시는 벌써 다른 쪽 소파에서 웬일로 휴대전화만 만지작거렸다. 드라마가 시작되었다. 삼십팔 인치의 네모난 세계는 산골짜기의 작은 마을이고 굽이쳐 흐르는 강에는 콘크리트 다리가 걸려 있었다. 집 나간 아내를 잊지 못하는 남자가 가업인 전병가게에서 전병을 굽고 있었다. 마음에 상처를 떠안은 여고생이 토끼를 기르고 있었다. 멋진 날씨였다.

네다섯 살 때쯤에 영상이란 일 초 동안 18에서 24코마가 움직이고 그 잔상을 보게 되는 것이라고 누군가 가르쳐줬을 때, 텔레비전 안에 영화 필름 같은 게 채널 수만큼 들어 있는 거라고 상상했었다. 랩에 있는 롤 같은 것이 채널을 돌돌 바꿔주면 장면이 바뀐다. 하루가 끝나면 그다음 날 것으로 교체된다. 한밤중 다들 자는 동안에 교체하러 오는 사람은 누구일까. 한 개에 몇 엔씩이나 하는지, 비용 걱정도 했었다. 지금 마야가 등장한 화면 뒤에 또 다른 채널이 방송하는 영상도 분명 들어 있고, 그래서 바쿠도 이 방의 삼십팔 인치 텔레비전 안에 있다는 기분이 들었다. 텔레비전을 켜놓은 동안에는 그 안에서 바쿠가 돌아다니고 이야기도 하고 혹은 차에 타기도 한다.

마야의 대사는 "응, 그래"와 "그럼 안녕"이었다. 제방의 벚나무는 만개한 상태였다.

"나무에 피어 있는 건 진짜지만 떨어져서 흩날리는 건 종이야."

마야가 자랑했다. 임신하고 10킬로그램이 불어나 텔레비전 속의 마야보다 뺨에서 목까지의 선이 둥글어졌다.

소파 옆에 앉은 료헤이의 얼굴을 보았다. 술을 마셨을 때 항상 그렇듯이 눈가가 불그레했다. 혈관이 돋은 팔뚝과 손등이 내 팔 바로 가까이에 있었다. 료헤이는 료헤이처럼 말하고 움직이고 앉아 있다. 나는 왼손으로 료헤이의 손등에서 팔꿈치를 향해 쓰다듬어보았다. 여름에 회사 사람들과 야외 페스티벌에 다녀와서 햇볕에 그을린 팔뚝은 내 손보다도 따스했다. 료헤이, 라고 사실은 이름을 부르고 싶었다.

"뭐야, 갑자기 끈적끈적하게?"

핫시가 깎아놓은 배를 집으면서 말했다. 배는 보통 배 두 개쯤의 크기고 아주 싱싱했다.

"어, 진짜네?"

료헤이는 자신의 팔에 놓인 내 손을 보며 과장스럽게 놀란 척했다.

"가끔은 이것도 좋을 것 같아서."

나는 료헤이의 손을 잡았다. 스쿼트를 하면서 텔레비전을 지켜보던 다케시 씨가 말했다.

"우리 마야, 미인이네."

료헤이가 선물로 들고 온 냉동실 속 아이스크림을 깜빡하고 아무도 생각을 못했다.

쾅쾅 하고 철문 두드리는 소리가 났다. 동시에 문이 열리고 한조 씨가 나타났다.

"어이, 한잔하자. 내려와."

"네, 네에."

다케시 씨가 즉각 일어섰다. 마야가 말했다.

"여기서 마시면 좋잖아."

"에? 에헤헴."

한조 씨는 눈으로 방 안에 있는 사람 수를 확인했다. 그러고는 에헤, 하고 한숨 섞인 소리를 내더니 고무 조리를 벗고 안으로 들어왔다. 얼마든지 마실 수 있는 손녀사위를 한조 씨는 아주 마음에 들어 했다. 마야의 어머니와도 잘 지내는 모양이다. 다행스러운 흐름이다.

테이블에서 소주를 마시기 시작한 다케시 씨와 한조 씨와 료헤이는 삼십 분이 지나자 모두 바닥에 내려와 앉아 있었다. 핫시가 급히 차려준 안주 접시도 잔도 직접 바닥에 내려놓고 딱히 대화가 흥이 오른 것처럼 보이지도 않는데 즐거운 듯 투명한 액체를 소비해갔다.

소파에 뒤로 돌아앉아 등받이에 얼굴을 얹고 있던 핫시가 불쑥 말했다.

"오늘, 남자하고 헤어졌어."

오 초쯤 지난 뒤에 마야가 중얼거리듯이 말했다.

"언제?"

"말했잖아, 오늘."

"누구? 아니, 그보다 언제부터 사귀었는데?"

"말 못해."

"왜에?"

핫시는 침묵한 채 무릎을 끌어안고 얼굴을 묻었다. 그런 핫시는 처음 봤다. 아마 마야도, 이 자리의 어느 누구도. 한조 씨는 잔의 술을 꿀꺽 비웠다.

"아무 말도 하지 마라. 핫시도 궁상맞은 얼굴 하지 말고. 젊은 애가 환해야지."

"저, 서른한 살인데요."

"난 여든이야."

"아니, 아니, 아니, 일단 마시자고, 마시자고."

자리에서 일어난 료헤이가 핫시의 손에 잔을 쥐여주었다.
창으로 들어오는 바람은 차가웠다. 도쿄의 밤은 조용하구나,
라고 생각했다.

돌아오는 길에 또 족제비 같은 짐승이 달리고 있는 것을 보
았다.

료헤이가, 나를 닮은 녀석이 나오는 드라마가 있으니까 보
라는 소리를 들었는데 잊고 있었네, 라고 말했다.

○○○

시월이다.

밤이 되었다. 온종일 켜둔 텔레비전의 채널을 바꿨더니 바
쿠가 나왔다. 바다에 있었다. 여기저기 돌아다니는구나, 라고
생각했다. 바다 옆에 낡은 단층집이 있고 바쿠와 여자가 툇마
루에 나란히 앉았다. 바다 속으로 저물어가는 저녁 해를 받은
바쿠의 옆얼굴의 윤곽, 나는 똑똑히 기억한다, 라고 생각하면
서 바라보았다.

샌들을 뀄 발을 흔들흔들 흔들면서 여자가 물었다.

"좋아하는 사람, 있었지?"

바쿠는 대답하지 않았다.

그 영화를 만든 감독의 인터뷰가 나왔다. 중국에서 사진을

찍다가 우연히 바쿠를 만났고 그때 이 영화를 만들기로 마음 먹었다고 한다. 그러니까 바쿠가 배우가 된 것은 내 덕분이죠, 라고 말하면서 웃었다. 낯선 누군가의 얘기를 듣는 것 같았다. 텔레비전 오른편 벽에 인화한 사진이 붙어 있었다. 마야네 집에서 마야와 다케시 씨와 핫시와 료헤이가 카레를 먹는 사진이다. 오른편 끝에서 료헤이는 숟가락의 둥근 뒷면을 이쪽으로 내보이며 웃지도 않고 그냥 그곳에 있는 것뿐이라는 듯한 얼굴을 하고 있다. 바쿠와 꼭 닮은 얼굴이어서 자꾸 사진을 찍다 보면 내가 나오는 사진은 극히 적어졌다. 그래서 이 순간 마야네 집에 있었던 사람들 중에 나만 사진 속에 없다. 얼굴을 바짝 대고 료헤이가 들고 있는 숟가락의 은색 표면에 카메라를 겨냥한 내가 찍히지 않았는지 찾아봤지만 그곳은 그저 부옇게 흐린 은빛이었다.

텔레비전을 보았다. 바쿠는 이미 사라졌다. 텔레비전은 끄지 않았다. 슬립 타이머를 백이십 분으로 맞춰놓고 텔레비전 화면의 빛 속에서 잤다.

○ ○ ○

2008년이다.

이월이다.

눈이 쌓여서 학원에 출근하는 데 두 시간이나 걸렸다. 사 층

강의실을 정리하러 갔다. 맞은편 빌딩 옥상에서 인도요리점 점원들이 눈을 배경 삼아 휴대전화 카메라로 서로 찍어주는 모습이 창문으로 보였다.

눈은 다음 날 다 녹았다.

학원 입학시험 접수처에서는 서류를 받으러 온 아이들 옆에서 합격 발표를 듣고 돌아가는 여자애들이 손을 맞잡고 꺄아꺄아 하고 있었다. 나보다 오 년 더 근무한 동갑내기 나카노 씨가 신입생들과 나이 차가 한 살 더 많아졌네, 라고 말했다. 꺄아꺄아 하는 여자애들은 사월부터 갈 곳이 정해진 게 너무 기쁜 나머지 손을 맞잡은 채 빙빙 돌기 시작했다.

도영 지하철 오에도 선의 선두 차량에 탔다. 운전석 롤스크린이 올라가 있어서 유리창에 딱 붙어 진행 방향을 내내 바라보았다. 좁은 터널은 오른편으로 굽어들고 왼편으로 굽어들고 위로 아래로 오르내리면서 이어졌다. 다른 노선을 피해 그 사이사이로 터널을 팠다는 CG영상을 텔레비전에서 봤던 게 생각났다. 제트코스터 같다. 무서워서 제트코스터는 한 번도 타본 적이 없다.

캄캄한 튜브 너머로 좁고 기다란 빛이 보이면 역이었다. 어둠 속에 빛의 방이 있었다. 역이 가까워지면 운전석 모니터 화면에 영상이 뜬다. 플랫폼의 감시카메라 영상으로, 2점 투시도법처럼 한가운데서 두 개로 잘린 은색 차량이 비쳐졌다. 사실은 화면이 2분할이어서 오른편에는 차량의 후방, 왼편에는 차량의 전방을 향한 카메라 영상이 나온 것일 뿐 전차가 두 개로 잘린 것은 아니다. 한가운데 차량에서 내린 사람이 플랫폼을 걸어가면 오른편의 수습점을 향해 멀어져가는 사람과 왼편 안쪽에서 이쪽으로 점점 커지는 사람이 동시에 나온다. 두 사람으로 나눠진 것처럼 보이지만 한 사람이 한 방향으로 걸어가는 것뿐이다.

롯폰기 역에서 내리자 벽에 '지하 40미터'라는 표시가 있었다. 몹시 길고 긴 에스컬레이터 중간에 '지하 30미터'도 있었다. 에스컬레이터가 끝나면 다시 그다음 에스컬레이터가 있다. 올라가면 또다시 에스컬레이터가 나타난다. 개표구에 도착했다. IC카드를 자동개표기에 대면 반응해주는 순간이 좋아서 매번 뭔가 작지만 올바른 행동을 한 것 같다. 다시 에스컬레이터가 나타났다. 벽에는 바쿠의 얼굴이 있었다.

얄찍한 디지털카메라를 겨누는 여배우 뒤쪽의 바쿠는 부드럽게 웨이브가 들어간 머리칼이 어깨쯤까지 짧아져 있었다. 그 대신 수염 면적이 늘어나 윤곽이 감춰졌다. 에스컬레이터가 올라가는 동안 또 한 명, 완전히 똑같은 포즈의 바쿠가 보였다. 에스컬레이터에서 내리자 오른편에 조금 긴 에스컬레이터가 있고 그 벽에는 바쿠 세 명이 나란히 있었다. 디지털카메라의 신제품을 홍보하는 그 포스터는 며칠 전에 잡지에서 봤던 것과 똑같은 포즈였다. CM은 그 회사 사이트에서 봤다. 바쿠가 나오는 장면은 아주 짧아서 이 초뿐이었다. 작년 시월에도 같은 회사의 광고에 나왔었고 그때도 회사 사이트에 들어가 CM을 봤다.

세 명의 바쿠가 이쪽을 바라보는 시선에 둘러싸인 채 내가 찍으려고 했지만 찍지 못했던 사진, 내 머릿속에서는 수없이 셔터를 누르는 상상을 했던 그 사진 속의 바쿠가 시간을 건너뛰어 지금 이곳에 나타난 듯한 느낌이 들었다. 하지만 이곳에 찍힌 것은 적어도 몇 달 이내의 바쿠이고, 사진을 찍은 것은 나 아닌 다른 사람이다. 바쿠는 이 순간 어디를 보고 있었을까, 라고 생각하는 사이에 에스컬레이터가 끝났다.

또 하나 짧은 에스컬레이터에서 내려 드디어 '지상 0미터'인가 했더니 마지막은 계단이었다.

롯폰기힐스의 모리타워는, 두툼하다.

전망대의 티켓 매장에 서 있는 하루요는 하얀 코트를 입어서 멀리서도 한눈에 알아볼 수 있었다.

전망대로 올라가는 엘리베이터에서 바깥은 보이지 않았다.

"진짜 춥다. 도쿄는 틀림없이 춥다니까. 바람이 너무 차! 추우면 인간은 진짜 아무것도 못하는 것 같지 않아? 천국이니 낙원이니 하는 말을 듣고 추운 나라를 떠올리는 사람은 하나도 없잖아. 절대로 없지. 추울 때는 뭘 해도 추워. 지금 우리 집, 일 층이라서 얼어 죽을 거 같아."

오십이 층까지, 외부에서 이 엘리베이터를 본다면 무서울 게 틀림없는 하이스피드로 상승하는 동안 하루요는 연거푸 춥다는 말을 했다. 니시아자부의 어패럴 회사에 면접을 본 것에 대해서는 안 될 거 같아, 라는 말뿐이었다. 어쩐지 만나는 게 조마조마해서 하루요가 연락을 해도 이런저런 이유를 대며 응하지 않았기 때문에 이렇게 만나는 건 작년 구월 이후 처음이었다.

까마득하게 느껴질 만큼 저 위쪽 꼭대기까지 유리벽으로 둘러싸인 전망대는 환했다. 외부의 빛 전부가 우르르 몰려들어 이곳에 있는 모든 것이 하얗게 사라져버릴 것처럼 환했다. 아니면 이곳에서 엄청난 빛이 발생해 주위를 비추고 있는지도 모른다.

"아무것도 안 보이는데?"

하루요가 말했다. 손으로 그늘을 만들자 바깥은 부옇고 옅은 구름 사이로 강한 서쪽 해가 비쳐서 저 멀리 하얀 안개 속에 고층빌딩의 그림자가 환영처럼 보였다.

"높다!"

나는 말했다. 해발 240미터, 지상 213미터. 지하 40미터에서 213미터까지, 합계 253미터를 나는 올라왔다.

유리창 너머에 거리가 있었다. 멀어서 작았다. 조용하고 아무것도 움직이지 않았다. 저런 곳에 사람이 살고 있다니, 믿어지지 않았다. 여기에도 저기에도 초고층 오피스빌딩이며 호텔이며 맨션이 생겨났다. 너무 많아서 걱정스러웠다. 허공에 떠 있는 사람이 너무나 많은 거리. 어느 방향에서도 산은 보이지 않았다. 흔적도 없었다. 어떤 지평도 부옇게 흐려졌고 무수히 많은 작고 하얀 건물로 뒤덮인 지표는 빛 속에 확산해갔다. 끝이 없다. 그래서 여기서 보고 있으면 저 부옇게 흐려진 건너편에도 이곳과 거의 똑같은 거리가 펼쳐져 있다고 생각할 수밖에 없다. 저 먼 끝의 그 너머에도 하얀 건물들이 빽빽이 이어지고 산과 바다는 어디에도 없다. 온 세상이 이곳과 똑같고 이곳의 연속인 것만 같았다.

하지만 분명 그렇지는 않다.

"사진 촬영, 공짜래."

하루요의 목소리에 돌아보았다. 정면의 도쿄타워가 배경이 되는 자리에 촬영대가 설치되었고 그곳에 롯폰기힐스 모리타워의 모형이 있었다. 모형은 사람 키 높이 정도였다. 그 옆에 나란히 서서 사진을 찍었다.

"근데 사진은 돈을 주고 사야 한대."

"뭐야? 그건 사기잖아."

"외국 관광지에서도 그러잖아. 자기들 마음대로 사진 찍고 나중에 사라고 하는 거."

촬영은 무료, 하지만 촬영만 할 뿐 출력은 없다. 어쨌든 촬영은 한다. 그때 찍힌 사진은 카메라 안에 남는다. 나중에 삭제된다. 하지만 짧은 시간이나마 존재한다. 디지털 기호로 새겨진 화상은 어디에 있는 것이 될까, 라고 멍하니 생각하면서 둥근 전망대 안을 걸었다.

5억 엔이라는 맨션 광고를 봤던 게 생각났다. 한 동이 아니라 한 칸에. 시부야의 히로오(広尾).

하루요의 하얀 코트는 어디도 더러워지지 않았다. 대단하다고 생각했다. 따뜻할 것 같다.

도쿄에 이사한 지 얼마 안 된 오 년 전쯤에 왔을 때는 자유롭게 밖으로 나갈 수 있었던 테라스 자리가 아마도 옥상에 새로 생긴 전망대(추가요금 3백 엔)의 가치를 높이기 위해서인지 창문을 달고 카펫을 깔고 선룸 같은 유리로 에워싸인 실내가 되었다. 그 안에서 금발에 몸집이 큰 외국인 남자가 문워크 자세로 천천히 뒷걸음질을 치고 있었다. 그 모습을 긴 흑발이지만 일본인은 아닌 듯한 여자가 소형 비디오카메라로 찍었다.

남자는 끝까지 가자 다시 반대 방향으로 뒷걸음질을 쳤다. 남자가 손바닥을 쫙 펼쳤다. 손바닥에는 글씨가 써 있었다. 읽어보기도 전에 주먹을 쥐어버렸다.

예전에 마사이족의 뛰어난 시력을 증명하는 실험을 한 걸 텔레비전 방송에서 본 적이 있었다. 도쿄타워와 롯폰기힐스 전망대 양쪽에 각각 마사이족을 데려가 한쪽 사람에게 손을 흔들게 했다. 그러자 다른 쪽 사람이 손을 흔드는 것을 알아보고 마주 손을 흔들어주었다. 내 눈에는 도쿄타워의 높은 쪽 전망대가 어디쯤에 있는지도 보이지 않는다.

"아사코, 후지산이 저쪽인가?"

앞서가던 하루요가 바깥을 가리켰다.

"아마도?"

"부옇기만 해. 아무것도 안 보여."

"후지산은 보이는 때와 보이지 않는 때가 아니라 있을 때와 없을 때, 라는 느낌이 들어."

"오늘은 없는 날이네?"

오늘 후지산은 없다.

"어머, 저게 뭐야, 불났어!"

뒤에 있던 여자애 두 명이 창에 이마를 바짝 대고 목소리를 높여서 우리도 급히 그쪽을 내려다보았다. 수도고속도로가 굽어드는 길 너머, 중간층의 빌딩이 밀집한 곳에서 하얀 연기가 사선으로 올라가고 있었다. 하지만 불길도 없고 발생원도 보이지 않았다.

"뜨겁겠지?"

"물세례를 받아서 오히려 추운 거 아냐?"

아래쪽 세계의 소리는 하나도 들리지 않았다. 온도도 감촉도 아무것도 전해오지 않았다.

3백 엔이 아깝다기보다 추가요금을 받는 제도를 납득할 수 없다는 점에 의견이 일치해서 옥상에는 올라가지 않았다. 추워서가 아니야, 라고 하루요가 몇 번이나 말했다.

"셔터 좀 눌러주세요."

파스텔핑크색 다운재킷을 입은 중학생 정도의 여자애가 카메라를 내밀었다. 플라스틱으로 만든 수동카메라는 가벼웠다. 여자애는 두 팔과 한쪽 다리를 들고 발레리나 같은 포즈를 취했다.

"오른손을 조금 더 이렇게."

하루요가 그녀의 팔을 잡고 수정해주었다.

저녁식사를 위한 식당은 엄청 망설인 끝에 맨 처음 봤던 곳이 가장 좋다고 둘 다 결론을 내렸지만 롯폰기힐스의 길 구조가 워낙 복잡해서 그 식당을 찾지 못한 채 다른 중화요리점으로 들어가려는 참에 료헤이에게서 전화가 왔다. 료헤이도 오기로 했다. 계단 중간에 서로 마주 보고 선 남녀가 있었다. 가만 보니 서로 노려보고 있었다. 날도 추운데 힘들겠다고 생각했다. 입을 꾹 다문 채 여자만 계단을 내려갔다. 여자가 입은 회색 퍼 재킷은 무척 따뜻해 보였다.

료헤이는 길을 헤매지 않고 도착했다. 창가 테이블에 앉았다. 테이블은 둥글었지만 빙빙 돌지는 않았다. 돌아가면 좋았을 텐데. 하루요는 맞은편에 앉은 료헤이의 얼굴을 몇 초에 걸쳐 지그시 쳐다보았다. 하지만 초록색 병의 맥주로 건배한 뒤에는 평소처럼 얘기하고 있었다. 나는 뚝배기 안의 돼지고기 조림과 솥밥에 집중하는 척하면서 두 사람의 얼굴을 번갈아 살펴보았다.

료헤이는 누구에게나 친절한 장점을 충분히 살려서 즉각 하루요의 취업 상담에 응해주었다.

"패션 쪽 일을 하고 싶구나?"

"아니, 꼭 그쪽만 고집하는 건 아니고, 내가 좋아하는 것과 관련된 일이면 더 잘할 수 있잖아."

"그야 그렇지. 자신의 희망이랄까 기댈 곳이라고 할까, 그런 걸 무엇보다 우선해야 할 것 같아."

"그렇겠지? 좀 더 찾아봐야겠다."

하루요는 빙긋이 웃었다. 다진 고기를 넣은 당면을 먹었다. 웃으면 아, 하루요다, 라고 생각했다. 입꼬리를 옆으로 잡아당

긴 것처럼 웃는다. 하지만 그런 것도 한창 얘기가 오고 갈 때는 생각도 안 났다.

밤하늘 아래 부드러운 곡선의 연한 초록빛 유리 빌딩과 불타는 것처럼 따뜻한 색감의 도쿄타워가 있고, 그곳과 이곳을 구분하는 유리에는 하루요와 료헤이와 내가 희미하게 반투명이 되어 두 겹으로 비치고 있었다.

기분이 좋아진 하루요가 물었다.

"료헤이 씨는 매운 거 괜찮아? 마파두부 좀 주문했으면 좋겠는데 아사코는 워낙 매운 걸 못 먹어서."

료헤이는 큰 소리로 점원을 불러 메뉴판에 사진이 실린 까만 마파두부를 주문했다.

"기분상 곱빼기로."

료헤이의 말에 중국인인 듯한 여점원은 애매한 미소를 지었다. 료헤이는 휴대전화가 진동하자 메시지인지 뭔지를 확인하고 나서 테이블에 내려놓고 잠깐 화장실에 갔다.

중국식 한자가 적힌 문을 나갈 때까지 료헤이의 등을 지켜보던 하루요가 말했다.

"나름대로 잘생겼네. 아사코, 외모 따지는 취향, 아직 안 나왔구나?"

하루요는 스스럼없이 웃는 얼굴이었다. 눈가에서 속눈썹이 톡톡 튕겨졌다.

"…그런가?"

"게다가 바쿠하고 어딘지 모르게 비슷한 계열이야. 인간이란 각자 자기 취향의 얼굴이라는 게 있나봐."

"하루요…."

테이블 위를 둘러보았다. 나와 하루요의 매실주, 료헤이의 초록색 병맥주, 돼지고기 조림, 피단죽, 마파 당면, 해파리. 나는 젓가락을 나란히 맞춰 테이블에 내려놓았다.

"어딘지 모르게, 라고?"

"응. 분위기가 좀 비슷해. 하긴 꼭 그렇지도 않나? 아, 이거, 맛있다."

하루요는 내 앞에 있던 피단죽을 국자 스푼으로 떠다가 먹기 시작했다.

"닮지 않았어?"

"닮았다니까."

"아니, 그게 아니라 좀 더 많이 닮았다고 할까, 완전히 똑같다고 해도 과언이 아니라고 할까…."

이 말을 내 음성으로 입 밖에 낸 것이 처음이었기 때문에 뭔가 무서운 상황에 빠지는 건 아닌지 불안해졌다. 하루요는 국자를 쥐고 입을 헤벌린 채 어리둥절한 얼굴로 나를 빤히 보면서 말했다.

"에이, 그건 아니지."

그리고 복슬복슬한 가방에서 휴대전화를 꺼내 톡톡 터치한 뒤에 화면을 내게 보여주었다.

"바쿠는 이렇게 생겼잖아."

세로로 긴 사각형 안에 지하철 에스컬레이터 벽에서 본 것과 똑같은 바쿠의 얼굴이 담겨 있었다.

"왜 이런 사진을?"

"우리 맨션에 남편 회사 사람 두 명이 있는데 그 부인이 둘 다 바쿠의 팬이라고 해서 예전에 친했던 사이라고 자랑했거든. 이거 봐."

하루요는 화면을 넘겼다. 바쿠는 넓은 장소를 배경으로 옆을 향한 채 웃고 있었다. 머리가 길었다.

"이렇잖아. 얼굴을 계열별로 분류해 도감에 수록한다면 꽤 가까운 페이지에 실리겠지만, 료헤이 씨는 눈도 둥글둥글하고 코도 그렇고 등도 꼿꼿하고, 뭐랄까, 모범생처럼 보여."

"…진짜? 지금의 바쿠는 약간 느낌이 달라졌지만 전에 오사카에 있을 때는…."

"그때도 이랬어. 사진으로 비교해보든지."

"한 장도 없어, 바쿠 사진."

"그래? 아사코, 사진 안 찍었어? 아니, 그보다 아사코, 전 남친과 빼닮았다는 것 때문에 지금 료헤이하고 사귀는 거야? 비슷한 얼굴이라면 성격 착실한 쪽이 좋다, 라는? 에이, 그건 좀 너무하지."

"아니, 아니, 아냐, 아니라니까. 료헤이가 주변 사람들이 닮았다 닮았다 자꾸 얘기하니까 지겨워하는 것 같아서."

"뭐라고? 다들 눈이 이상한 거 아냐?"

다들 이상하다고? 하루요는 겉모습이 달라지면서 남의 얼굴을 보는 방식도 달라진 걸까. 하루요는 테이블에 팔꿈치를 짚고 국물이 졸아든 당면을 뒤적거렸다. 그 테이블 위에서 료헤이가 놓고 간 휴대전화가 진동하기 시작했다. LED가 하늘색으로 빛나고 진동 때문에 조금씩 테이블 위를 미끄러져갔다. 액정 표시 창을 흘끔 들여다본 하루요가 말했다.

"여자인데?"

그러고는 휴대전화를 집어 내게 보여주었다. 모리모토 치하나. 글씨가 오른쪽에서 왼쪽으로 흐르다 사라졌다.

"응, 료헤이네 회사 사람이야."

예전에 료헤이의 회사 아래층에 있었던 옷가게에서 일하던 사람이다, 지금도 연락을 주고받는다는 얘기는 들은 적이 없지만, 을 생략하고 대답했다. 모리모토 치하나. 치하나.

"그래도 조심해야 돼. 남자들이란 예쁜 여자가 다가오면 거부하지 못한다니까."

"알았어."

그 순간, 료헤이에게 바쿠가 출연한 드라마를 알려준 게 치하나였다는 게 퍼뜩 생각났다. 료헤이는 회사 사람에게서 들었다, 라고만 말했다. 나처럼 생략했었던 것인지도 모른다. 예전에 회사 아래층에 있었던 옷가게에서 일했던 사람이, 라는 말을. 하루요는 점원을 불러 매실주를 추가 주문했다. 여점원은 친절하기는 했지만 어딘가 대충대충 하는 느낌이었다. 아마 데이트 약속이 있어서 얼른 일을 끝내고 돌아가고 싶은 건지도 모른다.

료헤이가 돌아오는 것과 동시에 여섯 명 일행의 손님이 왁자지껄 떠들면서 들어왔다.

옆 테이블에 앉은 여섯 명은 가슴팍에 사원증을 달고 있었다. 분명 나보다 연하다. 하품을 하는 여자의 얼굴이 핫시를 닮았다. 테이블 아래서 다리를 까닥까닥 흔들고 있었다.

요즘 누구를 봐도 누군가와 닮은 듯한 느낌이 든다.

료헤이는 하루요에게 자신이 아는 어패럴계 회사에서 사람을 구하면 즉시 알려주겠다고 말했다. 하루요는 기뻐했다. 그리고 술에 취해 있었다.

"료헤이 씨는 진짜 친절하네. 아사코, 좋은 사람 만나서 행복하겠다."

"네, 그렇죠. 큰 행운이지, 아사코? 시급 5천 엔은 주셔야 할 것 같은데."

어떤 접시에도 먹을 것은 남아 있지 않았다. 위를 올려다보자 천장에 박힌 조명은 거미줄 모양으로 홈이 파여서 사람의 눈동자를 닮은 것 같았다. 그 빛을 바로 위에서 받은 료헤이가 나를 보고 있었다. 료헤이의 얼굴이 좋다, 라고 생각했다. 료헤이 같은 료헤이의 얼굴.

"응, 정말 그래."

"동의했으면 얘기 끝났네."

료헤이는 웃고 있었다. 그 기대에 응하고 싶어서 나는 말했다.

"말씀하신 대로 내가 쏴드릴게."

그래서 행인두부를 주문했다. 하루요가 큰 창유리를 보았다. 나도 보았다. 우리가 그 유리에 비쳤다. 허리 아래쪽은 그늘이 져서 바깥의 어둠에 녹아들었다.

"우리, 허공에 떠 있는 것 같아."

그 목소리는 유리문 건너편에서 떠도는 반투명한 하루요에게서 나오는 것처럼 들렸다. 행인두부는 맛있었다.

하루요의 남편 다이스케가 아내를 데리러 왔다. 회사 끝나고 돌아가는 길이라고 했다. 트렌치코트 아래 정장 양복의 버튼이 금세 튕겨 나올 것 같은 배를 하고 있었다. 하루요는 만나자마자 남편의 그 배를 흐뭇한 듯 쓰다듬었다. 네 명이라 시부야까지 택시를 탔다. 운전기사는 중간에 걸려온 휴대전화로 통화를 하기 시작했다. 이어폰마이크였고 집에서 기르는 개가 위독하다는 얘기였다.

"아사코, 사진전 한다고 했었던가?"

뒷좌석 가운데 웅크리고 있던 하루요가 물었다. 타이즈의 무르팍이 조그맣다.

"응, 할 거야."

차례차례 우리를 추월해가는 옆 차선 차량의 조명. 이건 사진으로 찍으면 좋을 것이다. 하지만 방금 전까지 깜빡 잊고 있었다.

"올 시월쯤에."

"시월…."

혼잣말처럼 중얼거린 건 료헤이였다. 시월이라는 것에 딱히 근거는 없었다. 일단 말해봤더니 아주 먼 나중인 듯한 느낌이 들었다.

"나도 꼭 보러 가겠습니다."

다이스케가 말했다. 착한 사람이다.

일주일이 지났다.

대낮이라서 내 방도 환했다.

전화기 너머에서 이따금 아기 울음소리가 들려왔다. 핫시가 나가겠다는 거야, 라고 마야가 말했다. 사흘 전에 갑작스럽게 그런 얘기를 꺼내더니 그 뒤로 돌아오지 않는다고 했다. 핫시가 내게 보낸 메시지에는 내가 예약한 가방에 대한 얘기 말고는 없었다. 마야는 아이를 어르고 있는지 이따금 목소리가 흔들렸다.

"그 전날 밤에 여기 방에서 핫시하고 술을 마셨거든. 아, 나는 딱 한 모금만 마셨어. 핫시랑 살던 사키가 신슈의 가구공방으로 가기로 했거든. 그래서 핫시가 혼자 쓰게 된 거야, 그 방을. 혼자 써도 집세는 그대로 내도 된다고 한조 씨도 얘기했으니까 여기서 오래오래 살아, 라고 했어, 내가. 근데 핫시가 이제 나이도 있고 자립해야 한다면서 왠지 자꾸 고집을 부리더라고. 그래서 나도 남한테 기댈 수 있을 때 기대면 되지, 여기서 산다고 뭐가 문제냐, 라는 식으로 얘기가 흘러갔지. 핫시는 아무튼 이대로는 안 된다, 안 된다, 그 말만 하다가 그냥 술에 취해서 그대로 여기서 잤고 나도 별로 심각하게 생각하지 않았는데, 그다음 날 느닷없이 짐을 정리하겠다나 뭐라나, 그 말만 하고는 나가서 안 돌아오는 거야. 내가 무슨 안 좋은 말을 한 거야? 뭔가 거슬리는 소리를 한 거야? 결혼에 출산에 잔뜩 들떠 있던 참이고, 애초에 내가 이러니저러니 오지랖이 넓긴 하지. 당장 다음 주에 이사라니, 이건 분명 이상한 거지? 아, 내가 뭔가 안 좋은 말을 했나봐, 어떡해."

나는 내 방 가운데 쌓인, 아까 걷어온 빨래 위에 앉아 마야의 얘기에 내내 맞장구를 치고 있었다.

"찬찬히 얘기해보고 싶은데 핫시는 들어오지도 않고, 나는 지금 꼼짝달싹할 수도 없고, 앗."

갑작스레 울음소리가 한층 커졌다. 마야가 아기를 어르며 말을 건네는 소리가 들렸다. 그 목소리는 잠시 뒤에 노래가 되었다.

　두 시간이 지났다.

　하루요에게서 전화가 왔다. 나는 길을 걷고 있었다. 하루요는 료헤이에게 바쿠와 내가 사귀던 사이였다고 깜빡 말해버린 것을 애써 사과하고 있었다. 료헤이 씨가 이미 아는 것처럼 말해서 괜찮은 줄 알았다고 했다. 나도 료헤이가 대강 안다는 것을 아마도 이미 알고 있었다. 하마터면 자전거에 치일 뻔해서 소스라치게 놀랐다. 치이지 않아서 다행이다.

　계약직 기간 만료에 따라 파트타임으로 전환되었다. 그만 둔 사람 두 명의 책상을 정리했다. 명함 파일을 봤더니 뒷면에 '빈상(貧相)' '매처럼 날카로운 눈매' '따듯한 인상' '도라에몽' 등등의 짧은 메모가 적혀 있어서 동료와 한참 웃었다.

○○○

　삼월이다.

　전차를 타고 나갔다.

　좁은 길 옆이 거대한 묘지여서 하늘이 넓다. 좋은 날씨다. 너무 급하게 따뜻해지는 게 아닌가 싶었다.

"아사코, 우리 사무실, 문 닫을 예정이야."

나는 료헤이를 올려다보았다.

"오사카 사무실과 통합하기로 했어."

"그렇구나."

료헤이는 빨간 패딩 호주머니에 손을 넣고 평소보다 천천히 걸었다. 날씨가 좋아서 료헤이도 나도 등이 따끈따끈했다.

"오사카 어디라고 했지?"

"기타호리에."

료헤이가 잠깐 손목시계를 들여다보고 다시 손을 호주머니에 넣었다. 묘지를 둘러싼 담장 위로 줄무늬 고양이가 걸어갔다. 료헤이가 나에 대해 어떻게 생각하는지 알 수 없었다. 물어보지 않았으니 당연히 알지 못한다. 나는 목소리가 제대로 나올지 어떨지 긴장했지만, 의외로 전혀 막히지 않았다.

"그 근처, 많이 바뀌었지? 설날에 집에 갔을 때, 새로 생긴 가게가 많아서 어디가 어딘지 모르겠던데."

"그럴 거야."

료헤이는 조금 앞서가고 있었다. 목이 길다, 라고 생각했다. 내가 알던 것보다 더 긴 것 같았다. 어린애 둘이 땅바닥에 웅크리고 앉아 뭔가를 세어보고 있었다.

스웨트 후드집업에 청바지라는 평소 스타일대로 입은 핫시는 공방 앞에서 화분 분갈이를 하고 있었다. 하지만 머리는 스

트레이트파마에 검은색, 짧은 단발로 바뀌었다. 새로 심는 것
은 장미 모양의 연두색 다육식물이었다. 이거 좋다, 라고 료헤
이가 가게 앞에 있는 디스플레이용 의자를 가리켰다.

　오래된 목조가옥을 개조한 공방 안쪽에는 한 단 높게 다다
미를 깔아둔 공간이 있었다. 보들보들한 가죽 숄더백이며 흰
색 캔버스 토트백을 걸어둔 벽 앞에 낮은 테이블과 소파가 놓
여 있었다. 핫시의 선배 점원이 커플 손님을 응대하고 있었다.
이런 깊은 밤색 가죽 보스턴백을 찾고 있었어요, 이런 '깊은'
느낌이어야지 단순히 갈색이나 다크브라운은 좀 그렇죠, 역
시 깊은 느낌이 좋아요, 라고 여자 쪽이 '깊다'는 표현을 세 번
이나 썼다.
　천장에 달린 램프는 삐뚜름하게 유리 갓을 씌워서 이따금
빛이 흔들렸다.
　"여기서부터 이쪽 벽, 그리고 저쪽 뒤편하고 카운터 뒤까지
활용할 수 있어."
　핫시가 공방 안을 한 바퀴 돌면서 설명해주었다. 시월에 내
사진을 그곳에 걸기로 지난주에 결정했다.
　"이곳 분위기에 어울리는 사진으로 해야겠지?"
　"뭐든 괜찮아. 여기에 걸면 다 어울릴 거야."
　스트레이트파마에 검은 머리의 핫시는 낯선 사람 같았다.
하지만 한참 보고 있었더니 익숙해졌다. 이름과 얼굴 형태 이

외에 어떤 점으로 나는 사람을 식별하는 걸까, 하고 잠시 생각에 잠겼다. 료헤이는 입구 쪽의 마음에 든 의자에 앉아 길을 내다보고 있었다. 냐아옹, 이라면서 팔을 내밀었지만 내 쪽에서는 고양이의 모습은 보이지 않았다.

핫시가 추천해준 상가 식당에서 민스커틀릿을 사다 먹었다. 맛있었다. 료헤이와 함께 나온 것은 한 달 만이고 만나는 것도 이 주일 만이다. 사귀기 시작한 이후로 가장 오래 못 만났다.

핫시가 새로 이사한 곳은 영업 중인지 아니면 영업하던 시절 그대로 놔둔 것인지 판단하기 어려운 수예점의 이 층이었다. 창문은 비좁은 골목과 마주하고 있어서 맞은편 맨션의 베란다가 바로 앞에 보였다. 난간에 이불이 걸려 있었다.

"소리가 다 들려서 집주인 아주머니가 내가 어떻게 사는지 빠삭하게 아실 정도야."

핫시가 차를 내주었다. 찻잔 세 개가 형태도 무늬도 다 다른 것이었다. 료헤이는 창문 난간으로 몸을 내밀고 바깥쪽으로 덜렁 팔을 늘어뜨린 채 내내 골목길을 내다보았다. 세 평짜리 방에 텔레비전은 없었다. 동그란 스피커에서 춤추고 싶어지는 음악이 흐르고 있었다.

핫시는 내가 가져간 도라야키를 반쯤 베어 먹고 말했다.

"우리 공방에서 가와사키 쪽에 지점을 낼 건데 거기서 스태프를 모집 중이야."

나는 흘끗 료헤이를 돌아보았다. 옆얼굴이 가로등 불빛을 받아 하얀 윤곽이 생겨났다.

"아사코 거기 어때? 솔직히 월급이 그리 좋지는 않아. 또 한 명은 아까 봤던 료코 씨의 여동생이 될 것 같아. 밸리댄스를 하는 재미있는 친구야."

밸리댄스.

"응, 그렇구나."

핫시의 얼굴을 쳐다보지 않고 나도 도라야키를 먹었다.

"핫시, 핫시!"

골목이라기보다 옆집과의 틈새의 작은 창문을 열고 핫시가 얼굴을 내밀었다.

"양배추 얻어왔어. 잠깐 내려와."

"네, 지금 내려갈게요."

창 아래에서 들려온 목소리는 어디선가 들은 듯한 목소리였다. 하지만 분명 알지 못하는 사람이고 처음 들은 목소리다. 핫시가 나무 굽 샌들을 신고 내려가서 철제 계단이 콰당콰당 울렸다. 급하게 이사한 뒤로 핫시는 아직도 마야와 얘기를 하지 않는 모양이었다. 딱히 마야가 나쁜 소리를 했다든가 잘못했던 것도 아니고 얘기한다고 해결되는 것도 아닌 것 같아, 라고 한 달 전쯤 전화 통화 때 말했었다. 마야 쪽도 뭐, 굳이 따로 얘기할 것도 없이 풀리겠지, 라고 말했다. 지난주에는 또 다른 친구에게서 핫시가 부에노스아이레스에서 십 년여를 교제한 사람이 있는데 올해 초에 오랜만에 재회한 것 같다, 라는 그리 정확하지 않은 얘기를 들었지만 그 일이 핫시의 심경에 뭔가 영향을 끼쳤는지 어떤지는 알 수 없었다. 이곳에서의 생활도 나름대로 쾌적해 보인다고 생각했다. 혼자 산다, 라는 느낌이 강하게 들었다.

핫시와 집주인이 주고받는 말소리가 좁은 골목에 울렸다.

"아사코."

뒤를 돌아보자 료헤이가 창틀에 앉아 이쪽을 보고 있었다.

"아사코는 왜 도쿄에서 살지?"

잠시 생각해본 뒤에 대답했다.

"잊어버렸네."

에미린에게 놀러 왔다가 그대로 그 시간이 이어진 느낌이다, 라고 생각했다.

"다음 달에 오사카에 집 구해놓고 올게."

료헤이의 얼굴을 보았다. 눈에 익은 얼굴이다. 익숙해진다는 게 무엇보다 중요하다.

맞은편 집의 창문이 갑자기 드르륵 열렸다.

우편함에 우니미라클의 전시회 안내장이 들어 있었다. 곤도 씨가 보낸 것이었다. 치하나가 이번 달 말에 그만두기로 했다고 적혀 있었다.

　일주일이 지났다.

　마야네 집에 있었고 한낮이었다.

　"오늘 료헤이 씨는 안 와?"

　아기를 한 손에 안은 채 마야가 차를 낼 준비를 하려고 해서 나는 서둘러 옆으로 다가가 주전자를 빼앗았다. 아기 이름은 고타로였다. 태어날 때부터 머리털이 수북했는데 요즘 더 길었다. 주방에서 허브티를 내려 소파 테이블로 가져갔다. 마야는 패션잡지를 들여다보고 있었다. 바로 지금 마음을 끄는 남자들, 이라고 제목이 크게 이어졌다. 첫 장이 바쿠의 사진이었다. 검은 정장을 입고 있었다. 정장 차림은 처음 봤네, 라고 생각했다. 잘 어울렸다. 감탄했다.

　"이 사람 료헤이 씨하고 닮았다고 했더니 다케시는 전혀 아니라고 하더라고."

　마야가 고타로의 머리를 꼬았다 쓰다듬었다 하면서 말했다.

　"…마야."

　테이블 앞에 선 채 나는 마야의 얼굴을 보았다. 화장을 안 해서 눈썹이 거의 없었다. 머리는 어깨선에 맞춰서 잘랐고 헤어밴드로 앞머리를 올리고 있었다. 갑자기 이제 그만 말해버리고 싶었다.

　"나, 여기 이 도리이 바쿠하고 사귀던 사이였어. 오사카에서."

고타로가 가늘게 눈을 떴다. 하지만 아직 눈꺼풀이 다 뜨이지 않았다. 작은 입이 뭔가 깨무는 것처럼 움직였다.

"벌써 구 년 전 일이니까 스물두 살 때쯤이었어. 바쿠가 갑자기 떠나버려서 나는 항상 보고 싶긴 했는데, 그만 잊어버리려고 했고, 그러다가 료헤이를 만났고, 그래서 바쿠에 대한 건 다 잊을 수 있었는데… 이제 와서 또다시 텔레비전을 통해 보게 될 줄은 생각도 못했어."

손이 떨리고 말은 빨라졌다. 눈물이 나려고 해서 크게 숨을 들이쉬고 내쉬었다. 마야는 칭얼거리기 시작하는 고타로를 가볍게 흔들어주면서 나를 올려다보았다.

"아사코가?"

마야의 눈빛에는 단순한 놀람이, 그리고 목소리에는 지금까지 들어본 적이 없는 의심과 나무람이 뒤섞인 투가 섞여 있었다. 고타로가 울었다. 마야는 크게 흔들어주면서 오냐오냐, 라고 달랬다. 그러고는 다시 나를 보았다.

"이건 또 뭔 소리야?"

웃고 있었다. 나는 떨리는 팔을 다른 한쪽 손으로 잡고 있었다.

"웬일이야, 아사코가 그런 개그 같은 소리를 하고? 아무리 료헤이 씨와 닮았다지만, 그런 사람과 사귀었을 리가 없잖아. 영화 주인공이야. 마음을 끄는 남자 1위란 말이야."

마야는 후우 숨을 내쉬고 소파에 몸을 기대더니 수유용 케이프를 어깨에 걸쳤다.

"아니, 료헤이와 닮은 게 아니라⋯."

뭔가 설명을 잘못했나, 하고 방금 내가 했던 말을 되짚어보려 했지만 재현할 수 없었다.

"심각한 얼굴이어서 난 또 무슨 소린가 했네. 그보다 일단 거기 앉아봐."

수유를 시작한 마야는 온화한 얼굴이었다. 고타로는 행복해 보였다.

"오사카에 있을 때, 만났는데⋯."

그다음에 어떤 말을 해야 할지 알 수 없어서 나는 우선 맞은편 소파에 앉았다.

닫혀 있던 베란다 커튼이 쓰윽 열리고 한조 씨가 불쑥 들어서는 바람에 깜짝 놀랐다. 심장이 멎는 줄 알았다.

"어험."

항상 하는 소리를 내는 한조 씨의 손에는 식목 가위가 들려 있었다. 마야가 앉은 소파 뒤를 지나 주방으로 가더니 포트의 차를 자신이 직접 따라 마셨다. 윽, 뭐야, 이거, 라고 말했다.

"오사카라면 료헤이 씨잖아. 이 사람은 전혀 오사카스럽지 않아."

마야는 긴 손가락으로 잡지 속의 사진을 가리켰다. 사진의 바쿠는 대체로 웃지 않는다. 잔뜩 폼을 잡고 있다. 굳이 그러지 않아도 괜찮게 보이는데.

"응, 오사카스럽지는 않아."

"영문 모를 소리 좀 하지 마. 진짜 믿을 뻔했잖아. 세상에 그런 일이 있나, 텔레비전에 나오는 사람하고."

베란다로 이번에는 마야의 어머니가 쑥 들어오는 바람에 깜짝 놀랐다. 어머, 왔구나, 아, 이름이 뭐였더라, 라고 해서 나는 머리를 숙이며 알려드렸다. 이즈미야 아사코입니다. 마야의 어머니는 둥글둥글한 몸매에 항상 저지를 입고 있다. 전지한 나뭇가지가 비쳐 보이는 쓰레기봉투를 들고 마야와 나 사이를 가로질러 현관문을 통해 밖으로 나갔다. 한조 씨는 증손자를 안아보고 싶은 얼굴로 이쪽을 보면서도 말은 안 하고 이번에는 소파 앞을 지나 다시 베란다로 나갔다.

"마야도 텔레비전에 나왔잖아."

"나 같은 사람하고 이런 사람은 전혀 다르지. 가까운 듯하면서도 너무 먼 인간이야. 그야 어쩌다 마주치면 몇 마디쯤은 나눌 수도 있겠지. 하지만 이런 사람은 애초에 싹부터 다를걸? 어딘가 다른 별에서 온 것처럼."

사진 속의 바쿠를 빤히 보면서 나는 허브티를 마셨다.

"그런가."

바쿠의 뒤쪽은 황야였다. 어딘지 알 수 없었다.

"응, 그럴지도 모르겠다."

바쿠가 실린 페이지를 손으로 쓰다듬었다. 종이 표면이 매끈매끈하고 모퉁이를 집어 들자 넘어갔다. 모르는 사람, 이라고 생각해보았다. 실제로 나는 머리가 길고 덥수룩한 수염에 서른한 살인 바쿠는 직접 만나본 적이 없다. 텔레비전과 사진으로 봤을 뿐. 마야와도, 이 잡지의 '바로 지금 마음을 끄는 남자'라는 앙케트에 답한 사람들과도 다를 게 없지 않을까. 즉 나는 도리이 바쿠와 아무 관계도 없다.

"료헤이를 닮아서 아는 사람이라고 생각했는지도 모르겠네."

내 말을 내 귀로 듣고 옳은 말이라는 느낌이 들어서 앞으로는 분명 그렇게 될 거라고 생각했다.

"뭔 소리야, 그게?"

마야가 웃었다. 매우 행복해 보였다. 마야에게 얘기하기를 잘했다고 생각했다. 나는 대체 뭘 고민하고 있었던 걸까.

한조 씨가 다시 베란다를 통해 들어왔다.

"너, 얼굴이 아주 좋구나. 무슨 일 있었냐?"

나는 한조 씨에게 V 포즈를 지어 보였다.

고타로는 다시 잠이 들었다. 헬리콥터 프로펠러 소리가 들려왔다.

료헤이에게 전화했다. 일부러 집까지 갔다. 료헤이를 좋아한다고 말했다. 그거 말고는 아무것도 없다, 라고 말했다. 오사카로 이사하기로 했다.

○ ○ ○

사월이다.

옷장에 미처 다 들어가지 않는 옷을 반절쯤 버렸다. 방이 넓어졌다. 흐뭇했다. 멋진 날씨다.

길가에 휘날린 벚꽃잎이 한데 모여 있어서 하얗고 환했다.

요요기 공원의 토요일. 인파가 넘쳐나고 있었다.

벚나무 아래에도 넓은 잔디 광장에도 줄지어 나아가는 벌레 떼처럼 사람들이 와글거렸다. 수많은 사람들의 머리와 얼굴과 옷이며 가방의 울긋불긋한 색깔이 흩어졌다 모였다 하고 있었다. 공원에 있는 사람들과 색깔이 꿈틀거리는 것이 뭔가와 비슷하다 싶었는데 쇠라의 〈그랑드자트섬의 일요일의 오후〉라는 제목의 큼직한 그림이 퍼뜩 생각났다. 실물을 본적이 있어서 크기도 알고 있다. 그 그림에는 사람이 이렇게까지는 많지 않기 때문에 이곳에 있는 미처 헤아릴 수 없이 많은 사람들은 그랑드자트섬에 그려진 점 하나하나 같은 것이구나, 라고 생각했다.

쇠라가 서른한 살에 죽었다는 것을 최근에 알았다. 내가 지금 서른한 살이고 경치가 쇠라의 그림처럼 보인다면 혹시 나도 죽을지 모른다, 라는 생각이 들어서 공원에서 시선을 돌려 넓게 펼쳐진 하늘을 올려다보았다.

하늘은 봄답게 흐릿해서 벚꽃을 닮은 색깔을 띠고 있었다.

"우와아, 귀여워!"

하루요는 유모차 앞에 쪼그리고 앉아 고타로의 뺨을 손가락 등으로 쓰다듬었다.

"우와아, 보들보들!"

하루요의 빨간 시폰 블라우스 소매와 옷자락이 흔들렸다. 피크닉 매트에 앉은 마야는 한 손으로 유모차를 앞뒤로 흔들었다. 시선은 아직 전체가 흰색에 가까운 분홍빛 꽃잎으로 뒤덮인 벚나무 쪽에 가 있었다

"자아, 건배 제3탄 들어갑니다. 다들 잔 들었지?"

사람들 머리 너머로 자리에서 일어선 에미린의 얼굴이 보였다. 플라스틱 컵을 높이 들고 있었다. 에미린 옆에 딱 붙다시피 해서 도쿄에 왔는데 그녀를 만나는 건 일 년 만이었다. 에미린은 가녀린 몸도, 깜짝 놀란 듯한 큼직한 눈도, 머리를 머리꼭지에 돌돌 말아놓은 헤어스타일도, 모든 것이 전에 만났을 때와 똑같았다.

"건배! 수고했어!"

여기저기서 목소리와 플라스틱 컵과 맥주 캔이 맞부딪쳤다. 에미린이 각본을 담당한 소규모 영화의 스태프와 출연자, 현재 다니는 직장의 동료와 극단 시절의 친구(우리는 여기에 포함된다)까지 모두 합해 서른 명쯤이지만, 한 시간이 지나는 사이에 인원이 늘었다 줄었다 했다.

"몇 개월이에요?"

근처에 있던 밤색 머리의 여자가 물었다. 고등학생 같은 얼굴을 하고 있었다.

"사 개월."

"오, 아직 갓난아이잖아?"

밤색 머리의 여자 옆에 있던 하늘색 보더 티셔츠를 입은 남자가 말했다. 여자애 같은 얼굴을 하고 있었다. 하루요는 아직 고타로의 손이며 얼굴을 쓰다듬으며 흠뻑 빠져 있었다. 밤색 머리의 여자가 그 반대편에서 고타로의 머리칼을 만지며 말했다.

"주위를 환하게 하는 태양 같은 존재네요."

마야는 휴대전화로 다케시 씨에게 메시지를 보내고 있었다. 이제 곧 데리러 온다는 모양이다.

한층 더 키가 큰 벚나무 주위에 카메라를 든 사람들이 모여 있었다. 휴대전화 카메라, 소형 디지털카메라, 삼각대를 세우고 매크로렌즈를 장착한 디지털 1안 리플렉스. 수십 개의 렌즈를 겨눈 사람들이 사선으로 위를 올려다보며 눈앞의 벚꽃과 세로와 가로의 액정화면에 비치는 벚꽃이 어떻게 닮았는지 비교하고 있었다. 벚나무를 배경으로 쭉 뻗은 팔 끝의 카메라를 자신에게 향하고 찍는 사람들도 있었다. 걸어가는 사람도 저마다 어떤 것이든 카메라를 들고 있었다. 이제 세상에는 카메라를 들고 다니는 사람들만 있는 거 아닌가, 라고 생각했다. 벚나무가 줄을 선 이 일각에는 빈틈을 찾아서 파란색, 무지개색 피크닉 매트를 깔고 다닥다닥 붙어 앉은 낯선 사람들이 함께 파티를 하는 것 같으면서도 섣불리 다른 팀에게 말을 건네거나 하지는 않았다. 하지만 그들 모두가 오늘은 벚꽃이 좋아서 이곳에 온 것이라고 생각하니 흐뭇했다.

아저씨가 카메라를 떨어뜨린 곳에 마침 큼직한 돌이 있어서 기다란 매크로렌즈가 깨졌다. 나는 그 모습을 디지털카메라에 담았다. 디지털카메라는 작지만 꽤 묵직하다. 필름 카메라로도 찍었다.

오, 예에, 라는 소리와 함께 우쿨렐레의 현이 딩가딩가 울렸다.
"우리는 텔레비전인간 브라더스입니다. 날마다 텔레비전만 보는 나쁜 인간입니다. 에미린 씨가 각본을 담당한 〈세 마리의 까마귀와 고양이아가씨〉에서 잔심부름을 하고 있습니다."

"저는 이것저것 닥치는 대로 일합니다. 감독님은 오늘 못 오실지도 모르지만, 이 노래를 에미린 씨와 감독님께 바칩니다."

두 사람이 노래를 불렀다. 인생 따위 아무것도 없는 것. 잠자고 일어나고 다시 잠자는 것뿐. 오늘도 일하느라 지쳤다네. 좋은 일이라고는 나에게 굴러오지 않아~. 그것이 너의~ 인생이야~. 강한 놈만 살아남는다네. 약한 놈은 너~.

하지만 주위가 시끌시끌해서 우리 쪽 자리까지는 그 노랫소리가 거의 와 닿지 않았다.

바로 옆의 학생들은 뭔지 모르지만 게임의 벌칙으로 남자들끼리 끌어안고 데굴데굴 구르고 있었다. 그 옆은 인도계 사람들이어서 탄두리 치킨인 듯한 적동색 고기를 먹고 있는데 맛있어 보여서 부러웠다. 눈썹이 진한 여자가 큰 눈으로 이쪽을 빤히 쳐다보길래 손을 한 차례 흔들어주었다.

하루요는 초록색 맥주 캔을 들고 잔뜩 들뜬 사람들을 바라보고 있었다.

"나도 아이 같은 거, 키워볼까."

"같은 거, 라니 무슨 말이야?"

고타로를 안고 있던 마야가 물었다.

"실은 고양이를 기르고 싶었거든요. 어느 쪽이 먼저인 게 좋을까요?"

"태어날 때부터 고양이가 있는 게 알레르기가 안 생긴다고 하던데."

"그거, 별 근거 없는 속설이에요."

보더 티셔츠 남자가 옆에서 말을 섞었다. 따로 물통을 챙겨 와 뜨거운 커피를 마시고 있었다. 밤색 머리 여자는 매트 반대편에서 뭔가 안무를 펼쳐 보이고 있었다.

"먼저든 나중이든 둘 다 괜찮은 거 아냐?"

마야는 고타로의 이마 머리끝을 쓰다듬고 있었다. 고타로의 머리카락은 지난번보다 더 길었다. 나는 보더 티셔츠 남자에게서 커피를 얻어 마셨다.

"하루요, 전에 아이는 평생 없을 거라고 하지 않았어?"

"응, 지금도 고민 중이야."

"왜?"

"무섭잖아. 사람 하나를 이 세상에 발생시킨다는 거, 내가 그런 걸 해도 되나 싶어서. 일단 발생하면 언제까지고 있을 거고."

"나는 그런 말을 하는 것도 무서워. 인간으로서 그런 말은 하면 안 될 것 같아서."

나와 하루요의 얼굴을 번갈아보더니 마야는 잠깐 생각에 잠긴 듯 눈동자를 굴린 뒤에 말했다.

"일단 생겨버리면 아, 이런 식으로 흘러가는구나, 하고 받아들이게 돼."

"뭔가 규칙이 있으면 좋을 텐데. 몇 살까지는 아이를 낳을 것, 이라는 식으로."

"그건 또 그것대로 너무 숨 막히지."

아까부터 입을 삐죽거리던 고타로가 드디어 울음을 터뜨렸다. 하루요는 시원한 손으로 작은 머리를 쓰다듬었다.

"미안, 미안. 넌 귀여워. 미치게 귀여워."

시든 낙엽 위를 기어가는 개미는 큼직했다.

얇은 디지털카메라의 모니터 화면 속에서 맥주를 쭉 들이켠 하루요가 이쪽을 향했다.

"엇, 찍고 있어?"

다시 한 번 셔터 버튼을 누르자 모래시계 아이콘이 화상을 메모리 카드에 기록했다.

"디지털카메라는 그다음 찍을 때까지 오래 걸려. 손으로 감는 게 가장 빠를지도."

나는 말했다. 좀 늦게 반응하는 버튼을 눌러 그다음 맥주잔을 비운 하루요를 찍었다. 그러고는 자리에서 일어나 스니커즈를 신고 최대한 셔터를 누르면서 누덕누덕 깔아놓은 피크닉 매트 주위를 돌아다녔다. 모니터 화면의 벚나무는 하얗게 날려서 대담하게 생략한 그림처럼 복슬복슬한 흰 뭉치가 되었다. 화면에 비치는 건 뭐든 좋으니 다 찍자고 생각했다. 아무튼 매수를 좀 더 많이 확보하고 싶었다.

"에미린 씨의 친구예요?"

어떤 남자가 비디오카메라를 내게 겨누고 물었다. 작고 둥근 렌즈 속에 공원과 내가 동그랗게 일그러져 있었다. 나도 그에게 내 디지털카메라를 겨눴다.

"네, 오사카 때부터 친구인데 극단 일을 거든 적이 있어서."

이 말을 하자 극단 일을 거들던 나 자신이 무척 먼 존재처럼 여겨졌다. 에미린을 계기로 도쿄에 왔고 마야에게로 가게 됐지만 이제는 에미린과 거의 만나지도 못하고, 그러고 보니 에미린은 원래 하루요와 친한 사이였는데, 라고 차례차례 머릿속에 떠올랐다. 남자는 비디오 본체 옆에 놓인 모니터 안의 나를 보고 있었다. 허리를 반쯤 숙인 자세로 몇 걸음 뒤로 물러서면서 모니터를 향해 질문을 이어갔다.

"지금은 어떤 일을?"

"오사카로 이사할 거라서 이제 곧 백수예요."

"오호."

그는 네모난 기계를 향해 흐뭇한 얼굴로 말했다. 그에게는 보이는(나에게는 보이지 않는) 액정화면 속의 말하는 내 얼굴을 상상하면서 손에 든 디지털카메라를 일부러 턱 밑에 배치해 영화 장면처럼 큰 몸짓으로 고개를 들고 비스듬히 위를 올려다보며 말했다.

"도쿄의 벚꽃도 이게 마지막일지도."

"그럼 이거, 언제든지 볼 수 있게 메일로 보낼게요."

그는 녹화를 멈추고 그제야 이쪽에 있는 나를 보았다.

"고마워요."

그의 발밑에는 남의 엉덩이와 다리 틈새로 무리하게 펼쳐 놓은 노트북과 거기에 연결된 또 다른 디지털카메라를 든 여자가 있었다. 카고팬츠의 호주머니는 뭐가 들었는지 빵빵하게 부풀었다.

"이쪽 사진도 보낼게요."

액정화면을 보니 세 명의 남자가 파란 매트를 깔고 자리를 잡는 장면에서부터 사람이 모이고 첫 건배를 하고 우쿨렐레 듀오가 첫 연주를 하는 장면, 그리고 벚꽃 사진이 슬라이드 쇼로 흘러갔다. 곁에는 휴대용 음악플레이어에 연결된 둥근 스피커를 통해 나오는 피아노 선율이 그 위를 뒤덮고 있었다. 사진은 한 장이 천천히 흐려지고 그다음 장이 겹쳐지면서 떠올랐다. 처음부터 다시 돌려보았다. 오늘 일은 이미 추억이었다. 추억은 노트북 안에 있었다. 그리고 아마도 어딘가 이곳이 아닌 장소에도 있고 내 노트북으로도 볼 수 있다. 복사하는 것도 가능하다. 나 아닌 누구라도. 그것이 어디에 있는지 나는 잘 모르지만 지금 내 머릿속에 떠오른 것처럼 공중을 떠도는 게 아니라 어딘가에 존재한다. 나와 반대편에서 그 화면을 들여다보는 남자가 있었다. 깊숙이 눌러쓴 니트캡 밑으로 백발 섞인 머리칼이 삐죽삐죽 나와 있었다.

"어째 장례식 같네."

"참내, 뭔 소리예요, 결혼식인데."

"뭐야?"

"결혼식에서 마지막에 이런 영상 틀어주는 거 못 봤어요? 알바로 내가 그런 영상 만든 거예요."

"맞다, 그거! 지난번에 갔던 결혼식에서도 마지막에 틀어주던데 그거 보고 내가 어느 틈에 저렇게 나이를 먹었나, 화장실 가서 거울을 봤다니까."

"원래 그렇게 젊지도 않으면서 뭘?"

어리둥절한 얼굴로 여자가 말하자 사십 대로 보이는 남자는 대꾸할 힘도 없는지 말 대신 맥주를 마셨다. 나는 쪼그리고 앉아 그녀의 무릎에 얹힌 노트북을 들여다보았다.

"봐도 돼?"

모니터에 떴다가 사라지는 선명하고 투명한 색채의 얼굴들. 지금 내 뒤에 있는 사람들.

"인물 사진 잘 찍는 거, 부럽다."

진심으로 감탄했다. 나도 그렇게 되고 싶었다.

"고맙습니다."

여자는 빙긋 미소를 짓고 카고팬츠 호주머니에서 캐러멜을 꺼내 내게 주었다.

"엇, 하루요? 어머, 정말로 너야? 오랜만이다, 진짜! 근데 얼굴이, 어어엇?"

높직한 소리가 들려서 돌아보니 이미 취해버린 에미린에게 하루요가 다시 술을 따라주고 있었다.

까마귀 두 마리가 바로 옆에까지 날아와서 학생 팀 여자애들이 까아아 소리치며 달아났다.

나는 디지털카메라의 모니터를 보면서 오늘 찍은 사진을 순서대로 확인했다. 그리고 처음에 찍은 한 장을 삭제해보았다. 휴지통 아이콘이 나타났다. '예'와 '아니오'에서 '예'를 선택했다. 사진은 사라졌다. 삭제한 사진과 비슷한, 하지만 약간 다른 공원 입구 사진이 떴다. 그것도 삭제했다. 원형 버튼을 터치하자 방금 전에 찍은 까마귀 사진이 나왔다. 두 장의 이미지가 사라진 셈이다. 삭제한 사진은 이제 다시는 찍을 수없다, 라고 내 안에서 되새기자 안타까운 마음과 설레는 마음, 양쪽 다 느껴져 다시 몇 장을 더 지워봤다. 재미있다, 라고 할 정도는 아니지만 뭔가 내 안에 새로운 감촉이 있었기 때문에 조금 더 지워보기로 했다. 메모리 카드에는 아직 수백 장이 기록되어 있다. 그래서 또 한 장 지워봤다.

산책로 쪽으로 카메라를 향하고 모니터 화면을 보았다. 윗부분은 벚나무와 하늘의 환한 하얀빛이고 아랫부분은 사람들의 머리와 옷에 의해 검은색으로 양분된 게 재미있었다. 이 사진을 조금 전의 여자에게 보내주자고 마음먹었다. 또 하나 목에 걸고 있던 콤팩트 필름 카메라를 벚꽃에 가까이 대고 열장쯤 사진을 찍었다. 좀 더 많이 찍고 싶었다.

벚꽃이 눈처럼 휘날리는 모습은 어디에서나 축복 같다. 하얀 꽃이 이토록 쏟아지는데도 벚나무의 꽃은 별반 줄어드는 기색도 없어서 뭔가 다른 장치를 통해 꽃잎만 날려 보내는 게 아닌가 싶었다.

다케시 씨의 어머니가 데리러 와줘서 마야는 어깨에 멘 슬링에 고타로를 넣고 자리에서 일어섰다.

"그럼 또 보자."

잠이 든 채 천에 폭 감싸인 고타로는 무거운 누에고치처럼 동글동글했다. 인파는 점점 더 불어나 유모차를 밀고 갈 틈새도 없었다. 착착 접은 유모차를 껴안은 다케시 씨의 어머니, 앞뒤로 짐 가방과 고타로를 안은 마야는 구두와 짐과 사람 다리를 피해가며 가까스로 인도로 나갔다. 나는 휴대전화를 확인했다. 십오 분 전쯤에 핫시에게서 '이제 곧 도착'이라는 메시지가 왔었는데 아직 모습은 보이지 않았다. 길을 헤매는지도 모른다. 자리에서 일어나 찾아봤지만 주위를 가득 메운 수많은 사람들은 모두 다 알지 못하는 이들이었다. 한 사람쯤은 핫시를 닮은 사람이 있을 법도 한데 그조차 없었다. 마야와 고타로와 어머니는 공원 출구로 향하고 나는 그 뒷모습이 사람과 나무가 줄줄이 늘어선 틈새로 점점 멀어져가는 것을 지켜보았다.

그러고는 잠깐 뒤에 마야가 사라진 틈새에서 핫시가 나타났다. 핫시는 이쪽을 향해 크게 손을 흔들었다. 내가 인도까지 마중을 나가자 그녀가 말했다.

"마야 아기, 많이 컸더라."

"만났어?"

"사람도 너무 많고, 얘기는 못했어."

핫시는 그 말만 하고는 저 안쪽에서 어지간히도 마셔대는 에미린에게 달려가 맥주로 건배했다.

"안녕, 에미린, 오랜만이야. 출세했구나!"

핫시는 팔을 둘러 에미린의 목을 졸랐다.

"와아, 핫시, 오랜만에 나 맛있는 밥 좀 차려줘."

"밥은 너도 할 줄 알잖아! 가방 만들어줄게. 토트백하고 숄더백, 어떤 게 좋아?"

"으응? 쇼, 숄더…."

"좋아, 그럼 밥도 덤으로 차려줄게."

"진짜? 핫시, 고마워, 고마워."

에미린은 핫시의 품에 안겨 줄줄이 먹고 싶은 요리를 부르짖었다.

보더 티셔츠 남자가 집에서 만들어온 파운드케이크를 얻어 먹었다. 아이들 대여섯 명을 태운 끌차 두 대가 인도에 가득한 사람들을 가르며 나아갔다. 어딘가의 유치원이나 어린이집에서 나온 모양이었다. 두 명의 아이가 동물 같은 소리로 울고 있었다. 사람은 점점 더 많아졌다.

"아사코, 정말 오사카로 돌아갈 거야?"

식은 닭꼬치를 빼 먹으며 핫시가 말했다.

"우리 공방 일도 내 생각에는 꽤 괜찮은 거 같은데."

"응, 고마워. 사진전은 열심히 해볼게. 그때는 핫시네 집에서 재워줘야 해."

"알았어, 알았어."

꼬치고기에 달라붙듯이 굳어서 젤리 상태가 된 소스는 차가웠다. 꿀꺽 삼켰더니 가슴쯤에서부터 체온이 스르륵 내려가는 느낌이었다. 핫시 뒤쪽에서 하루요가 휴대전화로 누군가와 통화하고 있었다. 이곳에 없는 먼 곳의 사람과 이야기하고 있다. 핫시는 닭꼬치와 고추냉이 맛의 포테이토칩을 번갈아가며 먹었다.

"료헤이 씨는?"

"벌써 오사카 사무실 쪽에서 근무 중이야. 내일 올라와서 일주일은 여기서 일하고 그다음에 완전히 이사할 거야."

"그래. 그게 가장 좋지. 진짜로."

에미린의 앞쪽으로 무대라고 정해둔 곳에서 이번에는 여자애가 남미의 피리를 불기 시작했다. 쓸쓸한 음악이었다. 분명

이별 노래다. 하루요가 돌아보았다.

"가방 만드는 분이었구나. 다음에 구경 갈게요. 토트백 중에 잔뜩 들어가면서도 둔하게 보이지 않는 걸로 추천해주세요."

"토트백이라면 다음 주에 이거하고 소재만 다른 걸로 작업 들어갈 거야."

핫시가 오래 사용해서 조청 빛깔이 된 가죽가방에서 제작 중인 카탈로그의 복사본을 꺼내 펼쳤다. 핫시와 대각선으로 맞은편에 앉아 있던 수염 기른 남자가 아까부터 이쪽을 흘끔거리다가 카탈로그를 펼친 순간, 가장 눈에 띄는 사진을 가리키며 큰 소리로 말했다.

"앗, 그거! 내가 찾던 거네! 완전 이상적인 형태잖아!"

주변의 몇몇이 돌아봤지만 별일 아니라는 것을 파악하자 각자의 대화로 돌아갔다. 큰 몸집으로 남들보다 자리를 더 차지한 그를 핫시는 지그시 관찰한 뒤에 물었다.

"가방을 찾고 있었어요?"

"네, 찾고 있었죠, 찾고 있었죠. 진짜로 정말로 가방이 갖고 싶었어요."

그는 앉은 채 음료수 따위를 넘어뜨리지 않게 조심조심 몸을 회전시키고 나서 핫시에게 말했다.

"처음 뵙겠습니다."

아마도 사랑의 시작이리라. 안녕하세요, 라고 핫시도 하루요도 나도 말했다. 낯선 사람과 얘기하는 건 간단하고, 낯익은 사람과 얘기하기는 점점 어려운 일이 되어간다.

꽃잎은 하염없이 떨어졌다.

하나하나가 하얗게 보이는 것은 빛을 반사하기 때문이다.

알지도 못하는 사이에 다섯 명쯤은 돌아갔고 아직 한창 젊은 남녀 세 명이 다가왔다. 그들은 휴대전화를 가로로 들고 들여다보며 가장자리 쪽에 앉았다.

"도리이 바쿠야."

그 부분만 아주 깨끗하게 들렸다. 나는 얼굴을 들었다.

원래부터 앉아 있던 여자애들에게 그들이 휴대전화 화면을 보여주고 있었다.

"입구 쪽에서 찍었어."

"엇, 진짜네?"

"생중계야?"

"멋있었어?"

"뭐, 그냥저냥."

바로 옆에서 하루요가 똑같은 곳을 바라보았다. 검고 큰 눈동자에 빛이 깃들었다.

"…아사코."

하루요가 말했다. 나한테만 들리는 작고 또렷한 목소리였다. 나는 휴대전화를 꺼내 'TV' 버튼을 눌렀다. 바쿠가 그곳에 있었다. 1.5센티미터 정도의 크기다. 포장마차 광장에서 아나운서가 대주는 마이크를 마주하고 바쿠는 공원 쪽을 돌아보고 있었다. 분명 몇 시간 전에 우리가 지나온 곳이다. 눈앞의 꺾어진 길을 돌아가기만 하면 된다. 바로 저기. 바쿠가 뒤돌아본 방향, 그 안쪽이 지금 내가 있는 이곳이다.

"가자."

하루요의 빨간 시폰 블라우스가 흔들리며 내 팔을 잡았다. 나는 같은 자리에 있는 사람들을 살펴보았다. 몇 명 외에는 오늘 처음 만난 사람이고 다들 즐거워 보였다. 먹고 마시고 얘기하고 있었다. 아무도 내가 이곳을 떠나려 한다는 것을 알아차리지 못했다. 나는 사람들의 울타리 밖을 향해 걸음을 뗐다.

"아사코."

수염이 덥수룩한 남자 팀 쪽에서 한창 흥이 오른 핫시가 이쪽을 보고 있었다.

"어디 가?"

핫시의 목소리도 눈도 명백히 나를 나무라고 있었다. 의심한다고 해도 좋을지도 모른다. 나는 곧장 대답했다.

"잠깐 화장실에."

"나도."

입을 맞추듯이 하루요가 말했다. 핫시는 표정을 바꾸지 않았다.

"그래?"

"금방 다녀올게."

계속 이쪽을 쳐다보는 핫시의 시선을 등으로 느끼면서 나는 그 자리를 떠났다.

나와 하루요는 아주 빨리 걸었다. 아직 뛰어서는 안 된다, 라고 생각했다. 내가 하려는 일을 아무에게도 들켜서는 안 된다. 아마도 하루요에게도.

뛰어가기도 어려웠다. 산책로에 중국어인 듯한 말을 하는 가족 몇 팀이 느릿느릿 걷고 있어서 하마터면 부딪칠 뻔했다. 게임 캐릭터 코스프레를 한 아이들이 기념촬영을 하면서 잠깐만 기다려주세요, 죄송합니다, 고맙습니다, 라고 했다. 어린 아이가 다시 울고 있었다. 발 디딜 데 없는 내 방처럼 붐비는 곳을 전파가 끊겨 이따금 모자이크 상태가 되는 휴대전화 화면을 들여다보며 뚫고 나갔다. 바쿠는 웃고 있었다. 주위가 시끄러워서 음량을 최대로 키웠는데도 잘 안 들렸다. 그러다가 바쿠가 다음에 출연할 드라마 화면으로 바뀌었다. 공원이 넓어서 바쿠가 있는 곳까지 도착하려면 빨리 가야 한다. 이토록 넓은 공원이 있고 거기서 자유롭게 벚꽃 구경을 해도 되다니 얼마나 큰 혜택인가, 라고 생각했다.

드디어 수많은 사람 너머로 포장마차들이 보였다. 빨간색과 노란색과 핑크색이다. 달달한 음식 냄새가 났다.

"엇, 저기!"

인파 위쪽으로 기다란 봉에 매달린 조명기구가 언뜻 보였다. 휴대전화의 텔레비전 화면에는 스튜디오 안의 어시스턴트와 고정 출연자들이 나올 뿐 바쿠는 없었다. 무심코 몰려들었다가 흩어지기 시작한 인파를 거슬러 그 중심에 도착하자 젊은 스태프들이 조명이며 음향 기재들을 정리하고 있었다. 바쿠도 사회자도 없었다.

"저 안에 있는 거 아냐?"

하루요가 공원 밖 도로 너머를 가리켰다. 그곳은 공원과 마찬가지로 나무들이 낮은 산처럼 모여서 무성한 녹음이 뭉클뭉클했다. 그 너머에 텔레비전 속의 장소가 있는 것을 하루요도 나도 알고 있었다. 아까 바쿠가 나왔던 프로그램을 제작하는 방송국의 거대한 건물이 그곳에 있었다. 공원 문 밖으로 나갔다. 차가 차례차례 뒤를 이어 달려왔다. 흐름이 빠른 강에 가로막혀 맞은편 강 언덕으로 건너가지 못한다는 동화가 생각났다. 위를 올려다보니 육교가 있었다. 횡단보도는 한참 더 가야 한다. 우리는 공원으로 되돌아와 육교 입구를 찾아 뛰다가 눈에 띄자마자 육교를 건너 맞은편 강 언덕으로 내려갔다. 맞은편 강 언덕에는 체육관도 운동장도 건물도 하나같이 사이즈가 거대해서 갑자기 내가 작아져버린 느낌이었다. 곧게 뻗은 외길 끝에 보이는 네모나고 납작한 건물의 정면을 향해 달렸다. 숲속에 활짝 트인 호수처럼 낮고 조용하고 넓은 곳이었기 때문에 한복판의 입구가 바로 저기에 보이는데도 실제로는 꽤 멀어서 좀체 가닿지 못했다. 꿈속에서 빨리 달려가지 못하는 것 같다고 생각했지만 그것보다는 멈춰 선 에스컬레이터를 걸어올라갈 때처럼 무거운 걸음이라고 하는 게 더 비슷할지도 모른다. 수십 분이 지나간 것만 같았다. 가까스로 견학자 입구에 도착해보니 사람이 엄청 많았다. 아이와 함께 온 가족, 시간이 많은 연령대의 사람들. 바쿠를 보러 온 듯한 여자애들은 몇 명씩 짝을 지어 움직였다. 이제 못 들어간다잖아, 짜증나, 잘났어, 진짜, 라고 서로 주고받는 말소리가 들렸다. 숨이 차고 땀이 흘렀다. 한참이나 사람들 머리 너머로 보이는 건물 벽이며 천장을 보고 있었다.

"에이, 한번 보고 싶었는데."

하루요가 한숨 같은 목소리로 말했다.

"왜?"

나는 물었다.

"아니, 아는 사람이잖아."

하루요는 놀란 듯한 표정으로 나를 보며 말했다. 둥글고 까만 눈의 윤곽을 그린 속눈썹에 다시 한 번 감탄했다.

"아사코도 한번 만나보는 게 좋을 것 같아서."

하루요는 발돋움을 하고 유리 벽 너머로 건물 안을 들여다보는 몸짓을 했지만 실제로는 아무것도 보고 있지 않았다. 그리고 천천히 말했다.

"그냥 그런 생각이 들었어. 이제 곧 오사카로 돌아갈 거잖아."

나는 응, 이라고 말하고 휴대전화 화면을 다시 확인했다. 꽃으로 장식한 하얀 카운터에 바쿠가 앉아 있었다. 그리고 툭 사라졌다. 배터리가 끊겼다.

"하루요 휴대전화, 텔레비전 볼 수 있어?"

"못 봐. 지하철에서까지 텔레비전 봤다가는 바보 돼."

"그건 그렇다."

내가 좋아하는 갈색 담벼락 같은 캐릭터의 봉제인형이 유리 너머로 보였다. 하늘을 보자 구름 틈새가 점점 커져가고 있었다.

"아하."

하루요가 작은 탄성을 올렸다. 다른 여자애들에게 눈치 채이지 않게 슬쩍 눈짓을 했다. 로터리 건너편에 왜건차가 멈춰서고 방송 기재인 듯한 카메라며 코드를 든 사람 서너 명이 내렸다. 이십 분 전쯤에 입구 광장에서 본 그 사람들이었다. 왜건차 뒤에는 또 한 대의 마이크로버스가 있었다. 창은 검은 필름으로 가려졌다. 그야말로 연예인을 태우고 다닐 듯한 차. 하루요가 나를 돌아보며 씨익 웃었다.

"속편이 있었나봐."

우리는 그쪽으로 걸어갔다. 먼 거리도 가다 보면 조금씩이나마 분명하게 좁혀진다. 도착했다. 하루요는 맨 앞에 있는 머리에 수건을 두른 젊은 남자에게 말을 걸었다.

"저기요, 이거 도리이 바쿠가 나오는 방송 촬영이죠?"

"아, 네에."

때 묻은 장갑을 낀 손을 멈추고 수건 두른 남자는 허리를 숙인 채 눈이 부신 듯 하루요를 올려다보았다.

"저 바쿠 친구인데요, 아직 안에 있어요?"

"아뇨…."

몸을 일으킨 그는 황당하다는 기색을 노골적으로 드러내며 시선을 돌렸다. 시선이 돌려진 쪽에 있던 정장 차림의 여자가 알아보고 의아한 듯 이쪽을 지그시 보면서 다가왔다. 하루요는 환하고 씩씩한 목소리로 말했다.

"번거롭게 해서 죄송합니다. 저기요, 바쿠에게 이즈미야 아사코가 왔다고 말 좀 전해주실래요? 친구예요."

"친구 아니잖아요. 게다가 이미 철수했어요."

여자는 귀찮다는 듯이 말했지만 얼굴에는 상냥한 웃음을 짓고 있었다.

"아뇨, 거짓말 아니고 진짜예요. 진짜로 오사카에서 친하게 지내던 사이인데?"

"아무튼 여기 없어요."

"남을 의심하면 멋진 인생을 살 수 없답니다."

하루요의 말에 여자의 상냥한 웃음이 무너졌다. 그 틈을 놓치지 않고 나는 왜건차 뒤편의 마이크로버스를 향해 냅다 뛰려고 했다.

"아니, 아니, 아니, 안 돼요."

수건과 장갑의 남자가 앞길을 가로막았다. 귀여운 얼굴이라서 착한 사람이라고 생각했는데. 그들은 왜건차에 올라탔다. 차가 출발하고 있었다.

"으, 신경질 나."

하루요의 말에 역시나 하루요구나 싶어서 웃어버렸다.

"친구라니까 괜히 더 의심하잖아."

"전 여친이라고 했으면 뭔가 문제를 일으킬 인간이라고 생각했을걸? 뭘 웃고 있어. 모처럼 내가 이렇게 애써 뛰어줬는데!"

하루요의 목소리가 재미있어서 긴장이 탁 풀렸다. 목이 말랐다. 생수를 사야겠다고 생각했다.

퉁명스럽게 문이 닫히고 왜건차가 떠났다. 뒤를 이어 갈색 마이크로버스도 움직였다. 사라져가는 마이크로버스의 검은 필름 붙인 창을 향해 나는 번쩍 든 두 팔을 흔들었다. 보이지 않을 때까지 계속 흔들었다.

다시 돌아오자 꽃구경 모임은 사람이 반으로 줄어 있었다. 게다가 밤 벚꽃놀이를 위해 나온 사람들에게 점점 자리를 침식당하고 있었다.

"무슨 일 있었어?"

핫시가 물었다.

"아무 일도 없었어."

나는 대답했다. 에미린이 다들 고마워, 라고 말하면서 울고 있었다.

밤이 되었다.

드디어 잡지를 전부 내버리기로 결심하고 차곡차곡 끈으로 묶었다. 선반 틈새마다 꽂혀 있던 잡지와 종이봉투 등을 꺼내려고 네모난 방 모퉁이에 놓인 텔레비전 대를 밀자 벽에 검은 흔적이 남아 있었다. 불길에서 피어오르는 열기 같은 모양의 흔적이다. 계속 켜놓은 텔레비전에서는 죽은 반려동물의 클론 사업을 추진하는 회사를 소개하고 있었다. 미국이다. 미국에는 뭐든 다 있는 모양이다. 잃어버린 누군가를 원하는 사람은 그 모습을 재현하려고 한다. 마음이 아니라 모습을. 죽은 개와 똑같은 검은 개를 껴안고 아주머니는 기뻐하고 있었다. 죽은 개가 다시 살아 돌아온다면 이 사람 쪽이 죽은 셈이 되는 건가, 라고 생각했다. 그래서 나는 오사카에 간다.

잡지를 넘겨보자 별 모양 스터드가 잔뜩 달린 가방 사진이 있었다. 삼 년 전 FW시즌의 가방으로 몹시 갖고 싶었지만 단번에 포기 가능한 가격이어서 가게에 찾아가 구경만 했었다. 두 번 가서 깊은 감동을 얻었고 세 번째 갔을 때는 이미 없었다. 삼 년이 지났는데도 이 가방의 아름다움은 전혀 변함이 없었다. 내가 부자였다면 이 가방을 구입하고 디자이너에게도 회사에도 나는 이 가방을 지지한다, 앞으로도 멋진 가방을 계속 만들어달라는 의사 표시를 할 수 있었을 텐데, 라고 상상했지만 일부러 찾아가 구경했던 것만으로도 분명 마음이 전해졌을 것 같아서 그 페이지를 뜯어냈다. 선반이며 침대 밑에서 끄집어낸 잡지로 방 안은 지진이 난 것처럼 온통 물건으로 뒤덮였다.

창문을 여는 참에 료헤이에게서 전화가 왔다.

"두 시간쯤 뒤에 회사 일 끝날 거야. 아라키 씨 차를 타고 그쪽으로 갈게."

료헤이의 목소리는 전화의 집음기에 새어든 바람 소리의 방해를 받고 있었다.

"응, 알았어."

"짐은 좀 줄였어?"

"완전 줄였지. 감동할걸?"

"오, 착하네."

흐뭇했다. 료헤이에게 칭찬을 받아서. 앞으로 내 인생에 료헤이가 있어준다면 나는 언제까지고 잘 지낼 수 있다. 남을 배려해주며 인생을 보낼 수 있다.

잡지 더미 여섯 개를 만들었다. 지쳐서 바닥에 주저앉아 텔레비전을 봤다. 날씨예보를 하고 있었다. 내일은 따뜻한 공기가 흘러들어 오월 상순만큼 기온이 상승할 것으로 예상됩니다. 대륙에서 바람이 불어와 전국에 걸친 구름이 조금씩 동쪽 해상으로 이동하고 있었다. 전국이 분명하게 보였다. 바다도 훤히 내다보였다. 구름 없는 곳이 저렇게나 넓다니.

텔레비전도 내버릴까, 라고 생각했다. 료헤이도 텔레비전은 전혀 안 보면서 일단 갖고 있고, 이건 이제 버리는 게 좋을지도 모른다. 나는 자리에서 일어나 텔레비전에 손을 얹었다. 뜨거웠다. 측면에서 소리와 뜨거운 바람이 흘러나온다. 짧은 뉴스는 끝이 났다. 아나운서가 머리 숙여 인사했다. 어딘가의 빌딩 옥상에 설치된 카메라가 밤거리를 보여주었다. 고층빌딩 모퉁이에 달린 빨간 램프가 깜빡거렸다. 그 깜빡거림은 호흡과도 같은 속도였다.

열린 창밖의 어두운 곳에서 미지근한 바람이 방 안으로 들어왔다. 희미하게 음악 소리가 들렸다. 베란다 난간에 작은 뭔가가 닿는 소리가 났다. 두 번. 세 번. 빗방울이 떨어지는 듯한 소리였다.

문득 돌아보니 텔레비전이 꺼져 있었다. 리모컨이 발밑에서 깨져 있었다. 창문을 닫았다. 고리도 걸었다. 현관문도 잠가야 해, 라고 생각하고 확인하러 갔다. 자물쇠는 채워져 있었다. 문을 두드리는 소리가 났다.

"사아 짱."

아는 목소리다. 자물쇠를 꽉 잡았다. 쇳덩이는 차가웠다. 다른 한 손으로 스코프를 가렸다. 손을 가까이 댈 때, 손바닥 한가운데 작고 동그란 빛이 생기는 게 얼핏 보였다.

"사아 짱."

다시 한 번 들렸다. 손으로 덮은 문이 따듯해졌다. 내 체온이 옮겨간 만큼, 이라고 생각했다. 하지만 어쩌면 바깥 측에서 온도가 올라가고 있는지도 모른다.

"사아 쨩이 손을 흔들었지? 그래서 만나러 왔어."

나는 내가 아무 망설임도 없다는 것을 이미 알고 있었다. 자물쇠를 돌렸다. 덜컥 하고 쇠공이가 이동해 충돌하는 소리가 울렸다. 문을 열었다. 바쿠가 있었다. 낮에 텔레비전에서 본 것과 똑같은 여윈 얼굴. 나는 물었다.

"지금 어디 가려고?"

"시라하마."

"와카야마의 시라하마?"

"차 태워줄 사람 있으니까 괜찮아."

"응."

나는 바쿠에게 뛰어들어 두 팔로 목을 감았다. 호리호리한 몸. 내 등을 껴안는 긴 팔. 바쿠였다.

오랫동안 기다렸다.

우선 짐을 가방에 쑤셔 넣었다. 오 분도 안 걸렸다. 편의점도 전자제품점도 옷가게도 전국 어디에나 다 있으니까 걱정 없다. 바쿠는 그동안 바깥 복도에서 하늘을 올려다보고 있었다. 그리고 노래를 하고 있었다. 아마도 내가 아는 노래.

원룸 계단을 내려오자 하얀 왜건차가 서 있었다. 전기공사라도 하러 갈 듯한 차였다. 실내등이 켜져 있었다.

"안녕?"

조수석의 여자가 창문을 내리고 말했다. 금발에 가까운 갈색머리 밑의 삼백안이 내 전체를 확인하듯이 훑어보았다.

"안녕하세요?"

나는 웃는 얼굴로 대답했다. 여자 너머의 운전석에서 각진 얼굴에 온통 수염투성이인 남자가 내다보았다. 나는 그 사람이 영화감독이라는 것을 알고 있다. 텔레비전에서 본 적이 있기 때문이다. 그 사람이 말했다.

"안녕하십니까. 뒤에 타요, 좁지만."

맨 뒷줄의 좌석은 접혀 있고 그 위에 박스며 큼직한 봉투가 쌓여 있었다. 베란다에서 들렸던 음악이 작은 공간에 울리고 있었다. 내 뒤를 따라 계단을 내려온 바쿠가 먼저 차에 타 좌석 위의 짐을 치웠다. 나는 그곳에 앉았다. 힘주어 문을 닫았다. 슬라이드도어가 미끄러지는 소리가 무척 상쾌하다.

"잘 부탁드립니다."

나는 말했다.

"우선 뭐 좀 먹으러 갈까?"

여자가 도로지도를 펼쳐놓고 들여다보며 말했다.

"네에, 네에."

대답하면서 남자는 차를 출발시켰다. 산책로를 지나고 눈에 익은 길모퉁이를 돌아 언덕길을 내려가서 마야네 집 앞을 지나갔다. 한조 씨의 방은 불이 꺼져 있었다. 마야의 방은 도로에서는 보이지 않는다.

"길이 좁아서 힘드네. 재미있는 동네."

바쿠가 말했다.

"응."

나는 대답했다. 자랑스러운 기분이었다. 열어둔 창으로 바람이 들이쳤다. 바람을 향해 손바닥을 펼치자 물의 흐름을 잡은 듯한 감촉이 느껴졌다. 바쿠에게 몸을 기대자 차가운 손이 내 얼굴을 만졌다.

"바쿠, 내일은 일 쉬는 날?"

"관뒀어."

눈앞에서 바쿠가 웃었다. 그립다, 라는 기분을 방금 처음으로 알았다고 생각했다.

료헤이에게서 전화가 와서 사과했다.

거대한 고속도로 휴게소는 언젠가 텔레비전에 나온 곳이었다. 밤인데도 사람이 많았다. 벚꽃놀이의 속편 같다고 생각했다. 환했다. 히토미 씨는 금빛에 가까운 머리칼을 집게핀으로 묶고 고기 단자가 든 라면을 먹기 시작했다.

"나는 실은 외국에 가고 싶었는데."

후드 달린 두툼한 스웨터의 가슴팍에는 호랑이 얼굴이 그려져 있었다. 나는 탄탄면의 매운 국물을 떠먹었다.

"어떤 나라에요?"

"춥지만 않으면 어디든 좋아. 그리고 날씨가 화창한 곳."

"네, 그렇죠."

나는 그런 심정을 아주 잘 알고 있다. 그래서 내일 날씨는 맑을 거라고 생각했다. 히토미 씨와 유키치 씨의 목적지는 가고시마였다. 유키치 씨는 바쿠가 맨 처음 출연한 영화를 만든 사람이고 그가 지은 작은 집이 가고시마에 있고 그와 히토미 씨는 그곳에 가서 둘이 살기로 했다는 얘기였다. 방금 디지털 카메라 모니터로 그 집 사진을 보여주었다. 초록의 목초지가 한없이 펼쳐진 곳이고 저 멀리 산이 있었다. 좋은 곳이 틀림없었다. 히토미 씨는 전혀 웃지 않는 사람이었다.

"그 나라의 요리를 배우고 이웃들에게 우리 음식도 알려주고, 한 오 년쯤 살면 싫증이 날 테니까 그때는 돌아와서 식당을 하는 거야. 배워온 요리를 내놓는 거지. 어때, 좋은 아이디어 같은데."

"그럼 아직 별로 알려지지 않았고, 하지만 적당히 지명도가 있고 게다가 요리가 맛있는 나라가 좋겠네요."

"어디, 그런 곳 알아?"

히토미 씨가 눈을 치뜨고 쳐다보는 바람에 나는 바짝 긴장했다. 높직하고 칸막이 없이 뻥 뚫린 공간에 사람들의 목소리가 울려서 실제 인원보다 많은 듯한 느낌이 들었다.

"아, 그게…. 지금까지 어디어디에 가보셨어요?"

"가본 데가 없어. 혼슈 밖으로는 나간 적이 없으니까."

"수학여행 같은 것도?"

"학교를 쉬었거든. 따돌림을 당해서."

"지금 규슈에 가시잖아요?"

"해협이라는 단어가 좋더라고."

히토미 씨는 팔꿈치를 짚고 따분하다는 듯한 몸짓으로 귀를 그 위에 얹은 채 다른 손으로는 휴대전화를 열었다 닫았다. 그대로 눈동자만 돌려 내 쪽을 보았다. 뒤쪽에서 유키치 씨가 고기만두와 전갱이 튀김을 들고 돌아왔다.

"나, 그거 줘."

"너무 많이 먹는 거 아냐?"

유키치 씨는 수더분하게 웃는 얼굴로 우리에게 먹을 것을 챙겨주고 히토미 씨 옆에 앉아 덮밥을 먹기 시작했다. 열심히 면을 먹는 내게 유키치 씨가 말했다.

"피곤하지 않아요?"

"전혀요."

"응, 다행이네."

유키치 씨가 다행이라고 했으니까 이대로 계속 차를 얻어 타도 괜찮겠다고 생각했다. 컴컴한 밖에서 바쿠가 다가오는 게 보였다. 멀리서도 금세 바쿠를 찾을 수 있다는 게 기뻤다.

"봄인데 추워."

바쿠가 어깨를 웅크리자 초록색 윈드브레이커의 주름에 지나치게 환한 천장 조명으로 빛의 물결무늬가 생겼다가 사라졌다.

"너도 뭐 좀 먹어."

유키치 씨가 전갱이 튀김을 밀어줬지만 바쿠는 아이스크림을 집어다 먹었다. 핑크색 아이스크림이 바쿠에게 잘 어울린다고 생각했다.

옆자리에 마주 앉은 네 명 일행의 가족이 깜짝 생일파티를 시작했다. 아빠가 바로 지금 정확히 마흔 살이라는 모양이다.

저 사람 나랑 동갑이네, 라고 히토미 씨가 말했다.

심야버스가 나란히 서 있었다. 줄무늬 하이삭스를 신은 여자가 오사카행 버스에 탔다. 전에 오카자키와 함께 밴드 활동을 했던 여자였다. 이름을 알지 못해 인사를 건네지 못했다.

보라색 빛이 밤길을 비추고 있었다.

바쿠에게 기대어 잠을 잤다. 잠든 동안에 사라지지 않게 바쿠의 엄지를 꼭 쥐고 있었다. 바쿠는 내내 깨어 있었다.

밤과 아침은 경계가 있어서 일단 그 경계선을 넘자마자 아주 빠르게 환해졌다. 그래서인지 우리가 탄 차의 속도까지 빨라진 느낌이었다. 훨씬 더 빠른 대형 트럭이 옆으로 다가와 우리 차를 뒤흔들고 저만치 멀어져갔다. 터널과 터널 사이에서는 계곡의 마을이 보이고 아직 텅 빈 논이 펼쳐졌다. 산과 인가의 경계, 밭둑 사잇길에 벚꽃이 피었다. 벚꽃은 대부분 한데 모여 있어서 아침의 푸르스름한 빛 속에서 그곳만 하얀 공백처럼 보였다.

햇빛이 직접 얼굴에 닿을 때쯤 나는 잠에서 깨어났다.

"눈부셔."

바쿠는 내내 밖을 내다보고 있었다.

"아침 해가 뜨는 거, 시작이 아니라 끝인 것 같다."

바쿠의 옆얼굴을 윤곽을 더듬듯이 한참을 지켜보았다. 그리운 얼굴. 잘 아는 목소리. 나는 아마도 바쿠와 분명 이렇게 함께 어딘가에 갈 수 있을 거라고 항상 생각해온 것 같았다.

운전석에서 유키치 씨가 말했다.

"어느 쪽이든 마찬가지야."

히토미 씨는 자고 있었다.

오사카 덴노지 역 바로 앞에서 차가 멈췄다. 문을 열자 차가운 새 공기가 흘러들었다. 곧장 뻗어나간 도로를 달려가는 차는 아직 많지 않고 화단 앞에서는 비둘기가 울고 있었다. 까마귀가 아니라 비둘기여서 도쿄가 아니고 오사카에 와 있구나, 라고 실감했다.

"정말 여기서 괜찮아?"

히토미 씨가 조수석에서 몸을 내밀고 우리를 보았다. 부석부석한 얼굴이었다. 결국 한 번도 웃는 것은 못 봤네, 라고 생각했다.

"유키치 씨, 고마워요."

바쿠가 말하고 내 등을 밀었다. 뒤 트렁크를 열어달라고 해서 짐을 내리기 시작했다.

"아, 잠깐만."

히토미 씨가 손짓을 하길래 차 문으로 다가갔다. 완전히 내려놓은 창에 팔을 얹고 히토미 씨는 내게 속삭였다.

"이런 때는 과거를 돌아보지 말 것."

오른손을 내밀어 내 팔을 잡았다. 히토미 씨의 눈은 거의 나를 노려보고 있었다.

"뒤돌아보면 거기서 끝이야. 그러니까 계속 가."

"네, 고맙습니다. 도착하면 메일로 사진 보낼게요. 다음에 가고시마에 놀러 가겠습니다."

"우리가 거기까지 무사히 도착한다면."

내 팔을 놓고 히토미 씨는 좌석에 털썩 등을 기댔다. 졸린 듯한 눈으로 크게 하품을 했다.

바쿠가 티켓을 사는 동안 나는 복권 매장 앞 기둥 옆에서 기다리기로 했다.

"이거, 보고 있어."

바쿠가 박스와 가방이 얹힌 캐리어의 손잡이를 내게 쥐여 주었다.

"아무도 손대거나 열지 못하게 해."

"응."

바쿠의 박스는 오카자키의 연립주택 방에 있었던 것과 똑같은 귤 그림이 그려져 있었다. 같은 박스인가 했는데 새것이었다. 뚜껑을 테이프로 붙인 게 아니고 엇갈려 끼워 넣었다. 박스 바로 앞에 어린애가 서 있는 것이 눈에 들어왔다.

"복권 당첨된 적 있어요?"

남자애는 복권 매장 창구에 닿지 않을 만큼 키가 작았다.

"없는데?"

"운이 없네."

"모든 게 내가 원하는 대로 흘러가고 있어, 지금."

내 말에 나는 고개를 끄덕였다. 남자애는 복권 매장에 줄을 서 있던 엄마 쪽으로 달려갔다. 그 엄마는 돈다발처럼 복권을 잔뜩 사들고 있었다.

연두색과 군청색의 아주 상쾌한 색감의 특급열차에 탔다. 내부도 연두색이면 좋았을 텐데, 아니었다. 창가에는 바쿠가 앉았다.

"바쿠, 어디 있었어?"

"여러 곳에."

바쿠는 창밖의 먼 곳으로 시선을 던진 채 말했다.

"아주 멀고 넓고 끝이 없는 느낌이었어."

"바쿠가 그렇게 생각한 거, 나도 다 알고 있었으니까 됐어."

며칠 전, 한밤중에 텔레비전을 켰더니 바쿠가 "중국에 갔을 때, 엄청 넓었다. 아주 멀고 넓고 끝이 없는 느낌이었다. 막다른 곳이 보이지 않는 장소에 있다 보니 이대로 이곳에 있자는 생각이 들었다. 그게 더 좋을 것 같아서. 그래서 열차를 타고 좀 더 멀리 떨어진 도시까지 갔다"라고 얘기했다. 그것은 바쿠가 처음 출연한 영화였다. 바쿠는 중국에서 돌아와 헤어진 연인을 찾는 사진가 역할이었다. 영화 대사였지만 바쿠가 자신의 속마음을 그대로 얘기한다는 것을 나는 알았다. 그 영화에는 유키치 씨도 히토미 씨도 한 장면씩만 출연했다. 셋이서 낡아빠진 원룸에서 술을 마시고 있었다. 멋진 장면이었다.

"바쿠."

나는 이름을 불러보았다.

"바다, 보여?"

바쿠는 온통 회색 건물로 뒤덮인 거리를 보고 있었다.

오른편으로 바다가 보였다. 왼편으로는 산이 보였다. 산은 짙은 초록빛과 황록색을 누덕누덕 기운 것 같은 모습이었다.

"모든 나무에 잎사귀가 다 나 있어."

바쿠가 중얼거렸다. 뒤통수가 얼얼할 만큼 졸렸지만 잠들고 싶지 않았다. 그래서 내내 바쿠를 보고 있었다.

구름이 껴 있었다.

바쿠는 '바쿠'라는 이름을 지어준 친할머니의 집이 아직 남아 있어서 시라하마에 간다고 말했지만 정확하게는 시라하마 근처 시골이었다. 오사카에서 신칸센으로 도쿄에 가는 것보다 시간이 조금 더 걸린 끝에 꽃 이름이 붙은 역에서 내렸다.

아무도 없는 역을 나와 아무도 없는 로터리랄까 공터를 빠져나왔다. 겨우 오 분을 걸었는데 양쪽으로 산이 바짝 다가와 좁은 계곡의 중심을 지나는 길이었다. 파란 기와지붕 집 몇 채가 띄엄띄엄 보였지만 지나가는 사람도 차도 없었다. 바쿠가 끌고 가는 캐리어 소리가 거친 포장도로에 울려 계곡 전체에 메아리쳤다. 산의 경사면에는 똑같은 간격으로 나무가 심어져 있었다. 키 작은 나무로, 새로 나온 가지가 하늘을 향해 자라고 있었다.

"저건 무슨 나무?"

바쿠가 물었다. 나는 대답했다.

"매화."

하얀 꽃이었나 붉은 꽃이었나, 라고 생각하다가 매실장아찌의 매실이 열리는 나무는 어떤 색깔의 꽃이 피는지 내가 모른다는 것을 깨달았다. 그런 것도 모르다니, 나 자신에게 놀랐다. 휘파람새 우는 소리가 들리고 강은 보이지 않지만 물 흐르는 소리도 들려왔다. 완만한 언덕길 위로 올라서자 눈앞에 연한 복숭앗빛이 펼쳐졌다. 작은 꽃을 잔뜩 매단 나무들이 줄줄이 서 있었다. 키 낮은 그 나무들에서 바람이 불 때마다 연한 복숭앗빛 꽃잎이 이쪽으로 날려왔다.

"벚꽃이 떨어지네."

바쿠가 말했다. 나는 손바닥에 얹힌 작은 복숭앗빛 꽃잎을 가만히 바라보았다.

"아니, 이건 복숭아."

"복숭아는 언제쯤 먹을 수 있어?"

복숭아나무 숲 사이로 풀이 밟혀 갈라진 길을 걸어갔다.

"칠월인가?"

"칠월. 칠월은 여름."

무척 조용했다.

잡초가 무성한 공터 너머에 찾던 집이 있었다. 불에 타 무너지고 새까만 기둥과 대들보만 남아 있었다.

빈터 옆 밭에 있던 아주머니가 이쪽으로 걸어왔다.

"아주머니, 저 집은⋯."

나는 검은 덩어리를 가리키며 물었다.

"불이 났었어. 방화였대. 세상 참 무섭지, 이런 시골에서."

아주머니는 순하고 온화한 목소리로 말했다.

"댁들도 조심해요."

그리고 우리에게 초콜릿을 주었다.

불탄 곳에 다가가도 탄 냄새가 전혀 나지 않지 않는 게 신기했다. 풀과 물과 흙냄새가 났다.

집이었던 나무는 새까매지고 비늘무늬가 생겼다. 까마귀 날개처럼 푸르스름하게 빛났다. 바쿠는 재가 된 나무 파편을 주워 들었다.

"어떻게 할까…."

손가락에 검은 그을음이 묻었다.

나는 말했다. 말하지 않으면 안 된다, 라고 생각했다.

"괜찮아. 어떻게든 될 거야."

아무도 없는 역에서 열차를 기다리고 있을 때, 휴대전화에 문자가 들어왔다. 핫시가 보낸 것이었다.

'나한테 더 이상 연락하지 말아줘.'

그렇게만 적혀 있었다. 거의 동시에 마야에게서도 문자가 왔다. 완전히 똑같은 문장이었기 때문에 핫시와 마야가 만나서 얘기를 했구나, 라고 생각했다. 철길 옆, 토끼풀이 우거진 곳 위로 작은 노란 나비가 하늘하늘 날고 있었다. 바쿠는 철로로 내려가 나비 한 마리를 두 손으로 감쌌다. 손을 떼자 나비는 다시 하늘하늘 날아갔다.

오사카로 향하는 특급열차에서는 바다에 잠겨드는 저녁 해가 보였다.

신오사카 역 대합실에는 아직 사람이 많았다. 유키치 씨와 히토미 씨를 뒤따라 가고시마로 가기로 했다. 전화를 했더니 유키치 씨와 히토미 씨는 방은 있으니까 언제든지 오라고 말해주었다. 나와 바쿠는 오늘 안으로 도착하지는 못하지만 갈 수 있는 데까지 갈 생각이었다. 하카타행 특급열차의 막차 티켓을 샀다. 열차가 도착할 때마다 내리고 타는 사람들의 소란스러움에 나는 반대편 귀를 누르고 휴대전화 너머의 하루요의 목소리를 들었다.

"나는 어쨌든 바쿠를 만나면 마음이 정리되고 좋을 거라고 생각했어. 오사카에 돌아가기 전에 만나서 끝을 내는 게 좋다고 생각했다고."

"나도 그렇게 생각했어. 어제는."

어제는, 이라고 말하고 나서 정말로 어제였을까, 라고 생각했다. 아직 바쿠를 만나지 않았던 그때. 거기에서 벌써 긴 시간이 흘러가버린 것 같았다. 온몸이 나른했다. 계속 차를 타고 다녔을 뿐인데도 피곤한 건 왜 그럴까, 라고 빠른 차를 탈 때마다 매번 생각한다. 옆자리에는 지칠 대로 지친 기색의 엄마와 아들이 있었다. 남자애의 배낭에 노란 메가폰이 꽂혀 있었다. 하루요는 어디서 통화하고 있는지 보이지 않아서 알 수 없었다. 하루요가 말했다.

"아니, 그게 벌써 십 년도 더 지난 일이잖아."

"십 년?"

"그래, 내가 그때 열아홉 살이었다고."

"지금 몇 살인데?"

"스물여덟. 아사코는 서른하나."

"서른하나…."

"저기, 아사코."

하루요가 숨을 들이쉬고 내쉬는 소리가 들렸다. 분명 똑똑히 들어두어야 할 얘기를 하려는 것이다.

"나, 화났어. 료헤이 씨가 좋기도 했고. 아사코, 진짜 나빴어. 그러니까 우리 통화하는 거, 이게 마지막이야."

"알았어."

하루요가 그럼 이만, 이라고 말하고 전화가 끊겼다. 휴대전화 화면에 부재중 전화 표시가 떠 있었다. 열어보니 오카자키가 보낸 것이었다. '오랜만이다. 잘 지내지? 엄청 놀랐어. 바쿠가 전화해서 주소를 알려줬어'라는 내용이었다. 휴대전화를 끄고 가방에 챙겨 넣었다. 올려다보니 천장에 달린 모니터 화면의 열차 표시가 한 칸씩 위로 올라갔다. 맨 위에 있던 열차는 사라졌다. 출발해버렸다. 뒤를 보니 바쿠가 돌아오고 있었다. 바쿠가 아무 일 없이 돌아왔기 때문에 울고 싶을 만큼 기뻤다. 바쿠는 페트병 차를 내밀었다. 따듯했다.

"볼일, 끝났어?"

"응, 끝났어."

나는 대답했다. 바쿠는 사람이 줄어들기 시작한 개표구 쪽을 보고 있었다.

"밤 열차라는 거, 아주 먼 곳에 갈 수 있을 것 같아."

"아주 먼 곳에 갈 거야."

"멀든 가깝든 별 차이는 없어. 가기로 마음먹고 가기만 한다면."

"응."

바쿠가 손을 내밀었다. 나는 그 손을 잡고 일어섰다. 개표구 근처 받침대에 경찰이 계속 서 있었다. 몇 시간을 꼼짝도 않고 서 있다니 어떻게 저토록 인내심이 강할까, 라고 생각했다. 감동적이었다. 많은 사람들이 끌고 가는 캐리어의 바퀴 소리가 한데 겹쳐져 큼직한 덩어리 같은 소리로 울렸다.

신고베를 지나자 바쿠는 잠이 들었다. 마치 건전지가 떨어진 것처럼 잤다. 나는 바쿠의 머리칼이며 손을 내내 쓰다듬고 있었다.

산요 신칸센은 터널이 많았다. 이미 밤이라서 그래도 괜찮았다.

차내 판매캐리어가 오락가락하고 있었다. 출입구 위의 전

광게시판에는 날씨예보가 흘러갔다. 내일도 흐림이었다.

　차체가 바람을 가르고 달려가는 소리가 조용한 차내에 계속 울렸다. 휴대전화가 진동했다. 열어보니 하루요의 메시지가 와 있었다. 제목도 본문도 없이 사진 두 장이 첨부되어 있었다. 출력한 사진을 휴대전화 카메라로 찍었는지 가장자리는 빛이 반사해 하얗게 날아갔다. 가로 방향 사진이라서 휴대전화를 옆으로 돌렸다. 첫 장은 하루요와 내가 복슬복슬한 핑크색 물체를 들고 포즈를 취한 사진이었다. 뒤에는 철탑 무대와 샛노란 은행나무와 학교 건물이 찍혀 있었다. 또 한 장을 보았다. 오른쪽 반절쯤을 오카자키의 얼굴이 차지하고 있었다. 눈과 입을 크게 벌린 장난스러운 표정이지만 카메라와 지나치게 가까워서 흐릿했다. 그 왼편에서 나와 바쿠가 무대 가장자리에 기대고 서 있었다. 바쿠, 라고 생각했다. 십 년 전의 바쿠는 이쪽을 보고 있었다. 어중간한 길이의 머리칼. 끝이 삐져 올라간 그 느낌. 사진을 확대해보았다. 자주 입던 초록색 후드집업. 눈에 익은 티셔츠. 희미하게 웃음을 머금은 듯한 바쿠의 얼굴. 얇은 입술, 외까풀이 중간부터 쌍꺼풀로 바뀌는 눈. 반듯한 눈썹. 수없이 되짚어 생각했을 터인 그 모습이 모두 그곳에 있었다. 오로지 그 얼굴만 응시했다. 십 년 만에 본 바쿠의 얼굴이 천천히 내 안에 들어왔다.

　나는 보았다. 반가운 바쿠의 얼굴과 그것을 옆에서 빤히 바라보는 내 얼굴을. 십 년 전의 나와 지금의 내가 동시에 바쿠를 보고 있었다. 뒤편의 노란 은행나무는 잎을 떨구는 중이었다. 노란 잎 하나가 허공에 정지해 있었다.

신칸센 안이 아니고 우리 외에 아무도 없었다면 나는 부르짖었을 것이다.

아니다. 닮지 않았다. 이 사람, 료헤이가 아니다.

옆자리에서 자고 있는 바쿠를 보았다.

료헤이가 아니잖아, 이 사람!

그 순간, 신칸센이 터널에 뛰어들었다. 암흑을 배경으로 거울이 된 유리창에 비친 나를 보았다. 나도 사진 속의 나와는 다른 얼굴이었다. 뺨이며 턱 밑에 생긴 그늘이 터널의 어두운 벽과 뒤섞였다. 내가 이런 얼굴이었다니, 여태까지 알지 못했다.

총알처럼 공기 덩어리를 밀어내며 기차가 터널 밖으로 나왔다. 띄엄띄엄 보이는 집과 도로의 빛이 유리창에 비친 나와 바쿠에 겹쳐졌다.

바쿠의 뺨에 손을 얹었다.

"미안해, 바쿠."

바쿠의 발밑에 놓인 귤 상자의 뚜껑을 살짝 당겼다. 바쿠는 아무 반응도 없이 온화한 얼굴로 잠들어 있었다. 천천히 뚜껑의 각도를 바꿔나가자 비닐봉투가 보였다. 좀 더 열어보니 상자 안에는 다양한 종류의 빵이 채워져 있었다. 나는 손을 멈추고 한참이나 박스 안의 어둠을 응시했다. 그리고 앞쪽에서부터 차

레대로 봉투를 끌어내 내 가방에 들어가는 만큼 빵을 챙겨 넣었다. 지금부터는 먹을 것이 필요하다고 생각했기 때문이다.

오카야마 역에서 내렸다. 창에 기대 잠이 든 바쿠를 길고 긴 플랫폼에서 눈으로 배웅했다.

◦◦◦

칠월 십이 일. 도쿄인 데다 아침이었기 때문에 매미는 아직 울지 않았다.

사 층에 있었다. 베란다에 검은 그림자가 비쳤다. 후다닥 자리에서 일어섰다. 공중을 이동하는 그 덩어리에 시선을 맞춰 보자 머리도 목도 날개도 다리도 긴 회백색 새가 천천히 가로질러 갔다. 두 번 날갯짓을 하고 고도를 그대로 유지하면서 단독주택이며 맨션으로 가득한, 하지만 유독 튀어나온 건물이 없어서 전망이 툭 트인 세타가야 동네 위를 활공하고 있었다. 무거운 회색빛의 불온한 흐린 하늘 아래 긴 부리가 똑바로 앞쪽을 가리켰다. 그 부리 끝에서 꼬리 끝까지 1미터는 되었다. 왜가리는 왼편으로 날아간 다음에 원을 그리며 방향을 바꿔 몇 번 날개를 치더니 오른쪽으로 계속 날아갔다. 그다음에는 별다른 변화 없이 아주 멀리까지 갔다. 1미터나 되는 왜가리는 저 멀리 날아간 뒤에도 그 모습이 또렷하게 보였다. 까마득히 먼 곳에 초록빛 덩어리가 작게 보이는 곳쯤에서 그 모습은 사라졌다. 그쪽은 석 달 전까지 내가 살았던 곳이다. 그 방에 지금은 아무도 없다.

"넌 언제까지 여기 있을 거야?"

뒤를 돌아보니 어느새 히토미 씨가 돌아와 있었다. 가방을 획 던지더니 소파에 털썩 쓰러졌다. 나는 베란다 방충망을 닫고 바닥에 앉았다. 방 안이 후덥지근했다.

"방금 굉장한 걸 봤어요."

소파에 엎드린 김에 길게 누워버린 히토미 씨가 귀찮다는 듯이 얼굴만 이쪽으로 향했다.

"아주 큰 새."

신이 난 목소리로 말했지만 히토미 씨가 말없이 눈을 감아서 나는 입을 다물었다. 눈을 감은 채로 히토미 씨가 말했다.

"여기서 역 건너편으로 십 분쯤 곧장 가면 공원 있는 거, 알아?"

"아뇨."

"엄청 넓거나 운동기구 같은 게 있는 건 아니고 그냥 연못이 있고 주위에 나무가 좀 있을 뿐이야. 근데 목련에 벚나무에 수국, 백일홍, 금목서에 동백나무도 있어. 대단하지?"

"일 년 내내 뭔가 꽃이 피겠네요."

"그렇지. 아사코는 말이 잘 통해."

주방 싱크대에 쌓아둔 그릇이 무너졌다. 깨질 정도는 아니었다.

"그 공원, 엄청 큰 팽나무도 있어. 근데 그 바로 옆에 맨션이 있거든. 삼 층이고 아주 오래된 거. 난 그런 곳에서 살고 싶더라."

천장을 향해 돌아누운 히토미 씨의 패딩 호주머니에서 휴대전화가 울렸다. 히토미 씨가 꺼내서 엄지로 쓰윽 열고 화면을 확인하더니 낮은 테이블 위로 내던졌다. 들여다보니 초록빛 산 앞에 산양들이 있는 사진이었다. 유키치 씨는 혼자서 그곳에 있다.

"사랑이란 거, 착각을 끝까지 믿느냐 마느냐에 달린 것이더라."

히토미 씨는 중얼중얼 말하고 눈을 감았다. 하지만 아직도 망설인다는 것을 나는 알고 있었다. 나는 주방으로 가서 싱크대의 그릇을 씻기 시작했다. 히토미 씨의 목소리가 들려왔다.

"창문, 닫아야지."

바람이 차가운 느낌이었다. 히토미 씨가 창문을 닫았다. 수도꼭지를 잠그고 나는 히토미 씨 옆에 나란히 서서 바깥을 내다보았다. 황록색을 어둡게 칠한 듯한 기묘한 색깔의 구름이 하늘을 뒤덮고 있었다. 돌풍이 불었다. 맞은편 맨션 베란다에 놓인 뭔가가 날아갔다. 큼직한 빗방울이 후려치듯이 대량으로 떨어졌다. 고도를 높이려던 제비가 바람에 날려 땅 쪽으로 되돌아왔다. 시야가 금세 하얗게 변해서 맞은편 건물도 보이지 않았다.

"자연의 경이구나."

히토미 씨는 홀린 것처럼 쳐다보고 있었다. 세차게 내리는 비와 바람 때문에 맨션 벽에서 신음하는 듯한 소리가 울렸다. 하얀 덩어리에 휘감겨 나는 히토미 씨와 단둘이 이 어슴푸레한 방에 남겨진 채 더 이상 아무도 못 만날 듯한 기분이 들었다. 하지만 그건 단지 십여 분 동안의 일이었다. 하얀 덩어리 건너편에 희미하게 건물이 보이는가 싶더니 그 그림자가 순식간에 또렷이 색깔을 드러내고 빗발이 멈췄다.

"이제 끝난 건가?"

"앗, 저 집, 큰일 났어요."

맞은편 건물 뒤의 연립주택 베란다에서 빨래가 잔뜩 구겨진 채 난간에 달라붙은 게 보였다. 창문을 열자 차가운 물 같은 감촉의 공기가 실내로 밀려들었다. 하늘이 번쩍 빛나고 천둥이 울렸다. 히토미 씨가 말했다.

"너, 여기 더 있을 거야?"

○○○

팔월이다.

히토미 씨의 집에서 남쪽으로 남쪽으로 가다 보면 지난 사월까지 내가 살았던 원룸이 나오기 때문에 나는 남쪽을 향해 걸었다. 산책로 앞에서 모퉁이를 돌아서자 그 길을 걷고 있는 두 사람의 모습이 눈에 들어왔다.

"료헤이!"

나는 힘껏 불렀다. 료헤이가 돌아보았다.

"엇, 뭐야?"

료헤이가 멈춰 서서 이쪽을 향했다. 그의 팔을 휘감고 있던 치하나가 헉 하고 부르짖었다. 나는 료헤이 쪽으로 세 걸음 다가갔다.

"료헤이를 찾아왔어. 만나면 좋아한다고 말하자고 결심했어. 그래서 지금 말할게. 료헤이, 나 료헤이와 함께 있고 싶어."

료헤이는 말없이 나를 보고 있었다. 그새 머리가 조금 길었다. 오늘도 빨간 티셔츠가 잘 어울린다. 치하나가 이쪽으로 돌아서서 소리쳤다.

"지금 입에서 그런 말이 나와? 너, 무슨 짓을 했는지 몰라? 완전 제멋대로잖아, 그게 말이 돼?"

"치하나, 잠깐만 자리 좀 비켜줄래? 료헤이에게 할 얘기가 있어, 중요한 얘기."

"뭐라고? 료헤이는 지금 나하고 함께 있어. 보면 알잖아!"

"그건 료헤이와 치하나 사이의 얘기고, 나와 료헤이 사이와는 관계없어."

"말도 안 돼!"

치하나는 발밑의 돌멩이를 주워 내 쪽으로 던졌지만 잽싸게 피해서 맞지는 않았다. 치하나는 호흡을 가다듬고 이번에는 낮고 명확한 목소리로 말했다.

"나이 서른이 넘어서 친구도 없고 일도 없고 집도 없는 주제에."

"그건 내 문제니까 내가 어떻게든 할게. 오 분이면 되니까 다른 데로 좀 가줄래?"

"저질."

이 년 만에 본 치하나는 약간 말랐고 어른스러워져 있었다. 오렌지색 립글로스를 바른 입술이 예뻤다. 북슬북슬한 개를 데리고 나온 여자가 우리를 빤히 보면서 지나갔다.

"료헤이."

나는 다시 한 번 이름을 불렀다. 이름을 부른 것만으로도 가슴이 벅찼다. 좀 더 몇 번이고 부르고 싶었다.

구름 색깔이 바뀌고 노란색과 회색이 섞인 듯한 어슴푸레한 빛이 거리를 뒤덮기 시작했다.

"얼른 가자, 료헤이."

치하나가 료헤이의 팔을 끌고 가려고 했다. 가느다란 손목에서 금빛 뱅글 팔찌가 반짝였다. 멀뚱히 서 있던 료헤이가 말했다.

"잠깐 먼저 가 있어."

료헤이의 목소리. 들을 수 있어서 기뻤다. 치하나는 원래부터 큰 눈을 더욱 둥그렇게 뜨고 료헤이를 올려다보았다. 그러고는 나와 번갈아 보다가 료헤이의 팔을 팽개치듯이 놓았다.

"뭐래? 너희들, 진짜 재수 없어. 최악이야."

산책로에서는 자전거를 타면 안 되는데 내 뒤쪽에서 노란색 자전거가 나타났다. 빡빡머리의 젊은 남자가 타고 있었다. 우리 사이에 끼어들더니 자전거에 탄 채로 치하나를 지그시 쳐다보았다. 반바지 밑으로 나온 다리에 뽀빠이 문신이 새겨져 있었다. 양쪽으로 이어진 나무 사이로 불어오는 바람이 갑자기 써늘해진 느낌이었다. 뽀빠이 남자가 휘파람을 불기 시작했다. 휘파람을 아주 잘 불었다. 들어본 적이 있는 노래라고 생각했다. 자전거에 탄 불량배 때문에 빗방울이 내 머리에 하염없이 떨어진다, 라는 노래였다. 치하나가 말했다.

"대체 뭐가 그렇게 좋아?"

잠깐 멍하고 있던 료헤이가 퍼뜩 정신을 차린 듯한 느낌으로 나를 보면서 대답했다.

"아마도 얼굴? 눈과 눈 사이가 멀어서…"

처음 듣는 얘기여서 놀랐다. 하지만 좋다고 해준다면 어떤 부분이든 상관없다. 어떤 부분이냐는 것은 그리 중요한 게 아니다. 료헤이의 대답을 듣고 치하나는 내 쪽으로 다가와 말했다.

"그냥 평범한 얼굴인데?"

치하나는 예쁘장한 귓불에서 반짝이는 귀걸이를 확인하듯이 한 차례 자기 손으로 만져보더니 다시 말했다.

"바보 같아."

그리고 내 얼굴을 똑바로 보며 천천히 말했다.

"너 같은 인간이 제일 싫어. 항상 약한 척하고 지가 나서서 아무것도 안 하는 주제에 누구에게나 착한 사람으로 대접받고, 진짜 재수 없어. 앞으로도 넌 절대로 싫어."

"치하나가 그렇게 생각하는 건 나도 어쩔 수 없어."

"진짜 싫어!"

다시 한 번 말하고 치하나는 노란 자전거 짐칸에 옆으로 몸을 돌려 올라타고 뽀빠이 문신 남자의 허리에 팔을 둘렀다.

"가자, 켄."

"밥이나 먹을까?"

"응, 배고파."

"천둥이 치네?"

두 사람은 구불구불한 강을 매립해서 똑같이 구불구불한 길을 자전거로 천천히 달려갔다.

나는 료헤이에게 말했다.

"보고 싶었어."

아직 2미터쯤 떨어져 있었다. 료헤이는 오른손으로 목을 긁적이며 잠시 생각해보고 말했다.

"나는 이제 너 보고 싶지 않아."

내 옆을 지나쳐 료헤이는 빨간 신호를 무시하고 횡단보도를 건너갔다. 그리고 뒤도 돌아보지 않고 가버렸다. 역시 바람이 차갑다 싶어서 가장 가까운 편의점으로 피난했다. 일 분 뒤, 큼직한 빗방울이 내리치듯이 엄청 쏟아졌다. 빗물이 강처럼 흐르는 아스팔트 위를 바람에 날린 종이박스가 굴러갔다. 정면 건물 벽도 물이 흐르는 곳으로 변했다. 휘이잉 다가드는 소리가 바람 소리인지 물소리인지 구별이 되지 않았다. 비명소리가 들렸지만 먼 곳에서 났는지 가까운 곳에서 났는지도 알 수 없었다.

　겨우 십오 분 정도의 일이었다. 편의점 문으로 다가가자 투명한 유리문이 자동으로 좌우로 열렸다. 뭔가의 시작 같았다. 비가 쏟아진 뒤라서 공기가 깨끗했다. 나는 산책로를 향해 걸었다. 여기저기에 찌그러진 비닐우산이 버려져 있었다. 투명한 흰색과 은색으로 이루어진 물체는 새로운 모양으로 바뀌려 하고 있었다.

　짧은 횡단보도 건너편에 료헤이가 서 있었다. 정전으로 신호등의 불은 꺼져 있었다. 산책로는 진흙탕의 강이 되었다가 군데군데 흐름이 끊겨 큼직한 물웅덩이가 남아 있었다.

"대체 뭐야."

나를 알아보고 료헤이가 말했다.

"왜 왔느냐고!"

이번에는 고함치듯이 큰 목소리였다. 나도 대꾸했다.

"료헤이를 만나러 왔다고 했잖아. 료헤이가 하필 여기를 지나가서 덜컥 만나버렸어."

"여기서 사니까 당연히 여기를 지나가지! 아사코가 전에 살던 곳 뒤의 집. 매화나무 있는 그 집."

"언제부터?"

"언제부터든 너하고는 관계없어. 그 집이 나한테 적당했을 뿐이야."

료헤이는 무뚝뚝하게 말한 뒤, 잠깐 생각해보다가 알려주었다.

"지난주부터."

료헤이는 참 착하구나, 라고 생각했다. 하지만 나는 더 이상 그 착함에 기대지 않을 것이다. 그렇게 마음을 정하고 왔다. 내가 오 년 동안 살았던 방의 뒤쪽에 있었던 집을 떠올려보려고 했다. 갈색 담장만 선명하고 형태는 대강만 생각났다. 하지만 료헤이가 적당하다고 했으니까 좋은 집일 것이다. 산책로 옆의 집 이 층 창문이 열렸다. 손만 나와서 바깥 공기를 확인하듯이 휘휘 움직이다가 쏙 들어갔다. 텔레비전 소리가 났다. 또 뉴스일 것이다. 갑작스런 태풍의 새 이름을 수없이 얘기할 것이다.

"나도 함께 살 거야."

가능한 한 큰 소리로 말했다.

내 목소리를 내 귀로도 분명하게 들을 수 있었다. 료헤이의 스니커즈에는 진흙이 묻어 있었다. 료헤이가 좋아하는 빨간색 신발이었다.

"너, 자신이 무슨 말을 하는지는 알고 있어?"

"모르면 말 안 해."

되풀이해서 말하기가 귀찮아졌다. 하지만 그런 기분에 져서는 안 된다고 생각했다. 노력했다.

"뭐라고 하든 괜찮아. 료헤이가 내 옆에 있어주면 그걸로 다 좋아."

가까이 다가가봤다. 료헤이는 움직이지 않았다. 앞에까지 바짝 다가갔다. 괜찮을 것 같아서 손을 잡았다. 탄탄한 근육이 붙은 팔뚝. 햇볕에 그을렸다. 어딘가 놀러 갔었는지도 모른다. 팔월이니까. 다른 한쪽 손도 잡았다. 잡힌 손을 료헤이는 지그시 보고 있었다. 거부하지 않을 것 같아서 껴안아봤다. 마른 티셔츠에 내 얼굴을 댔다.

"나는 너를 믿지 않아."

료헤이의 목소리가 머리 위, 바로 옆에서 들렸다.

"언젠가 사라질 줄 알았어. 실제로도 엄청 최악이었고."

나는 물었다.

"지금도?"

"아마도."

노력하자고 생각했다. 나는 료헤이에게서 물러서서 얼굴을 보았다. 내가 잘 아는 얼굴이다.

"보고 싶어서 왔어."

나는 말했다.

"료헤이를 만나려고 여기로 왔어. 원래 자리로 돌아오면 만날 수 있다고 생각했어."

료헤이는 잠시 내 얼굴이며 나무며 하늘이며 길을 보고 있었다. 나무에서 물방울이 투두둑 떨어지고 다시 흙탕물에 튀었다. 마르기 시작한 땅이 물을 빨아들였다. 잎사귀도 땅바닥도 철책도 선명한 색이었다. 이대로 멈추지 않고 계속 진해지는 게 아닐까 싶을 만큼 환하고 깊은 색깔이었다.

료헤이가 말했다.

"아까 그 노래, 뭐였어?"

"빗방울이 내 머리에 떨어진다는 노래."

나는 그 노래를 불러보았다. 제목과 마찬가지로 첫 부분 말고는 알지 못해서 대충대충 불렀다. 뭐라고 하는지는 모르지만 좋아하는 노래니까 분명 가사도 좋을 것이다. 가까운 곳의 나무에서 빨간 꽃이 톡 소리를 내며 피어났다. 그 너머 집의 철책에 뒤엉킨 식물의 노란 꽃도 차례차례 피어났다.

비를 피하고 있던 까마귀가 날아올랐다. 내가 올려다보는 것보다 더 빠른 속도로 상승해서 몇 초 만에 20미터 높이에 달했다. 건물에서 나온 사람들이 맨 처음 만난 사람에게 폭우와 돌풍에 대해 얘기하는 모습이 자그마한 검은 점처럼 여기

저기서 보였다. 저 멀리까지 뒤덮고 있는 건물의 지붕이며 옥상이 빗물에 젖어 거리 전체가 물에 잠긴 것처럼 둔탁하게 빛났다. 소나기구름은 북쪽으로 이동하고 서쪽에는 벌써 구름의 터진 틈새가 생겼다. 틈새는 점점 커져서 이윽고 도시를 넘어 저 먼 바다까지 구름 없는 장소가 펼쳐져갔다.

같은 도시, 다른 밤

(소설) 시바사키 도모카 × (만화) 모리이즈미 다케히토

걷다 보면, 물의 흐름 같다는 생각을 하곤 한다. 나도, 주위 사람도, 도로의 차량도.

계곡 밑으로 물이 흐르는 것 같다고 미야마스자카°의 이 길을 처음 걸을 때도 생각했던 것을 나는 똑똑히 기억한다. '시부야(渋谷)'는 문자 그대로 계곡 바닥이라는 뜻이어서 이토록 지형을 잘 표현한 이름도 없다고 생각했던 것도. 물의 흐름이 멈추는 계곡. 그렇게 그게 이 도시에 처음 왔을 때의 최초의 기억이 되었다. 하지만 왜 거기서부터 걷기 시작했는지는 기억나지 않는다.

아마 누군가를 만나려고 나는 이 길을 걸었을 것이다. 어디에서 어디로? 그게 생각나지 않는다.

십 년 전에 나는 이 년 동안 이 도시에서 살았다. 여기서 지하철로 십오 분 거리의, 각 역마다 정차하는 완행 전차밖에 없는 역 앞 상점가 끝의 연립에서 살았고 광고제작사에서 사진 찍는 일을 했었다. 회사가 축소되면서 그곳을 그만두고 교토

° 도쿄 시부야 역에서 아오야마 대로로 가는 언덕길. 도겐자카와 함께 시부야 구에서 유명한 언덕길 중의 하나다.

로 돌아가 비슷한 일을 하다가 그다음에는 후쿠오카로 가서 다른 일을 했고, 거기서 알게 된 사람과 함께 새로운 일을 시작하기 위해 팔 년 만에 이 도시로 돌아왔다.

머리 위에는 그 최초의 기억과 똑같은 느티나무의 초록빛 잎사귀가 무성하다. 빌딩과 빌딩 사이의 빈틈을 올려다보면 강처럼 좁고 긴 하늘에 초록빛의 수천수만 장, 어쩌면 수억 장일지도 모르는 잎사귀들이 뒤덮고 있다. 바람이 불면 그 잎이 일제히 울리는 것도 똑같다. 맨 처음의 기억과.

다만, 최초의 기억은 한낮이었고 지금은 밤이다. 하늘은 깊은 바다 같은 색깔이고 느릿느릿 흘러가는 구름은 지상의 빛을 둔하게 반사하고 있다. 느티나무의 신록은 가로등 불빛에 플라스틱 조화처럼 비쳐서, '인공적'이라는 묘사는 그리 좋은 의미로 쓰이지는 않지만 나는 이 거짓말 같은 황록색을 좋아한다.

미적지근한 공기가 물처럼 휘감기고 나는 그것을 헤치고 나아가는 것처럼 걸었다. 계곡 밑바닥을 향해 내려가는 언덕길은 상당한 급경사여서 아래로 떠밀려가는 것 같았다. 중력이구나, 라고 생각했다. 그래서 나를 물처럼 느끼는 것이리라. 지금도, 십 년 전의 그때도.

그리고 또 한 가지, 마지막으로 이 길을 걸었던 때가 언제였는지 잘 기억나지 않지만, 그 무렵과 달라진 것은 큼직한 건물이 없어졌다는 것이다. 이제는 하얀 판자벽에 둘러싸여 그 너머는 보이지 않는다.

어제 N에게서 온 메일에 그 장소에 대한 것이 적혀 있었다.

그 빌딩이 전국 최초의 분양맨션이라는 것은 전혀 알지 못했다. 애초에 그렇게 오래된 곳처럼 보이지도 않았다. 옛날 분위기는 있어서 계단의 곡선이며 집합우편함이며 잘 디자인된 형태 등이 시대를 감지하게 하기는 했지만 1953년이라니, 그렇게까지 옛 시대의 건물이라고는 생각하지 못했다. 그 무렵은 전쟁이 끝나고 채 십 년도 안 된 시절인데 그런 콘크리트 고층빌딩이라면 한참 더 나중에 지어졌을 것이라는 선입견이 있었기 때문인지도 모른다. 도쿄는 다른 장소와는 또 다른 시간이 흘러가고 있다는 얘기인가. 지금이나 옛날이나. 어쨌든 내가 그 빌딩에 들어갔던 것은 처음 도쿄에 와서 집을 구할 때 부동산중개소가 거기에 있었기 때문이다.

부동산중개소의 담당자는 젊은 남자로, 나와 엇비슷한 나이에 이름까지 거의 비슷했다. 부동산회사 로고가 찍힌 자동차로 유텐지와 히몬야 근처의 집들을 보고 오는 길에 어딘가에서 차량 정체에 걸려 꼼짝없이 갇혀 있었는데 그게 어디쯤이었는지, 도쿄 지리를 전혀 모르던 때라서 알 수는 없지만 남자 둘이 좁은 차 안에 있기가 거북했던지 그 친구가 묘하게 빠른 말투로 내내 얘기를 했던 것이 기억난다. 이 근처에 모델 누구누구가 살고 있고, 전에 배우 누구누구에게 집을 안내했던 적이 있다는 등의 개인 정보에 대한 얘기를 꺼내더니, 요즘 주간지에서 기이한 행동으로 화제가 되고 있는 여배우는 본가에서 부친이 도쿄에 함께 올라왔고 드라마의 이미지와는 다르게 무척 서민적이고 좋은 사람이었다, 집이 정해졌을 때 는 초콜릿을 주었다, 라고 했기 때문에 나는 그 뒤로도 그 여배우에 대해 내내 좋은 사람이라고 생각했다. 얘기가 옆길로 샜지만 부동산중개소가 그 빌딩의 이 층인지 삼 층에 있었고 계단이며 입구는 상세하고 또렷하게 기억나는데 막상 부동산중개소 내부도 바깥도 전혀 생각나지 않는 걸 보면 뭔가 다른 때의 일과 뒤섞인 것인지도 모른다.

손 안의 작은 액정화면으로 나는 그 메일을 다시 읽어보았다. N은 내가 이곳에 오기 전에 삼 년 정도를 이 도시에서 살았고 그 뒤로는 계속 외국에 나가 있다. 신호등이 파란 불로 바뀌어서 횡단보도를 건너 대규모 건설공사가 진행 중인 역 옆의 좁은 통로를 건너갔다. 도쿄는 어떤 역이든 항상 공사 중이다. 이 도시에 처음 왔을 때도, 살았을 때도 공사하지 않는 때가 없어서 항상 임시통로, 임시 울타리, 임시 출구를 지나갔다. 항상 중간 단계인 임시의 모습뿐이어서 완성된 본체를 보게 될 일은 영원히 없는 게 아닌가 생각하곤 했다.

고가도로 밑에서 뒤로 물러선 가게들의 어둠을 바라보면 왠지 생각나는 얼굴이 있다.

십 년 전 도쿄로 옮기고 얼마 안 되었을 무렵, 좁은 원룸에서 한밤중에 깨어났는데 왠지 잠이 오지 않아 무심코 텔레비전을

여전히

공기가
희박해서
숨이
가빠온다.

시부야 역에
내리면 매번
나는 졸린다.

켜고 심야 드라마를 봤을 때였다. 나는 그 무렵에는 텔레비전은 거의 안 봐서 대여점 DVD 등을 재생하기 위한 모니터용일 뿐이었지만, 저녁시간에 하는 연속극과는 다르게 필름 영화 같은 질감의 영상이었고 골목길을 걸어가는 남자의 등이 어쩐지 마음에 걸려 리모컨을 잡은 손을 멈추고 내처 보고 있었다.

그는 알지 못하는 배우였다. 어딘가 낯익은 것 같기도 했지만 한참 보는 사이에 지금 처음 보는 얼굴, 이라는 것을 알았다. 지금. 그때. 드라마는 삼십여 분의 짧은 것이고 게다가 마지막 회여서 그가 주택가 좁은 강 위의 다리에서 누군가를 기다리는 장면에서 끝이 났다.

그 뒤에 마침 그 근처를 걷고 있을 때였다. 교차로에서 올려다본 대형 간판에서 그의 얼굴을 발견했다. 그 얼굴이다, 라고 우선 생각했다. '그 사람'이 아니라 '아, 그 얼굴'이라고.

그로부터 그의 얼굴은 자주 눈에 띄었다. 잡지 화보사진이며 지하철 안의 광고, 영화며 드라마에서. 나는 그가 나오는 영화는 모두 보러 가고 드라마도 녹화를 했다. 그런 식으로 배우에게 관심을 가진 것은 그때가 처음이었다. 내가 한밤중에 텔레비전에서 그를 발견하고 이 년이 지났을 무렵, 그는 갑자기 일을 그만뒀는지 그 뒤로 한 번도 얼굴을 본 적이 없다. 시기가 마침 겹쳤기 때문인지 내가 살았던 이 도시와 그 배우의 얼굴은 내 안에서 하나로 이어져 있다.

강물은 온화하게 이 도시를 구불구불 흐르고 있다. 계곡 밑에서 몇 개나 되는 강이 만난다. 속도가 떨어진 흐름은 서로 부딪쳐 고이고 소용돌이친다. 하지만 어느샌가 헤어져 다시 다른 흐름을 타고 간다. 처음부터 그렇게 정해져 있었던 것처럼. 목적지를 잃어버린 순간 따위는 없었던 것처럼 흘러가서 이윽고 보이지 않게 된다.

인간이 그런 강처럼 흘러가는 것이 수없이 내다보이는 교차로는 카메라들에 둘러싸여 있다. 전에도 그랬지만 이 세상의 모든 사람들이 스물네 시간 잠시도 손에서 놓지 않고 카메라를 들고 다니고, 카메라 대수는 그만큼 불어났다. 수십 배, 아니 수백 배인가?

지하철 입구 지붕에 올라가 비디오카메라를 겨누고 있는 남자. 신호등이 바뀌고 다시 바뀌는 그 틈에 교차로 한가운데로 달려가 벌렁 누워서 사진을 찍고 냅다 뛰어서 돌아가는 아이들. 그 교차로가 내려다보이는 스타벅스 창가 자리에서도, 이노카시라 선에서의 연결통로에서도 카메라를 겨누고 있다. 누군가, 항상.

지금 만나러 가는, 이 도시에서 살았던 시절의 친구가 정해준 카페는 골목길 안쪽에 있었다. 처음 도쿄에 와서 살던 무렵에도 나는 그 친구와 그 카페에 간 적이 있었다. 빌딩을 철거해 택지가 된 곳 사이에 끼어서 작은 건물 몇 군데만 겨우 남아 있었기 때문에 주위가 거의 비어버렸는데도 골목길만은 남아 있는 것이 기묘한 느낌을 주는 장소였다. 그 가장 안쪽의

왜 그런지
항상

부풀어 오른
거대한 개구리의
몸속에 있는 것 같다.

카페였다.

그때도 머지않아 택지가 될 것 같은 장소였기 때문에 그 카페는 진작 없어졌을 거라고 생각했었기 때문에 친구가 보내온 링크를 클릭해 눈에 익은 그 카페 사진이 떴을 때, 거기는 이제 없는 거 아니냐고 이 도시에 없었던 내가 오히려 지적할까 말까 했었고, 그 연락을 받고 일주일이 지난 지금도 그 가게는 이제 없어져서 아무도 만나지 못할지 모른다고 반신반의하면서 천천히 흘러가는 물에 떠밀려가는 기분으로 걸어가고 있다.

도시는 예전과는 형태가 많이 바뀌었다. 없었던 자리에 몇 개씩이나 고층빌딩이 쭉쭉 올라가 있다. 하늘의 형태가 달라졌다.

이 년밖에 살지 않았는데 너무도 선명하게 기억하고 있는 것에 놀랐다. 예전의 풍경을 이를테면 종이에 그려보라고 한다면 절대로 못 그려낼 텐데도 눈앞의 풍경을 보면, 분명하게 달라졌어, 라는 생각이 든다.

이곳이지만 이곳이 아니다.

기억의 장소라고 입을 맞춰 대답해주듯이 오른쪽이며 왼쪽에서 나타나는 가게들을 하나하나 확인해가며 좁고 급한 언덕길을 올라갔다. 강이라고 한다면 상당한 급류를 거슬러 올라가는 물고기, 라는 이미지가 머릿속에 떠올랐다. 내가 이곳에 오기 한참 전부터 있었던 가게는 아직도 그대로 있고, 새로 들어선 가게는 아마도 몇 번이나 바뀌었을 것이다.

신호등이
파란색으로
바뀌었다.

바위에 발을 얹는 것처럼 계단을 올라가 도착한 곳에는 아무것도 없었다.

없는 것이 나는 믿어지지 않았다.

지난달에 귀국해 일주일 만에 돌아간 N의 메일에도 '없다'라고, '정말 믿어지지 않는다'라고 적혀 있었기 때문에 충분히 예상은 했었지만, 그곳에 있었던 서점이며 극장이며 옷가게며 레스토랑이며, 내가 들렀던 적이 있는 곳들로 가득 채워져 있던 큼직한 건물이 통째로 사라져 아무것도 없다는 게 믿어지지 않았다. 그곳만 그냥 공기였다. 투명한 공기가 밤하늘과 맞닿아 있었다.

기억이 너무도 선명했기 때문에 서점이며 극장이며 옷가게며 레스토랑이며 에스컬레이터가 어딘가 다른 장소로 옮겨가 따로 존재하는 게 아닌가, 라고 생각할 수밖에 없다고 나는 누군가에게 말하고 싶었다. 어딘가에 그 장소로 가는 입구가 있어서 우리도 언젠가 갈 수 있지 않을까, 라고.

아무것도 없는 자리는 하얀 판자벽으로 뒤덮였고 그곳에 전동 코일의 빨간 오토바이에 올라탄 가네다°가 그려져 있었

° 오토모 가쓰히로의 만화 〈AKIRA〉의 주인공. 3차 대전으로 붕괴된 미래세계를 그린 SF물이다. 1982년부터 1990년까지 총 120화, 단행본 여섯 권 분량으로, 주인공 가네다 쇼타로는 16세, 자신을 위해 개조한 빨간 오토바이가 상징이다. 80년대의 거품경기에 따른 도시재개발로 옛것이 상실되어가는 풍경을 치밀하게 묘사하면서도 그것을 아쉬워하기보다 변화해가는 혼돈 자체를 사랑한 작품으로 평가되고 있다.

다. 초등학생이던 내가 영화관에서 〈AKIRA〉를 봤을 때의 그 모습 그대로여서 나는 그 당시 영화관에서 삼십 년 후의 세계, 영화 속 설정과 똑같은 2020년 올림픽을 앞둔 도쿄 거리를 걷다가 언덕 위 폐허 같은 빈터에서 가네다를 마주하리라고는 전혀 상상도 못했던 것은 내가 그 뒤 삼십 년이나 더 산다는 것을 알지 못했었기 때문이다, 라고 생각했다.

그 만화에서 '네오 도쿄'는 도쿄 만에 있다는 설정이었는데 그렇다면 내가 걸어가는 이 도쿄는 어떤 도쿄일까, 라고 생각하면서 나는 도쿄가 두 번 붕괴하는 그 만화가 그려진 하얀 판자벽을 빙 돌아 또 다른 언덕길을 내려가기 시작했다.

N은 메일에서 지금 살고 있는 중국 거리가 더 도쿄 같다고 말했다. 작년에 갔던 한국이나 예전에 갔던 대만의 거리도 도쿄 같다고 자주 생각한다. 중학생 때 처음 놀러 갔던 도쿄나 그 나이 때쯤의 지방 번화가와도 비슷하다고 생각했고, 아무튼 지금이 아니라 옛날의 언젠가 내가 살았던 거리와 비슷하다고 할까, 진짜로 거기 아닌가, 라고 생각되는 일이 많다. 지난주에는 저녁을 먹으러 간 식당의 안쪽 자리에 앉은 아저씨가 너무나 우리 아버지를 꼭 닮아서 아예 아버지, 하고 말을 걸어볼까 망설였을 정도다. 맥주를 마시면서 내내 그 아저씨의 옆얼굴을 흘끔거리는 사이에 몇 번이나 아버지의 유령이 아닌가 라는 생각이 들었지만, 너도 알다시피 우리 아버지, 아직 살아 있잖냐. 그러는데 옆자리의 젊은 여자가 일본어로 일

예전에는
이 거리에도 자주
드나들었는데

항상 다니던
오래된 카페가 철거되면서
발길이 뜸해졌다.

지금
공사 중인
자리에
그 빌딩이
있었다.

본 사람이냐고 말을 걸어와서 나는 도쿄에서 출장을 왔다고 말하고, 그 뒤에 같은 테이블에서 남은 밥을 먹는 동안, 도쿄의 맛집을 알려달라고 해서 내가 대충 가르쳐준 식당들을 그 자리에서 검색해 북마크하고 돌아갔다. 외국에서 살면서부터 나는 이따금 어린 시절에 내가 살았던 거리가 지구상의 어딘가 다른 장소에도 있는 게 아닌가 하는 기분이 든다….

나는 N이 매주 드나든다는 그 식당에 가보고 싶었지만 아마 가볼 기회가 없을 거라고 생각하면서 언덕길을 내려와 다시 흐름이 정체된 부근을 걸어갔다.

십 년 전, 이 거리에서 살았던 무렵 나는 도쿄를 잘 모르던 때였기 때문에 딱히 가고 싶은 가게가 있는 것도 아니었고, 함께 술 마시러 갈 친구도 없어서 가장 가기 편리한 번화가였던 시부야에 별생각 없이 일주일에 한두 번 나가서 도큐한즈며 로프트며 타워레코드 같은, 시골에도 있고 그 밖의 도시에도 다 있는 가게를 막연히 돌아다니다가 어디서나 살 수 있는 잡화 한두 개를 사들고 집에 돌아오곤 했다.

도큐한즈도 로프트도 타워레코드도 같은 자리에 있고 그 밖에도 예전 그대로의 건물이나 가게가 내가 기억하는 그 자리에 있었다. 있는 곳과 없는 곳이 동시에 있다는 게 마치 꿈속의 장소와 흡사하다.

오 년 만에 만나기로 한 친구가 정해준 카페는 여기까지 걸어오는 동안 분명 없어졌을 거라고 확신했었지만, 있었다. 골

이사한
뒤에 몰래
들어가본
적이 있다.

왜일까?

목길도 가게도 분명하게 있었다. 양쪽의 빈터는 한쪽은 유료 주차장, 또 한쪽은 택지가 되어 울타리에 둘러싸여 있었다.

골목길은 안쪽에서 오른편으로 꺾어지고 그 짧은 막다른 곳에 그 카페가 있었다. 두툼한 나무 문에 오렌지색 조명 불빛이 비쳤다. 벽 앞에 볼록 튀어나온 집 모양의 간판도 눈에 익었다.

문 옆에 두 명의 여자가 서 있었다. 앞쪽의 여자는 자그마한 몸집에 레트로풍 꽃무늬 원피스를 입고 있었다. 이쪽에 등을 돌리고 있어서 얼굴은 알 수 없었다.

그녀와 마주 서 있는 또 한 명은 스무 살 정도, 키가 크고 머리도 길었다. 검고 윤기 있는 스트레이트파마 머리가 허리께까지 내려왔다. 머리가 긴 그녀는 통화 중인 것 같았다. 휴대전화를 오른쪽 귀에 대고 머리를 그쪽으로 살짝 기울이고 있었다.

"나는 사랑을 믿어."

그렇게 말하는 것이 조용한 골목길에서 또렷하게 들렸다.

"처음에 나한테 사랑을 알려준 사람이 믿어도 된다고 했으니까."

'사랑'이라느니 하는 단어는 평소 대화에서 입에 올리는 일이 별로 없고, 게다가 '사랑을 믿는다'라는 말은 더욱더 해본적이 없어서 혹시 사람 이름인지도 모른다, 라고 생각했다. 사랑, 이라는 이름의 여자라면 내 동창 중에도 세 명이나 있다.

지금도
아직

그때의 내가
그곳에
있는 것만 같다.

이름이 사랑이라면 살아가는 동안 몇 번이나 '사랑'이라는 글씨를 쓰게 될까.

그녀는 큰 눈을 둥그렇게 뜨고 있었다. 자그마한 몸집의 여자 쪽을 바라보는 것 같기도 하고 허공을 바라보거나 나를 바라보는 듯한 느낌도 들었다. 미인, 이라고 한다면 그럴 법하기도 하고, 정돈된 편이지만 개성이 부족해서 기억하기 힘든 얼굴, 이라고 한다면 그럴지도 모른다.

"사랑이 원래 그렇잖아?"

나도 모르게 고개를 끄덕일 뻔했지만 자그마한 몸집의 여자가 응, 하고 대답하는 소리가 들려서 그대로 문을 밀고 가게 안으로 들어갔다.

입구 근처 테이블에 있던 그룹이 마침 건배를 하는 참이어서 갑작스럽게 시끄러운 음악 속에 들어선 나는 순간적으로 균형을 잃었다. 괜찮습니까, 라고 젊은 남자 점원이 팔을 받쳐주었다. 네, 라고 말하고 친구 이름을 밝히자 저쪽 좌석입니다, 라고 점원이 낮은 소리로 알려주었다.

안쪽 으슥한 자리에 눈에 익은 얼굴이 있었다.

"와아, 오랜만이다."

연락해준 친구가 말했다. 다른 두 명도 이 도시에 살던 시절의 친구고 또 한 명은 처음 만나는 사람이었다.

"하나도 안 변했네."

친구가 나를 보며 말했다. 나도 똑같은 말을 돌려주었다. 하

지금 회사
사람들하고
밥 먹으러
가는 길.

여보세요

웬일이야,
아미?
전화를
다 하고?

응,
나는 지금
시부야.

이쪽은
여전하네.

지만 그럴 리 없다.

마실 것을 주문하고 나자 방금 문 옆에 있던 두 명의 젊은
여자가 들어와 우리 테이블에 함께 앉았다. 친구가 말했다.

"아, 소개할게. 지금 같은 직장에서 일하는 나카무라 씨와
마이 씨."

환한 전등불 밑에서 보니 그 얼굴은 점점 더 인공적인, 인간
비슷하게 만든 정교한 뭔가 같은 느낌이 들었다. 그녀가 이런
때 대부분의 사람들이 짓게 마련인 웃음을 보이지 않았기 때
문인지도 모른다.

"…마이 씨."

나는 앵무새처럼 따라서 중얼거렸다.

문득 조금 전의 '사랑°'은 '마이'를 잘못 들은 것인지도 모
른다고 생각했다.

"네."

그녀가 나를 보며 고개를 끄덕였다.

"쌀 미 자를 쓰는 마이."

좋은 이름이지, 라고 옆에서 친구가 말했다.

° '사랑'은 일본어로 '아이(愛)'.

특이한 형태의 연애소설

도요자키 유미[°]

아, 그러고 보니 시바사키 도모카의 소설에서 그려지는 사랑은, 뭐랄까, 이렇게 항상 조금 특이했다. 필치(筆致)는 단정하고 상큼한데도 읽다 보면 마음이 수런거린다. 가슴 안쪽에 이상한 감촉의 뭔가를 붓으로 쓰윽 칠하고 지나간 듯한 그런 위화감이 느껴지는 것이다.

이를테면 2007년에 출간한 《다시 만나는 날까지》. 이 소설은 고교 시절 마음에 걸렸던 동급생 나리우미 군과 육 년 만에 재회하기 위해 회사를 쉬고 오사카에서 도쿄로 온 '아리마=나'의 월요일부터 토요일까지의 하루하루를 적어내려간 것이다. 아리마에게는 나리우미와의 특별한 추억이 있었는데 바로 수학여행이다. 모두 함께 시도했던 별것 아닌 심리테스트

[°] 서평가. 도요대학 문학부 인도철학과 졸업.

에서 나리우미 군이 자신을 섹스 프렌드로 생각한다는 결과
가 나왔고, "그때 나는 아, 역시 마음속은 들키게 마련이구나,
라고 생각했던" 것이다. 하지만 그 뒤에 교제로 발전하는 일
도 없었고, 나리우미 군을 알지 못하는 친구에게서 어떤 관계
였느냐는 질문을 받자 "손도 잡지 않았다. 나는 나리우미 군
의 여자친구와 꽤 친하기도 했고"라고 지극히 쿨한 반응을 드
러낼 뿐이다.

"뭐랄까, 동물적인 감이랄까, 멋있다든가 사귀고 싶다든
가 하는 마음은 전혀 없었고, 어쩐지 나리우미 군과 함께 있
을 때는 생물학적인 감각이 들었던 거야."
"점점 더 모르겠네."
"정말 그렇지?"
나는 더 이상 설명하려고 하지 않았다. 누군가에게 얘기
하려고 하면 점점 더 내가 느꼈던 것과는 멀어져버린다. 나
리우미에 관한 것은 언제까지나 그럴지도 모른다.

그런 대화를 통해 독자는 '아, 그러면 사랑은 아닌 건가'라
고 생각하지만, 나리우미 군과 재회한 아리마는 그에게서 이
제 곧 결혼한다는 말을 듣자마자 "한순간 우뚝 멈춰 서버릴
뻔했다"라고 하고, "나리우미 군이 말없이 나를 바라볼 때의
그 느낌이 좋다고 할까, 그것을 몇 번이고 느끼고 싶었다"라

는 것을 재확인하기도 해서 "엇, 그럼 역시 사랑인가?"라고 판단이 크게 헛갈리게 되는 것이다.

애초에 나리우미 군이라는 사람도 좀 이상해서, 남친이 있는데도 자신을 따라다니는 연하의 여성 나기코를 결혼 예정의 여친과 동거 중인 집에 데려와 재워주기도 하고, 그 약혼자가 결혼 준비로 본가에 돌아가 잠깐 혼자 남게 되자 아리마를 자기 집에서 재워주기도 하는 것이다. 그뿐인가, 츄하이캔을 아리마의 입에 대고 손수 먹여주기까지 한다.

나리우미 군은 고개를 갸우뚱하며 이미 웃고 있지 않았다. 차갑고 딱딱한 캔의 감촉이 입술에 되돌아온 느낌이었다. 그것과 동시에 아까는 어디도 만지지 않았는데 나리우미 군의 손이 캔과 함께 내 얼굴에 닿은 듯한 착각이 들었다. 손이랄까, 그냥 미지근하고 부드러운 느낌만 바람에 차가워진 뺨과 손을 쓰다듬은 것 같았다.

여기에 이르러서 마침내 둔감한 나도 어렴풋이 깨닫게 되었다, 이것이 '성욕'과 관련된 이야기라는 것을. 아리마는, 그리고 나리우미 군은 서로가 섹스 상대로서 가장 적합하다는 것을 열일곱 살 어린 나이에 벌써 동물적 직감으로 알았던 것이다. 보통이라면 그것을 '사랑'이라고 착각할 텐데 두 사람은 정확하게(하지만 언어화하지는 못한 채 희미하게만) '성욕'이라고 인식했다. 성욕과 애정이 뒤범벅이 되기 쉬운 이런 젊은 시절의 '사랑'을 실제 섹스 없이 그려낸 것이 《다시 만날 날까지》라는 소설이다. 이건 정말 대단한 일이지만, 역시 조금 특이하긴 하다. 왜냐하면 '친구 이상, 연인 미만' 같은 기분을 품어온 남자애를 어른이 되어 다시 만나고… 라는 새콤달콤한 사랑 이야기를 예상했던 독자들이 막상 읽어보고는 '사랑과 성욕은 구별하기 어렵다'라는 너무도 노골적인 진리를 둘러싼 소설이라는 것을 알게 되는 것이다. 아, 이건 정말 선수급입니다. 이국적이기도 하고, 마음이 저절로 설레게 되거든요.

한마디로 문체나 작품 세계의 분위기가 말랑말랑해 보여서 '소녀 취향'이라는 평판을 얻은 시바사키 도모카지만, 사실은 만만치 않은 인물이라는 얘기다. 그리고 그 만만치 않은 실력이 파워업&히트업한 작품이 《꿈속에서도 깨어나서도》다. 이번에도 역시 스토리의 큰 줄거리는 이토록 달달한데도 말이다.

1999년 사월 오사카. 대학을 졸업하고 갓 취직한 아사코(나)는 우연히 하루에 두 번이나 마주친 청년에게 한눈에 반해버린다.

내 타입이라든가 그런 거 아니고, 아아, 내가 기다렸던 그 사람이다, 라는 느낌.

청년의 이름은 도리이 바쿠. 그때까지 여러 곳을 떠돌아다녔던 바쿠는 사귀는 동안에도 이따금 휘익 사라지는 수수께끼 같은 면이 있어서 아사코를 불안하게 만드는데, 아니나 다를까, 그해 겨울, 상하이에 간다면서 여행을 떠난 채 소식이 끊겨버린다.

2005년 칠월, 도쿄의 극단으로 옮겨 그곳의 각본을 쓰게 된 친구 일을 거들어준다는 명목으로 이 년 사 개월 전부터 도쿄에 와 있던 아사코의 눈앞에 바쿠와 꼭 닮은 청년이 나타난다. 그의 이름은 마루코 료헤이. 어느새 두 사람은 사귀기 시작하지만 2007년 사월, 인기 급상승의 신인배우가 된 바쿠와 텔레비전 화면을 통해 재회하게 된 아사코는….

그런 대강의 줄거리에 시들해하는 사람은 더욱더 반드시 이 소설을 꼭 읽어봐야 한다. 운명의 사람이라고 생각했던 남자가 소식을 끊어버리자 여주인공은 그와 꼭 닮은 남자와 사귀게 된다는 설정이지만, 운명의 사람이 인기 배우가 되어 다시 출현하는 전개를 '통속적'이라고 손사래를 치는 사람일수록 반드시 읽어봐야 할 소설인 것이다. 이건 그런 사람들이 상상하는 그저 그런 통속소설이 전혀 아니기 때문이다. 첫눈에 반하는 것을 둘러싼 얘기가 왜 이런 식으로 흘러가는 건가…, 라고, 읽고 난 뒤에 말문이 턱 막히고 그와 동시에 눈이 휘둥그레질 게 틀림없는 특이한 형식의 연애소설이기 때문이다.

바쿠와 같은 장소에 있고, 자고 일어나도 바쿠가 있고, 바쿠가 나를 만지면서 졸려, 라고 말한다. 상상도 못했던 일이다. 그러니 차분해질 틈이 없다. 바쿠를 만난 뒤부터 내내 그랬다.

그런 하이텐션의 사랑에 빠지고, 아사코를 지키기 위해서라지만 문답무용으로 폭력적인 행동에 나서는 바쿠를, "아사코, 저런 사람 정말 괜찮아? 저런 행동은 좀 아니잖아"라고 친구가 걱정을 해도 "응, 진짜 좋아해"라고 마이동풍이다. 처음에는 뭐, 젊으니까 그것도 어쩔 수 없지, 라고 흐뭇하게 여겨지기도 하는 아사코의 바쿠에 대한 열렬한 사랑이 읽어나감에 따라 조금씩 이상한 기미를 띠게 된다.

료헤이가 아무래도 바쿠로밖에는 보이지 않아서 "바쿠예요?"라고 묻는다거나, 명백히 바쿠보다 키가 작은데도 그런건 "별문제가 아니다"라고 생각하거나, 자신이나 바쿠보다세 살이 어리다는 것을 알았으면서도 "어느새 나만 나이를 먹은 건가! 아, 그렇구나, 상하이에 가 있는 동안에 여기서만 삼년이 지났구나! 아니, 아니, 그건 아니지. 나이 차가 나는 쌍둥이, 라는 가능성도 있다"라는 식의 어처구니없는 생각을 하는 아사코. 그런데 그토록 닮은 사람인가, 라고 생각하며 읽다 보면 아사코의 친구는 료헤이에 대해 "바쿠하고 어딘지 모르게 비슷한 계열이야"라고 말해서 충격을 받은 아사코가 "아니,

그게 아니라 좀 더 많이 닮았다고 할까, 완전히 똑같다고 해도 과언이 아니라고 할까"라고 반론을 해도 "에이, 그건 아니지"라고 일축한다. 어떤 등장인물이 스토리의 마지막쯤에서 중얼거리는 "사랑이란 거, 착각을 끝까지 믿느냐 마느냐에 달린 것이더라"라는 명언 그대로, 바쿠에게 맹목의 상태가 되어버린 아사코의, 독자 입장에서는 올바른 정보를 부여받지 못하는 '신용할 수 없는 화자'로서의 변모를 조금씩 드러내 보여주는 작가의 필치는 웬만한 서스펜스 소설보다 훨씬 더 스릴이 넘친다. 료헤이와 함께 오사카로 돌아가기로 결정한 아사코가 이사 준비를 하는 정경에서부터 시작하는 마지막 30페이지의 전개가 독자에게 가져다주는 경악과 오싹함이라니, 정말 엄청나다. 몇 번을 다시 읽어봐도 그때마다 눈이 둥그레지는 아사코의 오싹할 정도로 이기적인 모습은 독자에게 '이제 두 번 다시 사랑 따위 못하겠다'라고 파르르 떨게 할 만큼의 파괴력을 지니고 있다.

그런 식으로 단지 스토리만 지금까지의 작품보다 파워업한 것이 아니다. 볼 것도 아니면서 온종일 텔레비전을 켜놓고, 외출할 때는 반드시 필름 카메라를 들고 다니면서 보이는 것 모두를 그대로 사진으로 찍고 싶어 하는 시각을 가진 사람을 주인공으로 한 이 작품에서는 시바사키 도모카의 대명사가 되어버린 '눈(目)의 문체'를 한층 더 첨예화한 표현들을 수없이 접할 수 있다.

이를테면 고층빌딩 이십칠 층에 있는 '나'가 바라보는 광경의 정치(精緻)하고도 세밀한 묘사의 소설 첫 부분. '나'의 눈은 지상의 모습을 보고 가까이에서 장난치는 아이들을 보고 커플을 보고 저 멀리의 산들을 보고 통유리에 흐르는 빗방울을 본다. 그것이 상당히 길게 이어지는구나 싶은 순간, 드디어 이 한 문장이 불쑥 나타난다.

그의 전부를, 내 눈은 단번에 다 보았다.

온갖 것을 보이는 그대로 두서없이 비추던 카메라의 눈이 여기서 비로소 사람의 눈이 된다. 한눈에 반해버린다는 병에 걸린 이즈미야 아사코라는 개인의 눈이 된다. 소설 속에 그때까지 흐르던 시간이 여기서 한순간 정지된다. 광경 묘사에 익숙해졌던 독자를 흠칫하게 만든다. 그리고 최고로 특이한 효과를 내는 이 멋들어진 한 문장은 나중에 다시 한 번 나타나 독자의 가슴을 수런거리게 하는 것이다.

단지 똑바로 일어선 것뿐인 그 사람의 전부를, 나는 단번에 다 보았다.

료헤이를 처음 만났을 때의 버전인데 이 반복의 불온함이라니, 참으로 대단하다.

바쿠-료헤이와의 만남을 각각 불꽃 폭죽 소리-금속제의 물건이 떨어지는 큰 소리로 표현하고, '아사코에게는' 꼭 닮은 것으로 보이는 바쿠-료헤이의 차이를 말하는 에피소드를 삽입하는 것으로 실물-사진, 현재-과거, 현실-바람의 대비와 그것을 놓쳐버리기 쉬운 아사코의 정신 상태를 선명하게 묘사하는 등, 시바사키 도모카는 이번 장편소설 속에서 '눈의 문체' 외에도 다양한 기교를 공들여 빚어내고 있다. 예전에 성욕과 구분하기 어려운 사랑을 서술했던 작가는 이 소설에서 남들이 보기에는 어처구니없거나 미소가 번지는, 사랑이 본래적으로 내포하고 있는 '이상함'을 자신이 가진 기량을 모조리 투입해 그려내고 있다. 중요한 점이기 때문에 다시 한 번 말하자면, 마지막 30페이지 동안에 일어나는 일, 그것이 내 마음속에 붓으로 쓰윽 칠하고 지나가면서 남겨놓은 뭔가 매우 이상한 그 감촉은 평생 잊을 수 없을 것 같다. 시바사키 도모카라는 작가의 대단함을 깨닫게 해준 이 소설은 틀림없는 걸작이다.

꿈속에서도 깨어나서도

1판 1쇄 발행 2020년 11월 20일

지은이 시바사키 도모카 | 옮긴이 양윤옥
펴낸이 윤혜준 | 편집장 구본근 | 디자인 오필민디자인 | 마케팅 권태환

펴낸곳 도서출판 폭스코너 | 출판등록 제2015-000059호(2015년 3월 11일)
주소 서울시 마포구 월드컵북로 400 문화콘텐츠센터 5층 9호(우 03925)
전화 02-3291-3397 | 팩스 02-3291-3338 | 이메일 foxcorner15@naver.com
페이스북 www.facebook.com/foxcorner15
블로그 https://blog.naver.com/foxcorner15

종이 일문지업(주) | 인쇄·제본 수이북스

Copyright©폭스코너, 2020 Printed in Korea.

ISBN 979-11-87514-55-8 03830